공동체를 살리는
리더의 기본

공동체를 살리는
리더의 기본

The fundamentals of leadership
to revitalize the community

이건리 변호사 지음

부지기군 시기소사
不知其君 視其所使
군주가 어떤 사람인지 잘 모를 때는
군주가 어떤 사람을 기용하는지를
보면 알 수 있다.
_사기열전

솔과학

I
시작하는 글

사람이 태어나서 어떤 것에도 얽매이지 않고 독립된 개체로서 살아가는 것도 나름 의미가 있지만, 나는 공동체를 구성하여 살아가는 것이 더욱 인간다움을 펼치고 더 많은 의미와 유익을 가져온다고 믿는다. 공동체는 그 나름 완전하지 않은 사람들로 이루어지는 까닭에 문제를 갖고 있고 지속적으로 해결해야 할 과제가 발생한다. 개인주의화하고 파편화되어가는 시대의 흐름 속에서 코로나19를 겪으며 공동체의 소중함을 절실하게 깨달았다.

공동체에는 구성원들 각자의 역할과 행위 가이드라인이 공식적·비공식적으로 제시된다. 분업과 협동으로 공동체의 목표를 이루기 위해 노력한다. 구성원들은 그 공동체와 다른 구성원들에 대한 관심으로 문제를 발견하고 이를 해결해간다.

공동체의 구성원들은 완전하지 못한 사람들이다. 그러니 공동체 역시 완벽한 시스템을 갖출 수는 없다. 공동체와 그 구성원들은 삶의 동행인으로서 서로에게 존재만으로도 큰 가치를 갖는다. 소속감과 일체감은 공동체의 기초이다. 모든 구성원들이 공동체에서 각자의 역할과 책임을 다할 때 공동체는 제 기능을 하고 구성원들은 조화롭게 평화롭게 살아가게 된다.

검사 직분을 24년간 수행하다가 퇴직한 후 변호사로서 4년간 시민의 입장에서 우리나라의 사법시스템을 보았고, 다시 국민권익위원회 부패방지 담당 부위원장으로서 3년간 입법부와 행정부, 대통령실과 국무총리실 및 타 중앙행정기관 관계자들과 업무를 추진하면서, 시야와 시각의 너비와 깊이를 확장하였던 시간을 보내었다. 감사한 기회였다.

이타적인 삶이 결국 공동체와 나를 살리는 지름길이다. 사람은 관계 속에서 존재한다. 가정 안에서 부모자식, 형제자매간의 관계 속에서 조화와 갈등의 시간들이 시작되고, 학교, 직장, 사회 속에서 더욱더 그 관계의 폭과 깊이가 더해간다. 분업과 협업, 상호간의 경쟁과 이해조정, 상부상조 등 다양한 역할과 책임을 담당하는 가운데 삶은 점점 더 무르익고 관계는 서로에게 많은 영향을 주고 받는다. 타인의 삶에 긍정적이든 부정적이든 눈뜨면서부터 잠자리에 들기까지 하루의 여러 순간순간에 눈에 보이든 보이지 않든 육체적, 심리적, 영적으로 그 영향을 미친다. 내가 가족, 동료, 이웃들에게 선한 기운, 선한 효과를 발생시키면 그 반사작용으로 거울을 보는 것처럼 나에게 되돌아오는 파장 역시 선하다. 그런데 부정적인 기운을 보내면 역시 부정적인 파장이 내게 되돌아오기 마련이다. 이처럼 우리의 삶을 서로 서로 영향을 주고 받는다. 다른 사람을 위해 역할을 제대로 다하면 그 자체로 내 삶이 맑아지고 여유로워지며 윤택해진다. 내 주변이 밝아지고 좋은 기운이 점점 더 그 파장을 넓혀 나의 삶도 더욱 활기차게 되고 성장 번영하게 된다. 한 사람의 이타적인 마음씀과 몸짓이 공동체 전체를 더 살기 좋은 곳으로 만들고 스스로에게도 의미 있는 피드백을 가져온다. 결국 이타적인 삶을 인간의 이기적인 본능에도 부합한다. 공동체가 성장 번영해야 그 구성원들도 함께 성장한다.

공직에 있을 때나 변호사로 일하면서 공동체의 가치와 번영, 공동선을 위해 고심해 왔다. 함께 하는 분들과 마음을 나누면서 틈틈이 메모해 두었던 글들과 평소 기회될 때마다 정리해 온 생각들을 이번 기회에 모아 책으로 만들게 되었다. 이 자료를 정리하면서 그리 대단한 것들은 아닐지라도 생각과 삶이 일치하고 일관되어야 한다는 신념 하에 지금껏 살아오려고 노력했던 마음들이 저 자신에게 초심으로 돌아가 다시 분발하도록 촉구하는 강한 느낌이 들어 스스로를 정리정돈하는 시간이 되었음에 감사한다.

나와 같은 마음으로 37년 동안 이웃에게 티 내지 않고 신앙 안에서 겸손하게 살아온 아내, 그리고 공동체의 일원으로서 성실하고 바르게 제 몫을 다하고 있는 아들, 딸들에게 마음속 깊은 사랑과 고마움을 표한다. 또한 나와 인연을 맺고 공직자로서의 직분에 최선을 다해 주신 많은 분들에게도 따뜻한 감사의 말씀을 드린다.

II
공동선을 향한 공동체의 가치

각자의 삶의 목적이나 개인적인 이해타산에만 충실하다 보면 공동체로서 성숙하는데 한계가 있고, 공동의 가치를 마련하기가 쉽지 않다. 그러나 어떤 공동체든 그 존재를 유지하고 발전시키기 위해서는 개별 구성원의 이해를 넘어 상생의 길을 찾아야 한다. 시스템과 환경을 변화시켜 공동체의 구심점을 키워야 한다.

몇 가지 단편적인 정책으로는 장기적이고 종합적인 대책이 될 수 없다. 일시적인 응급처방은 바가지로 모래사장에 물 붓는 격에 불과하다.

구성원들은 각자 손해를 감수할 용기와 결단이 필요하다. 종합적이고 장기적인 대안이 되어야 구성원 모두가 지속적으로 성장할 수 있게 된다.

꿈을 꿀 수 있는 일터, 미래를 설계할 수 있는 사회가 되어야 한다. 꿈이 없는 사람이 늘어가면 그 조직이나 사회는 희망도 미래도 없게 된다. 젊은 세대가 그 공동체에 들어오지 않게 된다. 반면에 뜻있는 사람들은 그 공동체를 떠나게 된다. 악순환이 진행된다. 건강한 기운이 선순환되어야 한다. 공동체가 젊어져야 한다. 이것은 단순히 나이나 숫자를 말하는 것이 아니다.

어떤 정책이든 그 타이밍이 매우 중요하다. 아무리 좋은 정책이라고 하더라도 실기하면 그 성과를 거둘 수 없다. '소 잃고 외양간 고치는' 어리석음을 저질러서는 안 된다. 우리 공동체의 핵심 가치와 성장 동력은 무엇인가? 경험과 경륜은 어느 공동체에서나 커다란 자산이다. 그렇지만 거기에 안주하고 그 공동체의 또 다른 성장동력을 미리 준비하지 않으면 그리 멀지 않은 시기에 쇠락을 맞게 된다. 과거의 성공체험이 오히려 오늘에는 커다란 걸림돌이 될 수도 있다.

꿈을 가진 젊은이들이 많은 공동체는 공공기관이든 사적 집단이든 국민과 사회에 진정 영향력 있는 집단이 될 것이다. 꿈을 가진 이들이 함께하려 하고, 그 꿈을 펼칠 수 있어야 한다. 꿈을 가진 이들이 떠나는 공동체는 미래 역시 있을 수 없다. 우수한 젊은이들이 일하고 싶은 공동체를 만들어가야 한다.

공동의 가치, 공동선을 향한 공동체 구성원들의 중지를 모으고 합의가 필요하다. 가치와 의견이 상충되거나 모순될 때 이를 조정할 수 있는 내부 시스템도 마련하여야 한다. 구성원 모두가 존중받고, 미래가 있는 공동체가 되어야 한다. 문제나 갈등이 발생하면 미봉책이 아닌 근본적인 처방이 이루어져야 한다.

세상 사람들과 동떨어진 공동체의 가치는 금새 허물어진다. 사회적 책임은 이제 공공 분야만이 아니라 민간 분야에서도 중요한 실천과제가 되었다. 특히 비즈니스를 목적으로 하는 조직은 사회적 책임을 제대로 다하는 것이 선택사항이 아니라 필수과제가 되었다.

'가치있는 삶'을 추구하는 이 시대에 어떤 공동체든 내부의 추구 가치가 외부에서 요구되는 가치와 병존할 수 있어야 한다. 구성원 개개인의 사리(私利)를 뛰어넘는 '공동선共同善'을 향한 '공동체의 가치'는 구성원들 모두에게 더 큰 '행복의 초석'이 될 것임이 분명하다.

목차

IV
법률가로서 묵상과 성찰 • 321

공동체를 살리는 리더

이타적인 삶이 공동체와 나를 살리는 지름길

사람은 관계 속에서 존재한다. 분업과 협업, 상호 이해조정, 상부상조 등 다양한 역할과 책임 가운데 삶은 점점 더 무르익는다. 가족, 동료, 이웃에게 선한 기운, 선한 효과를 발생시키면 나에게 메아리처럼 되돌아오는 파장 역시 선하다. 그런데 부정적인 기운을 보내면 역시 부정적인 반작용이 내게 되돌아오기 마련이다. 한 사람의 이타적인 마음 씀과 몸짓이 공동체 전체를 더 살기 좋은 곳으로 만들고 스스로에게도 의미있는 피드백을 가져온다. 결국 이타적인 삶은 인간의 이기적인 본능에도 부합된다. 공동체가 성장·번영해야 그 구성원도 함께 성장한다.

1
겸손한 리더

삶은 직선이 아니고 구불구불 돌아가는 경우가 많다.
포장도로가 아니고 울퉁불퉁하며, 흙과 모래, 자갈이 섞여 있기
도 하고, 비가 오거나 눈이 온 다음에는 질척거려 발을 떼어놓기
가 쉽지 않을 때도 있다 한 번 지났던 길로 되돌아가기도 하고
주변을 뱅뱅도는 때도 있다. 며칠이면 갈 수 있는 거리임에도 수
십 년을 걸어야 도달하는 길도 있다.

리더의 역할

상급자는 상급자다워야 한다. 하급자는 하급자다워야 한다. 고위공직자는 고위공직자다워야 한다. 국민은 국민다워야 한다. 누구나 자기의 위치에서 직분이나 역할에 맞게 생각하고 행동해야 한다. 그래야 그 공동체는 존재이유를 구현하고 성장하고 번영하게 된다. 자신의 역할을 다하지 못하면서도 타인에게는 많은 기대와 요구를 하는 경우도 있다. 그렇다 보면 서로에 대해 불만을 품게 되고 불신하고 갈등이 발생하게 된다. 특히 옳고 그름을 벗어나서 진영논리나 소집단 이기주의적인 생각과 행동을 하게 됨으로써 공동체 전체가 쇠퇴의 길을 걷기도 한다.

공동체의 리더는 그 구성원들이나 참모가 바른 말을 하지 않음을 걱정하거나 불만을 가질 것이 아니라 바른 말을 하지 못하는 상황을 만들어 온 자신의 어리석음과 잘못을 되돌아보아야 한다.

리더는 다양한 의견을 들으려는 열린 마음을 가져야 한다. 자신이 경험하거나 학습한 것이 세상의 전부가 될 수 없고, 자신이 다 아는 것도 아니다. 세상은 참으로 넓고 무궁구진하다.

한 사람의 지식이나 직관만으로 제대로 헤아리기에는 역부족이다.

리더가 들으려고 하지 않거나 듣고도 실행하지 않으면 구성원들의 바른 생각과 의견은 무용지물이 된다. 리더의 생각과 말과 행위는 그 공동체의 전체 모습을 형성하게 된다. 리더의 솔선수범이 구성원들의 생각과 말과 행위에 직결된다. 들으려고 하는 사람의 주변에는 말하려는 사람들이 있기 마련이다. 쟁신諍臣, 쟁우諍友, 분별할 줄 아는 지혜로운 구성원, 잘잘못에 대해 제 때에 의견을 피력할 줄 아는 용기있는 구성원들은 리더로부터 출발한다.

리더는 직접 해야할 일과 구성원들에게 위임해야 할 일을 잘 구별해야 한다. 모든 것을 다 하려고 하거나 모든 것에 다 관여하여야만 훌륭한 리더가 되는 것은 아니다.

무엇이든 지나치면 부족함만 못하는 경우가 많다. 과유불급過猶不及은 리더가 유념해야 할 사항이다. 구성원 역시 자신의 역할에 최선을 다해야 한다. 그래야 공동체 전체가 역할을 분담한 취지에 합당하게 조화롭게 전체로서의 존재이유를 구현하게 된다.

공직생활 중 아쉬움이 남는 사연

저는 기러기아빠라고 불려진 적이 있습니다. 외국에 자녀를 유학 보내고 배우자까지도 자녀 돌보미로 보내고 홀로 생활하는 남자를 가리키는 기러기는 전혀 아닙니다.

저의 가족은 사랑하는 배우자와 딸 아들 딸 이렇게 해서 총 5명입니다.

집안 행사에서나 성당에 가는 일에서나 항상 5명이 함께 다녔기 때문에 붙여진 이름이 기러기 아빠였습니다. 이제는 딸들과 아들이 다 성장하여 그럴 수도 없습니다. 그 때가 그립기도 합니다.

지방에 근무할 때인 2000년도까지는 밀양이라는 따뜻한 곳으로 함께 이사를 하여 세 아이들이 중학교, 초등학교, 유치원을 그곳에서 다녔습니다. 2001년도에 서울로 전근을 온 이후 다시 2006년 부산지검 동부지청 차장검사로 전근할 때까지는 서울에서 오순도순 함께 살았습니다. 그러다가 2006년 지방 근무가 시작된 이래 줄곧 6년간의 세월을 서울에 사는 가족들과 떨어져 살았습니다.

그 시기에 아이들은 중요한 시기를 다 지나게 되었습니다.

자녀들과의 추억은 부모로서는 참 소중합니다. 자녀들에게는 한창 성장기에 부모의 영향은 매우 큽니다.

그렇지만, 지방근무로 주말에만 잠깐씩 마주하는 자녀들과의 관계만으로는 아빠로서의 역할을 제대로 하지 못하였습니다.

그 부분이 몹시 아쉽습니다. 가족은 함께 생활하는 것이 가장 좋습니다.

또 한가지가 있습니다. 공직자라는 직분으로, 아들이 학교생활에서 선생님으로부터 불필요한 오해를 받고 체벌을 여러차례 받았을 때, 동네에서 상급생으로부터 돈이나 물건을 빼앗기고 왔을 때, 아빠인 제가 적극적으로 나서서 학교에 찾아가 선생님께 항의를 하거나 이의를 제기하지 않았던 일, 물건을 갈취당한 데 대해 경찰관에게 적극적으로 가해자를 찾아 엄벌해 달라고 요청하지 않았던 일입니다.

제가 평소 담당하는 일이 사람들간의 다툼이었습니다. 그런 일을 지속적으로 담당하다 보니, 사람들 간의 다툼은 누군가 양보하고 타협하는 것이 더 낫다는 생각을 하였습니다.

그래서 아들에게는 그 정도의 억울함은 참아나가라고 한 것입니다. 특히 자라나는 아이들은 좀 어려운 일도 스스로 극복해 나가는 것이 다음에 더 큰 어려움을 능히 헤쳐 나갈 힘과 지혜를 익히는 것으로 잘못 이해하였습니다. 저는 아빠로서 아들의 기대와 희망을 충족시켜 주지 못하는 무능한 아빠, 비겁한 아빠가 되었습니다. 지금에 와서 생각해 보면 참으로 무책임한 아빠였다고 생각합니다.

그 때는 저 개인적으로는 정당한 주장이 혹여 검사인 사람이 권세를 부리거나 권한을 남용하는 것으로 선생님이나 경찰관에게 오해받을까 염려한 때문이었습니다.

정당한 권리 주장은 그 때 그 때 적절하게 했어야 하는데, 다른 사람들과의 분쟁이나 갈등을 싫어하고 기피하다 보니 아들의 정당한 주장이나 권리를 보호하지 못하는 무능하고 무책임한 검사 아빠였던 것입니다.

이 점은 앞으로도 두고두고 아들에게 미안하고 용서를 받아야 할 부분입니다. 지나고 보니 좀 더 적극적인 사고와 행동이 필요했던 일들이었습니다.

리더란?

두 사람 이상이 모이면 그것은 집단이고 의사결정과 실행에 관한 책임과 역할 분담이 필요하다. 그렇지 않으면 공동空洞 현상이 생긴다. 누군가 할 것으로 생각하지만 아무도 하지 않게 된다. 다른 사람에게 그 일을 미루어 그런 현상이 발생하기도 하지만 다른 사람이 더 잘 할 수 있는 일을 내가 괜히 나서는 것이 조심스러울 때도 있다. 적재적소라고 상대방이 더 잘 할 수 있는 일을 내가 하려고 했다가 그르치면 낭패가 되기 때문이다. 동료에 대한 배려가 자칫 무관심과 무책임한 것으로 오인되기도 한다.

리더란 책임지는 자리이다. 결정하는 역할이다. 쉬운 것은 쉬운 대로, 어려운 것은 어려운 대로 리더는 그 일을 수행해야 한다. 다른 사람에게 미룰 수 없으며 미뤄서는 안 된다. 결정은 리더의 숙명이다. 결정하라고 리더가 존재하는 것이다.

결정장애를 겪는 사람들이 있다. 이럴까 저럴까 망설이며 결정을 하지 못한다. 결정은 누구에게나 쉬운 일이 아니다. 세상 일에는 정답이 있는 것도 있지만, 정답이 없는 일들도 수없이 많다. 그러다 보니 정답을 찾아 나선 사람들에게는 정답이 보이지 않으면 아무런 결정을 하지 못하는 사례가 발생한다. 과거에 있었던 사례에서는 결정하기 쉽지만 새로운 현상에 대해서는 결정하기 쉽지 않다.

리더는 어떤 결정을 해도 구성원들에게 100% 찬성 받기는 어렵다. 그 결과 또한 예상한대로 나올 수 있지만, 그렇지 않는 사례도 많다. 어떤 결과가 나오더라도 그에 대한 책임은 리더에게 있다. 과거의 경험에만 의존하지 말고 통찰력과 직관력으로 결단을 해야 한다. 그간의 경험과 식견의 종합적인 판단이다. 의도를 가지고 나쁜 결과를 초래한 것이라면 그에 대해 전적인 책임을 져야 한다. 또한 상황이나 정보에 대한 오류가 있어서 선택의 결과가 조직에 부정적이라면 마땅히 그에 대한 책임도 져야 한다.

리더는 미리 준비된 사람이 담당하여야 한다. 리더는 누구나 할 수 있는 자리가 아니다. 다년간의 예비 경험과 지식의 습득은 물론 늘 깨어있는 마음으로, 명경지수와 같은 마음으로, 치우침 없이 사심없이 사물을 바라봐야 한다. 조금이라도 이해에 얽매여 결정한다면 반드시 거기에는 그릇될 씨앗을 뿌리는 격이 될 것이다.

망실검사

검사로 임용되자 선배님들께서 망실검사가 되면 안 된다는 말씀을 하셨다. 인사이동 대상임에도 인사명단에 들어있지 않아서 동료들은 다른 곳으로 전보되거나 승진되는데 자신만 제자리에 남게 되는 경우 망실검사라고 부르는데, 그것은 동료들과 비교할 때 퇴보한 셈이 된다.

저는 비교적 행복하게 공직생활을 하였다고 생각하며 감사하고 있다. 그러나 공직생활 중에서 한 번은 황당한 일도 있었다.

공직자이든 회사원이든 직장인은 일정한 기간이 지나면 승진하거나 보직 이동이 있다. 지난 2002년 2월 정기적인 인사이동 시기였다. 서울중앙지검에서 부부장검사로 근무하고 있었고, 그곳에는 사법시험과 사법연수원의 동기들이 여러 명 부부장검사로 근무하고 있었다.

인사이동 시기임에도 인사발표 내용을 확인할 겨를이 없을 정도로 사건기록 검토와 수사에만 열심하던 중, 같은 부서에 근무하는, 후배 검사로부터 전화가 왔다. 인사이동 대상 명단에 들어있지 않다는 것이다. 저는 당연히 그 인사이동 명단에 들어있을 것으로 생각하고 있었다. 당시 연수원 동기들 40명이 부장검사로 전국의 검찰청으로 이동되는데, 서울중앙지검 부부장검사인 저와 동기 검사 1명만 인사이동 대상에 들어있지 않는 것이었다. 머리가 텅 빈 느낌이었다. 왜 이런 일이 나에게 일어났을까? 이것은 나에게 무슨 메시지를 주는 것일까?

법무부 인사 파트에 있는 검사에게 전화를 하여 왜 내가 인사대상에 들지 않았는지 물어 보았으나 별다른 대답은 없었고, 대검 감찰파트에 근무하는, 선배에게 혹시 저에게 직무상이나 사생활상 과오가 발견되거나 투서가 있어서 이번 인사에 누락된 것은 아닌지 여쭈어 보았으나 특별히 과오가 있거나 투서가 제기된 것은 아니라고 답변할 뿐이었다. 어떤 사람도 인사대상에서 누락된 경위를 설명해 주지 않았다.

당연히 일어날 것으로 생각했던 것이 일어나지 않으면 참으로 당황스럽다. 예측가능성, 기대가능성이라는 것은 참으로 중요한 것이다. 우리는 삶을 살아가면서 다른 사람과의 관계에서 신의, 신뢰를 중시하게 된다. 나의 신뢰나 예측이 깨졌을 때를 반면교사로 삼아, 다른 사람의 신의나 신뢰를 존중하고 신뢰를 바탕으로 삶을 살아가야 함을 뼈저리게 체험한 기억이 새롭다.

보물은 가까이에 있다

매일 아침 식사는 베로니카가 직접 요리하는 볶은 야채 한 접시와 샐러드 한 접시, 우유 한 잔, 그리고 따뜻하게 데운 빵 두 조각, 그리고 후식으로 사과 한 조각이다. 2년 가까이 아침에 일어나면 베로니카와 함께 묵주기도를 바친다. 이어서 베로니카의 손길은 바쁘다. 남편의 출근 시각에 맞추어 식사를 하려면 부엌에서 여러 가지 작업을 하는데, 여념이 없는 듯 하다.

식탁에 놓인 음식들은 매일 매일 거의 대동소이하다. 그래서 베로니카는 애써 만들어 차린 음식들에 대해 나에게 미안하다고 말한다. 그러나 나는 매일 만나는 베로니카의 솜씨와 정성만을 본다. 늘 숨쉬고 살아가는 공기가 필요하듯이 우리 두 사람의 식탁에 오르는 아내의 음식 만드는 솜씨와 그 재료들을 생산하느라 수고한 사람들, 그리고 자연을 주신 하느님께 감사드린다. 짧은 식사 시간이 아쉬울 따름이다.

아침식사 시간에 하루 일과 중 중요한 일들을 서로 공유한다. 서로 간 일정에 참고하기 위함이다. 월요일 아침 식사 시간에는 한 주간 특별한 일정들을 미리 공유하기도 한다. 그 날 그 날의 일정을 공유하지 않으면 혹시나 공연히 저녁 식사를 마련하기 위해 아내가 드리는 수고와 시간 냄을 줄일 수 있고, 개인 일정을 자유롭게 조정할 수 있게 되기 때문이다.

나는 아내가 준비한 식사가 최고의 건강식이라고 자랑한다. 아들 딸들과 함께 살아갈 때에는 학교생활을 위한 그들의 건강을 고려하여 밥을 주식으로 삼았으나 자녀들이 집을 벗어나 따로따로 살아가니, 우리 부부만을 위한 식사를 준비하기로 한 것이다. 아내의 수고를 조금이라도 줄이고자 하는 마음이 첫째였다. 식사를 준비하는 시간을 줄여 아내와 함께 대화하는 시간을 조금이라도 늘려보고자 하는 마음이 둘째였다. 평소 퇴근하면 나는 책을 보고 아내는 성서 쓰기를 하는데, 그러다 보면 함께 대화하는 시간이 줄어든다. 그래서 식사 시간만이라도 대화하는 시간으로 만들고자 하는 것이 아침식사의 내용을 밥에서 빵으로 바꾼 배경이다.

그래서 참 좋다. 육체적 활동이 좀 줄어들게 되면 앞으로는 하루에 두 끼만 하는 것도 생각 중이다. 우리 부부의 건강을 위해서도 식단의 변경은 참 잘 바꾼 것이다. 메뉴도 탄수화물, 단백질, 지방을 골고루 배려하는 아내의 마음이 고맙다. 역시 건강은 가정에 달려있다. 나의 보물은 바로 내 곁에 있는 베로니카다.

살면서 가장 보람있는 사연

살아오면서 가장 의미있는 일은 무엇이었느냐고 질문을 받는 다면, 저는 믿음 안에서 살아왔던 것입니다. 그 중에서도, 2011 년 1월 1일부터 7월 20일까지 총 200일 동안에, 제가 신앙하는 가톨릭 성경을 처음부터 마지막까지 약 5,000페이지를 필사를 하는 일입니다.

당시에 저는 제주지방검찰청 검사장으로 근무하던 중이었습 니다. 당시에 골프를 전혀 하지 않아서, 틈틈이 올레길을 걷거 나 오름을 오르거나 하면서 지낸 시간 외에는 아침에 눈 뜨면 서부터 출근시까지, 퇴근하고 나서 잠들 때까지는 줄곧 성경쓰 기를 하였던 것입니다.

성서를 쓰게 된 동기는, 제가 다니는 수서동성당 주임신부님 께서 모든 신자들에게 성서쓰기용 노트를 한 권씩 나누어 주셨 는데 그것을 계기로 한번 써 보자는 생각이 마지막까지 이어진 것입니다.

1990년 군복무를 마치고 검사로 임용된 다음 1991년에 배 우자의 권유를 받아 가톨릭으로 영세를 받았는데, 그 후 틈틈이 성경을 읽어 보았고, 2009년도 하반기에는 광주고등검찰청 차장검사로 근무하면서 성경 전체를 처음부터 마지막까지 읽은 적이 있었습니다.

신앙은 사람이 살아가는데 있어서 필수적이라고 생각합니다. 물론 무신론도 하나의 선택이긴 하지만, 저는 검사로서 살아오던 기간 그래도 더 좋지 않는 상황에 처하지 않았고, 재주가 부족한 사람이었지만 큰 잘못을 범하지 않았던 것도 신앙의 덕분으로 생각하고 늘 감사하면서 살았습니다.

신앙은 삶의 나침반이고 초석입니다. 오뚜기처럼 혹 실수하더라도 바로 되돌아올 수 있는 거울이나 지렛대 역할을 합니다. 저는 평생 동안 가장 의미있는 일은 위에서 말씀드린 성경 쓰기가 될 것입니다.

상생의 사회를 소망하며

오늘날 세상은 적자생존으로, 어제의 강자라도 언제 패자가 될지 아무도 장담하지 못한다. 그만큼 경쟁이 치열하고 어제의 기술이 오늘은 무용지물이 되기도 한다. 그러니 직업 현장에서 일어나는 일들은 한 치 앞을 알 수 없다. 내 기업이 살기 위해서는 동종이나 유사 업종에서 경쟁자보다 나은 품질과 아이디어로 승부하고 그 결과는 또 다른 제품이나 용역을 개발하는데 투자하여야 하므로 주변을 돌아볼 여유가 없다. 속칭 갑을병의 먹이사슬처럼 가치사슬에서 부가가치를 생산하고 분배함에 있어서 강자는 약자에 비해 우월적 지위에서 더 많은 부분을 차지하고 약자는 기여도에 비해 미약한 부분만을 차지하게 되는, 네거티브적인 상황이 일상화되어 있다.

심지어 협력회사를 상대로 원가와 이윤을 공개하도록 하여 다음 해 계약 체결시에는 협력회사의 이윤을 최소화하는 내용으로 재계약을 하는 등으로 부가가치를 강자에게 귀속하려는 사례도 빈번하여 창의적인 기업인의 기업가정신을 훼손한다.

이러한 착취적 제도와 질서 속에서는 우리는 상생의 사회를 이루기 어렵다. 오히려 건강하고 활기찬 협력회사의 기술 진보나 부가가치 창출이 본 기업의 번영에 크게 이롭게 되므로 그러한 창의적인 협력회사에 보다 더 다양한 인센티브를 부여하여 더욱 더 기업가정신을 고취하고 시너지효과를 거두는 것이 국민경제적으로나 국가경제적으로나 이롭게 된다는 차원에서 더욱 격려하고 장려해야 할 것이다. 이러한 선순환을 통해 경제는 활성화되고 사회문화적으로는 공동체 정신을 고양시켜 나감으로써 국민 모두가 상생하는 그런 문화국가로 성장하여야 한다. 착취적 제도나 질서가 아니라 포용적인 정치, 경제, 문화로 우리 모두가 존중받고 행복하게 살아가기를 기대한다.

소망을 갖자

미래, 즉 삶의 목적과 방향에 대한 소망, 믿음, 신뢰, 확신, 청사진이 없으면 현재에도 제 직분을 다하지 못하며, 그럭저럭 대충대충 적당적당 그날그날 살아가게 됩니다.

때로는 현재 어려움에 처해 있거나 고통 중에, 슬픔 중에 있다 하더라도 우리의 소망은 우리를 다시 일어서게 하는 힘이 됩니다. 사느냐 죽느냐는 오직 우리 스스로의 선택에 달려 있습니다.

육체의 질병, 장애보다도 마음의 병이 미치는 영향이 훨씬 큽니다. 마음을 온전히 가꾸어가는 것은 내 생명을 지키는 지름길입니다. 마음은 매일매일 가꾸어가야 합니다. 그렇지 않으면 금방 잡초가 자라고 질병을 가져오는 것들이 자라서 마음 밭을 차지하게 됩니다.

이 세상에 사는 사람 중에서 자기의 소망이 모두 이루어진 사람은 한 사람도 없습니다. 모든 사람은 실패가 있습니다. 좌절의 경험이 있기 마련입니다. 그래도 우리는 거듭거듭 실패의 자리에서 털고 일어나야 합니다.

고통의 마지막 자락에는 반드시 또 다른 세상으로 인도하는 문이 있습니다. 고통을 경험하고, 살아내고, 마지막 고통을 통과하는 그 자리에 하나의 문이 반드시 있습니다. 그 문은 소망을 지닌 사람, 희망을 잃지 않는 사람이 열 수 있습니다. 소망은 그 문을 힘껏 열게 합니다.

시련과 역경은 우리를 한 단계 더 높이 뛰어오르라는 부름입니다. 삶의 또 다른 매듭입니다. 절망, 두려움은 우리의 심신을 마비시키고 기력을 쇠약하게 하여 기진맥진, 탈진하게 합니다. 소리 없이 바닥에 주저앉게 합니다. 현실에 대한 인식을 왜곡시킵니다. 우리를 위축시킵니다.

그런데, 실패란 이룰 수 없는 것이 무엇인지를 분명하게 알게 해주고, 이룰 수 있는 것을 새로 시작하게 하는 계기입니다. 역설적인 진리입니다. 실패는 혼란스러움을 야기합니다. 방향 감각을 잃게 하고 정도에서 벗어나게 됩니다. 현실에서 도망, 도피하게 하려 합니다. 부정이나 무질서와 야합하게도 합니다.

그러나 우리 눈에, 인간적인 면에서 뭔가 부족하고 혼란스러운, 말도 안 되는 일이 발생하더라도, 그것이 오히려 전화위복의 계기라고, 축복이라고 생각하면 반전의 계기가 됩니다. 부정적인 생각과 느낌이 우리를 두려움과 불안한 감정으로 몰아가는 것을 못하게 하는, 힘과 절제력을 소망에서 발견하여야 합니다. 모든 것이 끝나기 까지는 아무것도 끝났다고 할 수 없습니다. 모든 것이 끝났다고 동의해서는 안 됩니다. 포기해서는 안 됩니다. 절망의 장소가 희망의 장소가 되어야 합니다.

실패의 장소가 새로운 시작의 장소가 되어야 합니다. 실패의 경험은 인생에 불필요한 쓰레기 같은 것이 아니고, 더 높은 삶을 살아내기 위한 귀중한 경험이 누적된 보물창고가 되어야 합니다. 왕따 당한 경험이 그처럼 소외된 이들에 대한 사랑을 배우는 계기가 되어야 합니다.

우리는 소망하는 것을 날마다 반복해서 그림으로 그려 보아야 합니다. 소망에 열정과 확신을 가지고 소망이 이미 이루어져있는 모습을 분명하게 그려낼수록 우리는 그 소망에 가까이 가 있게 됩니다.

유머는 삶의 활력소

고단한 삶의 과정에서 웃음을 짓기가 쉽지 않다. 바다의 파도처럼 밀려드는 온갖 과제를 해결해가는 시간 속에서 혹시나 실수를 저지르지 않기 위해 긴장하고 스트레스를 받고 불안감과 염려가 몰려들 때도 있고, 정성을 다했음에도 정당한 평가는 고사하고 과도한 비판이나 비난을 받게 되면 몸과 마음은 위축되게 된다. 특히 부적절한 평가를 받게 되면 억울하고 불평과 분노하는 마음이 솟아난다.

다른 사람의 칭찬도 과도하면 수용하기 거북하지만, 다른 사람의 부적절한 비판이나 비난이 있을 때, 그것에 대해 어떻게 반응하느냐는 내가 선택하는 것이다. 비판이나 비난이 있을 때마다 그것을 나와 연관지어 생각할 것은 아니다. 내 삶의 주도권은 나에게 있다. 다른 사람이 나의 삶이나 내 작업의 결과에 대해 평하는 것은 가능하지만 나의 삶을, 내가 선택하는 것을 좌지우지하도록 내맡겨서는 안 된다.

정당한 평가에 기한 비판이라면 마땅히 수용하여 부족한 점이나 잘못된 점을 개선해 가면 약이 된다. 그렇지 않고 부적절한 평가에 기한 비판이라면 그것은 나의 과제가 아니고 그 사람의 생각일 뿐이다. 이 때 내가 거기에 일일이 반응하거나 대응할 일은 아니다. 물건이 수신처를 잘못 지정되어 배달되었다면 그 물건을 반송처리하면 충분하다. 굳이 그 물건을 왜 나에게 보냈느냐고 질문하거나 항의할 일도 아니다.

삶의 과정속에서 내가 수용할 수 없거나 통제할 수 없는 현상들이 예기치 않게 발생한다. 특히 대면한 상태에서 발생하기도 한다. 그런 경우에 강대강으로 반발하기 보다는 가볍게 유머를 동원하여 넘겨주면 된다. 반사라고 할까? 그것이 더 지혜로운 처신이고 더 이상 그 논쟁에서 벗어나게 해 준다. 오히려 부적절한 비판을 한 사람에게 당혹스러움이 생길 것이다.

곤란한 현실에서 유머는 삶의 활력소가 된다. 유머를 사용할 때 우리의 마음이 더 높아지고 생각이 더욱 커지는 계기가 된다.

준비하는 사람은 기회를 찾는다

기회는 저절로 나에게 찾아오지 않는다. 내가 그 기회를 찾아 나서야 그 기회를 만날 수 있다. 아무런 준비 없이 넓은 사거리로 나간다 한들 나에게 구체적으로 보이는 것은 아무것도 없다. 세상이 나를 위해 준비해 놓은 것을 아무런 준비 없이 발견하기 어렵다. 내가 무엇을 얼마만큼 준비하여 왔는지에 따라 내가 담당할 기회를 발견하게 된다. 스스로 비전을 세우고 그것을 실천하기 위한 구체적인 목표를 만들어 하루하루 그것을 이루기 위한 실행행위를 하여야 한다.

노력 없이 이루어지는 것은 없다. 창의적인 작품도 땀을 흘리고 시간과 에너지를 쏟아부어야 비로소 이루어진다. 타고난 재능이 아무리 크다 하더라도 그 재능 역시 저절로 드러나지 않는다. 세상을 놀라게 한 업적을 이룬 천재들의 경우 1%의 타고난 재주와 99%의 노력이라는 말도 하지 않는가!

세상에서는 자연은 물론이고 사회 속에서 여러 사람들과 함께 살아가므로 그에 필요한 지식과 철학이 필요하다. 인문 분야에 종사하며 살아간다고 해서 자연 분야에 관해 무지해서도, 자연 분야에 종사하며 살아간다고 해서 인문 분야에 관해 무지

해서도 안 된다. 바야흐로 융합의 시대이다. 각 분야마다 필요한 디테일한 테크닉도 필요하며, 특히 인간의 본질, 근본적인 물음에 대해서도 늘 답할 수 있어야 하며, 다양한 호기심과 관찰을 통해 세상에 대한 끊임없는 질문을 할 수 있어야 한다.

사람은 성장하지 않고 멈추면 그것은 바로 퇴보로 이어진다. 나이를 먹었다고 정신적, 영적 성장을 멈추어서는 안 된다. 살아가는 마지막 순간까지 인간답게 살아가기 위해 어제보다 나은 오늘, 오늘보다 더 나은 내일을 꿈꾸며 오늘도 내일을 준비하는 삶을 살고 싶다.

진짜와 가짜를 제대로 분별해야

가짜가 판을 치고 있다. 여기도 가짜, 저기도 가짜. 그래서 그런 내용의 노래가 유행하기도 했다. 어쩌면 가짜가 그리 많은지…… 그렇다 보니 진짜를 찾기조차 어렵다. 주변이 가짜가 많으니 진짜가 오히려 행세하기 쉽지 않다. 가짜는 자기가 가짜라고 말하지 않는다. 목소리가 더 크다. 그래서 역설적으로 소리가 큰 것은 어쩌면 가짜일 가능성 더 높다. 진짜는 군이 소리를 높일 이유가 없다. 진짜는 그대로 자연스럽고 진면목이 드러나기 때문이다.

광고물이나 선거홍보물에 있는 추상적인 구호는 다 진실을 말한다고 주장하고 있다. 그런데 과연 그 말대로 현실에서 실현되고 있는지는 궁금하다.

총론에서는 누구나 옳은 말을 한다. 왜냐하면 오류가 있는 구호를 외쳐서는 따르는 사람이 없다. 따라서 대의명분을 외친다. 그래야 진의가 다른 것을 내포하고 있는 줄을 모르는 사람들은 그 구호에 현혹되어 잘못된 판단을 하고 따른다. 그런데 구체적인 실행 방안을 살펴보면 대의명분과 전혀 다른 결론에 이르기도 한다. 각론이 중요하다. 구체적인 실행 방안과 단계별, 시기별 실천 예정사항을 알기 전까지는 섣부르게 지지하면 실수할 수 있다.

진짜는 금방 이루어지는 것이 아니다. 대의명분만이 아니라 디테일하게 실천계획을 짜고 실제로 그 계획을 실행해간다. 그 속도는 느릴지도 모르지만 그 방향을 잘 보아야 한다. 하는 척만 하거나 다른 계획에 비해 너무나 낮게 비중을 차지하고 있다면 그것도 실행 계획은 공염불이 될 가능성이 높다.

사람이 진짜로 살아오지 않고 거짓으로 살아왔다면 그 사람의 외침이나 계획은 거짓일 가능성이 높다. 그 사람의 말을 들으면 잘못된 판단을 할 수 있다. 그 사람이 살아온 행적을 보아야, 그 사람의 현재와 미래를 정확하게 판단할 수 있다. 말은 공중으로 살아질지라도 행적은 사라지지 않는다. 사람은 쉽게 변하지 않는다. 과거와 달리 오늘은 바르게 바뀌리라고 믿는다면 그것은 꿈이나 바람일 뿐 현실은 아니다. 가짜로 살아온 사람과 진짜로 살아온 사람은 다르다.

척척박사는 위험

어느 모임이나 식견을 두루 갖춘 사람들이 있다. 그런데 그 중에는 스스로는 잘 안다고 하지만 그 정보가 과거에 머물러 있고 현재와 미래에는 그리 효용가치가 없는 것도 있다. 내가 해 보았는데, 내가 다 아는데 하면서 좌중을 좌지우지하려고 하지만 듣는 사람들의 마음에까지는 들어가지 못한다.

사람은 두 부류로 나눌 수 있다. 배우려고 하는 사람과 배우려고 하지 않는 사람이다. 이미 다 알고 있다고 하거나 이미 다 경험해 봐서 다 안다는 부류의 사람들은 배우려고 하지 않는다. 이미 지나간 자료에 근거하여 자신이 경험한 것이 세상의 전부인 양 시대에 뒤떨어진 주장만을 반복한다. 기승전결에서 결론은 이미 정해져 있는 듯한 논리가 전개된다. 참으로 안타까운 현상이다. 그런데 목소리는 크다. 그렇다 보니 다른 사람들, 특히 젊은이들은 제 의견을 내세우는데 주저하게 된다. 공연히 선배나 경력자의 면전에서 다른 주장을 하기에 부담스러운 것이다.

그런데 나이에 관계없이 배우려고 하는 사람들은 자세가 다르다. 경험의 많고 적음을 떠나서 젊은이들이나 신입들에게도 기꺼이 들으려 하고 질문하고 배우려 하는 것이다. 자신의 논거만이 지속적으로 유효하다고 주장하지 않는다. 새로운 현상에 대해서는 새로운 것을 발견하고 배우고자 하는 호기심과 열정이 발휘된다. 시대의 흐름은 화살처럼 빠른데, 사람의 인지능력이나 학습은 더디기만 하다. 특히 경험이 많은 사람일수록 과거의 정보가 그 영향을 더 강하게 미쳐서 배우는 것을 게을리하거나 소홀히하면 금방 표가 난다. 새로운 개념도 모르고 단어도 모른 것이 비일비재하다.

세상은 변하며 이에 따라 그 주도적인 세력은 바뀌어야 한다. 정체된 조직은 쇠퇴하게 된다. 앞선 강물은 뒤따라오는 강물에 미련 없이 그 자리를 내어 주어야 한다. 식견과 경험은 그 나름대로 의미있고 기여할 수 있다. 역할과 책임을 조정하여야 한다. 마지막까지 자기의 입지를 붙드려하는 모습은 결코 아름답지 않다. 화무십일홍이라는 말이 있듯이 다 한창 때가 있기 마련이다. 그 떠나는 모습이 아름다워야 한다. 익으면 익을수록 고개를 숙이는 벼 이삭의 이치를 배워야 한다. 내가 아는 것이 세상에서 정말 적은 것임을 새삼 알아가면서 그래서 세상일은 분업하고 협동하여야 하는 이치임을 깨닫게 된다. 함께 하니 감사할 따름이다. 또한 2세들에게 바톤을 넘겨주는 것이 참 기분이 좋다. 2세들에 대한 믿음으로 그들이 더욱 성숙하고 번영하길 기대한다.

침묵은 금金 인가?

1919년 3월 1일 33인의 지도자는 독립선언문을 선포하였다. 1960년 4월 19일 수많은 학생들과 시민들은 불의에 항거했다. 이와 같은 불굴의 의지로 대의를 선포하는데 동참한 시민들의 피와 땀으로 우리는 민주주의하에서 살아가고 있다.

진실 앞에 침묵은 거짓에 동조하는 것이다. 용기를 내어야 한다. 두려움을 떨쳐내야 대의명분에 동참할 수 있다. 내가 어떤 선택을 하느냐에 따라 나는 누구인가를 드러낸다.

삼인지행 필유아사三人之行 必有我師 세 사람이 함께 가면 그 중에는 반드시 스승과 같은 사람이 있기 마련이다. 여러 사람이 있으면 반드시 내가 배울 점을 발견하게 된다. 세상 사람들로부터 늘 배우겠다는 자세, 적극적이고 긍정적인 자세를 가져야 한다. 배우고자 한다면, 세상에는 스승 아닌 것이 없다. 그래서 반면교사反面教師라는 말도 있다. 다른 사람의 잘못을 보고도 내 잘못이 없나 돌아보고 유사한 잘못을 고쳐 나가야 한다는 뜻이다. 자신의 실수나 실패조차도 성장의 밑거름으로 활용해야 한다.

인생에는 끊임없는 도전과 시험의 연속이다. 틀에 박힌 루틴한 삶이 아니라 변화무쌍한 삶이 축복이다. 현실에 안주하거나 안일한 사고에서 머무를 것이 아니라 주변의 삶의 현장에서 일어나는 모습들에 관해 세심한 관심을 기울이고, 그 중에서 세상을 아름답게 하지 못하는 부분들에 대하여는 마치 내 몸에 불편과 상처가 있는 것처럼 신속하게 고쳐 나가는 자세를 갖추어야 한다.

자기만 독야청정, 때묻지 않고 살아가고자 하는 것, 그러면 어려운 세상 일, 사회를 맑고 아름답게 하는 일은 누가 하겠는가? 악화가 양화를 구축한다고, 뜻있고 바른 생각을 가진 사람들이 세상에 나서지 않으면 차선이 아니라 최악의 사람들이 어느새 세상에서 군림하고 인간답지 못한 세상을 만들고 만다.

오늘 하루도 이 세상을 어제보다 더 나은 곳으로 만드는데 우리는 적극 참여해야 한다. 세상의 구경꾼이나 방관자, 침묵의 동조자가 아니라 늘 깨어있어야 한다. 적극적인 참여자가 되어야 한다. 생각과 말만이 아니라 행동으로 뜻을 펼쳐야 한다. 인생은 그리 길지 않다. 머뭇거리거나 주저하는 것도 어떤 면에서는 사치이다.

2
존중하는 리더

군인 즉 직신 君仁 則 直臣 (자치통감)

리더가 스스로 겸손하고 자중하며 구성원들의 의견을 들으려고
하면 구성원들 역시 공동체를 위하여 제대로 된 의견을 제시한
다. 들을 마음과 들을 귀가 있는 사람에게는 다른 사람의 말과 뜻
이 들리게 된다. 아무리 귀한 말이라고 하더라도 열린 마음과 들
으려는 자세가 없으면 그런 기회를 만나지 못한다.

먼저 존중

존중이란 영어로 Respect 인데, 그 어원을 보면, 자기 자신과 다른 사람을 되돌아보는 것을 말합니다. 자기 자신을 되돌아보는 것은 자기 스스로를 재발견하는 것이며, 다른 사람을 되돌아보는 것은 다른 사람을 있는 그대로 인정하고 받아들이는 것입니다.

비행기에 탑승하면 승무원의 주의사항을 듣게 됩니다. 다른 사람을 돌보기 전에 먼저 자신의 산소마스크를 찾아서 쓰라는 말씀입니다. 다른 사람을 존중하기 위해서는 무엇보다도 먼저 자기 자신을 존중하여야 합니다.

진정으로 자기를 아낀다면 불필요한 일을 하면서 소중한 시간을 낭비하거나 부정적인 생각과 활동에 자신의 귀한 에너지를 낭비하지 않게 됩니다. 자기 스스로를 진정으로 존중한다면 상대방 역시 얼마나 소중한지를 깨닫게 됩니다.

남을 이끌고자 한다면 그들의 뒤에서 걸어보라는 말씀이 있습니다. 결국 다른 사람의 입장에 서보라는 말씀입니다. 누구에게나 강점(특성, 자질, 역량)이 있습니다. 그런데, 자신의 강점을 모르고 있거나 활용하지 않을 따름입니다. 또한 약점이 강점으로 바뀔 수도 있습니다.

아무리 친했던 사이라도 서로에 대한 존중이 사라지는 순간, 우정이나 인간관계는 뜨거운 뙤약볕 아래 놓이게 된 꽃처럼 시들어버립니다. 친절딜레마라는 말이 있습니다. 가까운 사람에게 불친절하고 예의 없게 행동하는 경향을 말하는 것입니다. 우리도 혹시 직장에서나 가정에서 그런 사례가 없는지 돌아봐야 하겠습니다. 다른 사람의 잘못이나 실수를 보게 되면 좀 더 유연한 자세가 필요합니다. 내가 그(그들)의 입장이었을 때, 그(그들)보다 더 잘 행동하였을 것이라고 장담할 자신이 없기 때문입니다.

사람이 전부입니다. 사람이 모든 희망의 출발입니다. 먼저 존중합시다. 먼저 사랑합시다. 먼저 신뢰합시다.

상급자와 잘 사는 법 : 역지사지

1. 상급자를 무시하지 말고, 상급자를 존중합시다.

때로는 상급자와 가치관이 다르거나 일 처리 방식이 다를 수 있습니다. 그러한 것이 누적되다 보면, 상급자의 지시나 업무 처리방식을 무시하거나, 보고 시 해당 상급자와의 제대로 된 정보 교환을 하지 않는 경우가 발생합니다. 그러나 직장생활을 하는 사람으로서는 상급자를 무시하거나 보고단계 중 특정 단계를 생략하는 경우 언젠가는 그 상급자도 그 사실을 알게 되고, 그로 인하여 그 상급자로부터 결정적인 순간에 엄청난 불이익을 받게 될 수도 있습니다.

옛말에 원수는 외나무다리에서 만난다고 하지 않던가요?

비록 상급자가 다소 자기 마음에 맞지 않거나 역량이 좀 부족하다고 할지라도, 상급자도 나름대로 연륜과 경륜, 장점이 있을 테니 그 부분을 자기의 부족함을 보충하는 것으로 여기고, 자신의 장점이나 역량을 상급자의 부족한 부분에 대한 보충하는 것으로 여기면서 직장생활을 해 간다면, 상급자도 그 사실을 당연히 알게 되므로, 향후 자신의 든든한 후원자가 됩니다.

장점이 단점이 되고, 단점이 장점이 되기도 합니다. 신속한 것을 가볍다고, 생각이 깊지 못하다고, 신중하지 못하다고 하기도 하며, 신중한 것을 느리다고, 게으르다고, 결단력이 부족하다고, 순발력이 부족하다고 하기도 합니다. 동전에는 양면이 있습니다. 완벽한 사람은 없습니다. 부족한 부분을 채워주고 대신해주는 것은 아름다운 일입니다. 사돈이 논 사면 배 아프다는 것은 옛말입니다. 주위가 잘되면 나도 잘 될 수밖에 없습니다.

차이와 다름은 다양성과 창조의 원천이 되고, 좋은 것도 덜 좋은 것도 어우러져 씨줄과 날줄로 역사를 이루어갑니다. 백지장도 맞들면 낫습니다. 팀워크, 협동, 협력의 시너지효과를 거두는 지혜가 필요합니다.

상급자의 단점은 최소한 반면교사로서, 역지사지할 필요가 있습니다. 내가 다른 동료나 하급자와의 관계에서는 어떠한가 뒤돌아보는 좋은 기회입니다. 어찌했든 상급자와 하급자는 상호 보완관계에 있고, 협조자이자 동반자입니다. 오늘 지금 이 자리에서 만나는 사람, 함께하는 사람이 나에게는 참으로 소중한 사람임을 늘 기억해야 합니다.

상급자는 인기 있는 리더가 아니라 존경받는 리더가 되도록 노력해야 하고, 팔로어는 신뢰받는, 리더에게 믿음을 주는 팔로어가 되어야 합니다. 우리는 어떤 자리에서는 리더이기도 하지만, 동시에 어떤 자리에서는 팔로어이기도 하다는 점을 유념하여야 합니다.

사람은 좋은 점을 보려고 하는 마음에서는 좋은 점이 보이고 좋지 않은 점을 보려고 하는 마음에서는 좋지 않은 점이 많이 보입니다. 직장에서도 좋은 점, 존중하고 존경할만한 점을 발견하려는 마음을 먹으면 반드시 좋은 점, 존중하고 존경할만한 점이 보입니다. 서로 존중하고 존경할만한 점을 오늘부터 발견해 나가십시요. 특별히 상급자가 자신의 든든한 후원자가 된다면 날마다 직장은 천국이 될 것입니다.

2. 상급자를 놀라게 하지 말라. 상급자와 자주 소통하라.

때로는 여러 가지 사유로 특정 상급자에 보고를 누락하는 경우가 발생합니다. 해당 사실을 뒤늦게 알게 된 그 상급자는 결코 소속 직원을 좋게 평가하지 않습니다. 상급자에 대한 보고를 최종 결론을 내놓고 처리기한이 정하여져 있는 일을 마지막 날에야 비로소 보고함으로써 상급자가 다른 선택의 여지가 없도록 만드는 경우에도 상급자로서는 자신의 의견을 해당 업무에 반영할 기회를 상실하게 된 것에 대하여 그리 기분 좋은 일로 받아들여지지 않습니다.

수시로 특정 현안에 관해 검토가 진행되는 경우 온전한 검토결과를 보고하기 전에 상급자도 충분히 검토할 수 있도록 이러저러한 사안에 관해 검토 중이라는 사실을 자주 보고드리는 것

이 좋습니다. 결론을 우격다짐으로 승인하도록 몰아붙이는 것
은 바람직하지 않습니다. 자주자주 소통하는 것이 필요합니다.

3. 상급자가 잘 되는 것이 곧 내가 잘 되는 길이고, 내가 잘
되려면 우선 상급자가 잘 되어야 합니다. 상급자를 나의 직장
생활에서 최대의 후원자로 만드십시오. 직장에서의 맺어진 직
연을 결코 가볍게 여길 일은 아닙니다. 옷깃만 스쳐도 굉장한
인연이라고 하는데, 함께 근무하는 것은 무척 소중한 인연이
됩니다.

4. 일 잘하는 사람은 상급자의 마음을 읽습니다. 최소한 읽
으려고 노력합니다. 아무리 옳은 의견이라 하더라도 시도 때도
없이 말하는 것은 부적절합니다. 자신의 견해가 진정 바른 것
이라면 그것을 제시하는 때와 장소, 분위기 등을 잘 살펴 자신
의 견해가 제대로 집행될 수 있도록 함도 자신의 역량입니다.
비판적인 견해, 쓴소리는 웬만한 사람이면 누구나 할 수 있습
니다. 그러나 그러한 주장을 시의적절하게 하는 사람이 진정으
로 실력 있는 사람이며, 조직에서도 존중받을 수 있습니다.

5. 쓸데없는 노력이란 존재하지 않습니다. 뿌린 만큼 거둡니다.
오늘 비록 묵묵히 힘쓴 일이 아무런 열매를 맺지 못하는 것

처럼 여겨질 때도 있습니다. 그래도 오늘 뿌린 씨앗은 어딘가에서 반드시 싹을 틔우고 언젠가는 세상에서 그 결실을 거두게 됩니다.

한 술에 배부를 수는 없습니다. 천리 길도 한걸음부터 천 걸음을 가야 이루어집니다. 끈기, 인내, 지속성이 필요합니다.

6. 참모나 실무자는 스페셜리스트, CEO는 제너럴리스트

참모나 실무자가 CEO가 생각하는 정도 밖에 생각할 수 없고 CEO와 생각이 항상 같다면, 참모나 실무자는 불필요한 존재로 여겨질 수 있습니다. 물론 CEO가 생각하는 것도 생각하지 못한다면 더 말할 나위가 없습니다. 복제인간, 예스맨은 그리 필요하지 않습니다. 참모나 실무자로서 끊임없이 궁리하고 실행하는 것은 그래서 중요합니다.

대화의 시작은 호칭부터

여러분이 함께 근무하시는 분 가운데 몇 분의 이름을 기억하시나요? 오늘 아니면 지난주에 출근하여 퇴근 시까지 함께 근무하시는 분 가운데서 몇 분의 이름을 불렀나요?

도로에서 건물에 들어올 때 처음으로 만나는 경비 담당이나 보안 담당하시는 분의 이름을 불러 본 적이 있나요? 아니면 따뜻하게 악수를 나누거나 아침인사를 나누어 본 적이 있나요?

현관에 들어설 때, 마주하는 분의 이름을 부르면서 편히 쉬셨습니까? 오늘도 좋은 하루 되십시오. 복된 하루 되십시오. 등등 인사말을 건네 보신 적이 있으신가요?

우리는 하루에도 직장에서 많은 사람을 만납니다. 그렇지만 무심히 지나치거나 눈인사만 한 채 지나가게 되지요. 우리가 매일 만나는 한 사람 한 사람은 바로 내 인생을 엮어가는 귀한 사람들입니다. 어떤 경우에는 말을 걸고 싶지만 그 사람의 이름을 분명하게 알지 못하면 혹 실례가 될지 모르므로, 마음으로는 인사나 대화를 나누고 싶어도 그냥 지나치게 되는 경우도 있습니다. 다른 사람의 이름을 아는 것은 참으로 중요합니다. 상대방을 어떤 표현으로 호칭하느냐도 상당히 중요합니다.

서울 지하철 역에 게시된 글의 내용을 옮깁니다. 박서방과 박사장이라는 호칭이다. 어떤 점잖은 분과 좀 덜 점잖은 분이 함께 정육점에 고기를 사러 들어갔습니다. 점잖은 분은 정육점 주인에게 "박사장님, 돼지고기 한 근 주세요."하고 말했습니다. 그러니 정육점 주인이 그 사람에게 돼지고기 한 근을 썰어 포장하여 주었습니다.

함께 갔던 좀 덜 점잖은 분이 정육점 주인에게 "어이, 박서방, 돼지고기 한 근 주게."하고 말했습니다. 정육점 주인은 그 사람에게 돼지고기 한 근을 썰어 포장하여 주었습니다. 그런데 보니 좀 덜 점잖은 분의 고기의 양이 적었습니다. 그래서 그 사람이 정육점 주인에게 "왜 내 고기는 저 사람 고기보다 양이 적지?"라고 물었습니다. 그랬더니, 정육점 주인이 말했습니다. "저 분에게는 박사장이 고기를 썰어 드린 것이고, 이 고기는 박서방이 고기를 썰어 준 것이기 때문이다."

가는 말이 고와야 오는 말이 곱다는 말이 있습니다. 우리는 상대방에 대한 호칭부터 정확하게, 정중하게 해야 하겠습니다. 상대방의 이름을 정확하게 제대로 불러 주는 것이 대화와 소통, 존중의 첫걸음이라고 생각합니다.

이제부터는 함께 근무하는 직원들에 대한 관심의 시작인 이름과 호칭을 제대로 알고 기억하고 부르기로 합시다.

정확한 소통은 확인

우리는 직장에서나 집에서나 다른 사람에게 어떤 말을 하면 그 사람이 화자의 말을 정확히 전달받았을 것으로 생각한다. 그러나 현실에서는 반드시 그렇지 않다. 제대로 들었을 때만이 화자의 말 내용이 정확히 전달된다. 종종 화자가 말하는 내용을 들은 상대방은 자기식으로 화자의 말을 듣고 만다. 상대방은 자신이 경험한 범위 내에서 이해하고 알아들을 수밖에 없다. 마치 우리가 외국인들 간에 대화를 듣는 경우, 그 외국어를 미리 알고 있는 경우에는 그 대화 내용을 알아들을 수 있지만, 그 외국어를 미리 알고 있지 못하면 그 대화 내용을 알아듣지 못하는 것과 유사하다. 대화 시에 상대방이 화자의 말의 내용을 제대로 전달받았을 것으로 쉽게 믿는 것은 위험하기까지 하다. 그러므로 화자는 말의 내용이 제대로 전달되었는지 상대방에게 어떤 식으로든 그 자리에서 확인할 필요가 있다.

군대에서는 이러한 것을 복명복창이라고 한다. 상급자가 지시를 하면 그 지시받은 내용을 하급자가 그 자리에서 바로 정리하여 말하게 함으로써 지시사항의 정확한 전달과 이행을 담보할 수 있게 된다. 우리는 직장생활에서도 당연한 것으로 여기지 말고, 대화 내용이 잘 전달되었는지 그 자리에서 확인할 필요가 있다.

소통은 중요하다. 일방적인 전달에서 나아가 상호간의 대화를 통해 말의 진의가 제대로 전달되어야 한다. 말한 내용의 전달에 관한 책임은 듣는 사람에게 있지 않고 말하는 사람에게 있음을 유의해야 한다. 상대방이 알아들을 때까지 반복해서라도 이야기해야 한다. 특정 프로젝트를 전개하거나 특정 기업이나 조직에서 비전과 전략을 제시하면서 어떤 목표를 향해 함께 나아갈 때는 소속 구성원이 모두 한 마음이 되도록 하기 위해서 반드시 주책임자의 비전과 전략, 방침이나 목표를 전체 구성원이 이해하고 공감할 수 있도록 자주 반복하여 말함으로써 전파하고 공유하고 공감되고 있는지 확인하여야 한다. 한번 말했다고 해서 상대방이 모두 제대로 알아들었다고 생각하는 것은 과신이다. 한번 듣고서 바로 그것을 이행하는 것은 극히 드문 일일지도 모른다.

똑같은 말을 자주하면 상대방은 듣기 싫어한다. 그리하여 주책임자는 한번 말한 것을 다시 반복하여 말하는 것을 주저하게 된다. 그러나 특정 조직이나 과제의 주책임자는 자신의 비전과 구체적 실행방안을 구성원들이 완전히 이해하고 공감할 때까지 지속적으로 많은 노력을 해야 한다. 잭 웰치 GE 전 회장은 "10번 이상 이야기하지 않은 것은 한 번도 이야기하지 않은 것과 같다."고 말합니다.

상대방을 존중한다는 명목으로 한번 말하고 반복하여 말하지 않는 것은, 사람의 기억력, 지력의 한계뿐 아니라, 현실세계에서도 수많은 관심과 일거리 등으로 초점이 분산되는 상황을 고려한다면, 사실상 화자의 추구하는 바를 포기하는 것과 다름이 없다는 사실을 늘 유의하여야 한다.

정보 공유의 가치

누구에게나 뭔가 알고 싶은 욕구가 있습니다. 알고 싶은 욕구는 충족되어야 합니다. 그러기 위해서는 열린 대화와 소통, 쌍방향, 다방향 소통이 필요합니다.

'정보의 독점에서 힘이 생긴다.'는 생각에서 정보에 대한 소외가 발생합니다. '알지 못한다. 소외 받고 있다.'고 생각하면, 공동의 목표에 대해 무관심, 무책임, 냉담하게 되고, 벽을 쌓게 되며, 때로는 화나게 만듭니다. 업무와 관련 없는 정보를 공유하는 것도 공동체의 단합과 목표 달성에 도움이 됩니다.

공유하는 기회, 공유한다는 것 자체가 의미 있으며, 유용합니다. 직원과의 잦은 만남, 스킨십은 열린 대화의 첫 걸음입니다. 사무실 내에서 서류 결재만으로는 소통에 한계가 있습니다. 대화가 부족하면 최소한의 일만, 지시된 일만 하게 됩니다. 주인의식과 참여를 고취하는 데에는 대화가 중요한 역할을 합니다.

정보를 1대 1로, 개인적으로 전파해야, 제대로 전달, 공유하게 됩니다. 그런데, 공격적, 책임회피성 발언은 대화가 아니라, 독백에 불과합니다.

21세기, IT의 영향력이 막강하지만, 모든 이들의 관심을 가져오는 것은 아닙니다. 온라인상으로 하는 정보공유는 한계가 있습니다. 온라인 게시판 게시물은 한정된 소수의 몇몇 사람만 봅니다. 여러 사람이 참석하는 회의의 경우에도, 주의 깊게 듣지 않으면 정보 공유, 공감이 이루어지지 않습니다. 방송 멘트도 타 업무를 수행하면서 듣기에 정보가 제대로 전달되지 않습니다. 구체적이고 시의적절한 대화, 소통이 필요합니다. 중요한 현안일수록 개별적 접촉은 중요합니다.

정보로부터 소외되지 않고, 정보를 공유함으로써, 내가 직장 동료들에게 중요한 존재로 인정받는다는 것은 매우 가치 있는 일이다.

조직의 생명력은 합리적인 의견 수렴에서

어느 조직이나 집단이나 여러 사람이 모이다 보면 의견 차이, 갈등이 있을 수밖에 없습니다. 사람은 본시 자라온 환경, 교육, 경험 등이 다양하기 때문에, 사회에서 발생하거나 발생할 것으로 예상되는 현상에 대한 진단(평가)과 향후 대안이 다를 수 있습니다.

이러한 견해차이나 갈등은 그 조직이나 집단을 통합하고 화합, 발전시키는 방향으로 조정, 전개되어야 합니다. 서로 간에 이해나 견해 차이에 근거하여 서로 공격, 배척, 대립을 키우는 방향으로 전개되어서는 안 됩니다. 만인에 의한 만인에 대한 투쟁으로 진행되어서는 안 됩니다. 국민 구성원의 혈통, 문화, 역사가 다양한 다문화시대를 맞이하여 서로를 존중하는 것은 그 어느 때보다도 절실해졌습니다. 공생, 상생, 공동번영, 조화, 타협이 절실합니다.

사람의 관계는 어느 한 겹의 줄로만 연결된 것이 아닙니다. 여러 겹의 줄이 연결되어 있습니다. 그런데, 한 가지의 특정 사유를 강조하다 보면 그 외 다른 연결점들을 지나치게 무시하거나 소홀히 하는 경우가 있습니다. 서로 다른 견해에 관해서는 기회를 부여하여 또 다른 대안을 제시하여 조정하고 정리해 가야 합니다. 일부를 전부인 양 침소봉대하거나 하나의 과제를 다른 과제의 원인과 결과라고 견강부회하여서는 안 됩니다. 있는 것을 있는 그대로 볼 수 있는 안목과 관점이 필요합니다.

있어서는 안 되는 것이 편견입니다. 사람의 경험과 교육, 인식의 한계 등으로 인해 편견은 종류가 다르기는 하더라도 많은 사람이 편견을 가지고 있습니다. 편견은 무지, 열등감, 자존감이나 자신감의 부족 등에서 비롯됩니다. 편견은 뭔가 희생양을 필요로 합니다. 편견의 오류와 해악과 무서움은 회복하기 쉽지 않습니다. 특정 목적을 위해 대척점에 서 있는 사람들의 집단을 희생양으로 만들고 마는 경우도 있습니다.

요즈음 우리 주위에서는 어떠한지 살펴볼 일입니다. 우리는 눈을 뜨고 있으면 당연히 모든 것을 보고 있는 것으로 생각합니다. 자기 눈에 보이는 것이 전부라고 착각하기도 합니다. 자칫 사실상 색안경을 낀 채 세상을 바라보고 있기도 합니다. 자기와 견해가 다른 이에게 낙인을 찍고, 반대자, 거부자, 오류에 젖은 사람으로 평가절하하기도 합니다. 과거의 잘못된 행태나 관행, 누적된 피해로 인한 심리적 피해 등 그 원인에 일리가 있을 수도 있습니다. 그러나 100퍼센트 수용될 수 없는 주장일 경우도 있습니다.

누구에게나 구성원에게 의견을 제시할 기회를 부여할 필요가 있습니다. 그렇지만, 의견 제시는 건전한 대안을 제시하여야지, 막연한 비판이나 비난, 푸념은 의견 제시와는 구별되어야 합니다. 현실에 안주하는 것은 발전, 변화가 없어, 생명력이 소멸되어 가기 마련입니다. 반면, 불평, 불만은 긍정적으로 작용하여 현실을 개선하기도 하지만, 더 상황을 곤란하게도 합니다. 매사에 감사함이 없는 불평불만은 세상을 아름답게 변화시키지는 못합니다.

사랑은 사랑을 낳고, 미움은 미움을 낳습니다. 미움은 상대방을 정신적, 심리적으로 죽이기보다는 미워하는 마음을 가진 스스로를 먼저, 훨씬 더 죽이게 됩니다. 선한 씨앗은 선한 열매를 맺습니다. 콩 심은 데 콩 나고 팥 심은 데 팥 납니다. 의견을 제시하거나 비판을 함에 있어서 그 동기, 방법, 과정, 절차, 목적, 모두 아름다움, 인간미가 묻어나면 더욱 좋지 않을까요?

의견 제시는 그 설득력과 채택 여부가 그 논거나 사유의 적정성, 합리성 여부에 달려 있습니다. 먼저, 제시하는 의견의 논거는 진실에 근거하고 있는지, 적정한지, 합리적인지, 긍정적인 열매를 가져오는지 살펴 볼 일이다. 다음으로, 구성원 모두에게 유익한지 살펴 볼 일이다. 또한 다른 사람이 주장하더라도 내가 기꺼이 승복할 수 있는 것인지 객관적으로 살펴 볼 일입니다.

구성원 외에 일반인 누구에게라도 당당하게 주장하고 일반인으로부터 수용될 수 있는 것인지 살펴 볼 일입니다.

우리는 의견을 제시하기에 앞서서, 현실을 제대로 직시하여야 합니다. 그리고 그 토대위에서 미래의 지향점을 바르게 모색해 나가야 합니다. 위기를 극복하기 위한 조치나 제도가 또 다른 부작용을 만들어 낼 수 있음에 유의해야 합니다. 그 부작용은 머지않아 또 다른 위기를 초래하기 때문입니다. 위기를 타개하기 위한 대책으로 실행하기 쉬운 제도를 도입하면 실질적으로 실패하기 쉽습니다. 그 제도가 위기에 놓이기까지 실행되지 않았다는 것은 그 제도의 긍정적인 효과 보다는 부정적인 효과가 있었기(예상되었기) 때문에 그 때까지 실행되지 못하였다는 것을 반증합니다. 따라서 실행하기 쉬운, 누구나 생각하기 쉬운 제도나 조치는 단방 약으로는 어떨지 모르지만, 시일이 경과하면 반드시 부작용이 커서 실패하고 폐지될 가능성이 높다고 보면 맞을 것입니다.

단순히 위기를 벗어나기 위해 무엇인가를 정밀한 검토 없이 실행하는 것은 또 다른 구렁텅이에 빠지는 한 걸음을 내딛을 가능성이 높습니다. 특정인이나 특정 직역, 특정 분야에 종사하는 사람들의 이해관계를 뛰어넘는, 합리적인 의견 제시와 피드백을 통한 조정이 원활히 이루어지는 소통의 문화가 아름답게 꽃피고 열매를 맺으면 더욱 좋겠습니다.

상대방의 입장에서 대화하기

　우리는 직장에서 직원들과 다양한 관계를 맺으며 생활하고 있습니다. 우리가 직장에서 만나는 사람으로는 상급자도 있고, 동년배도 있고, 하급자도 있습니다. 일하는 곳을 방문하는 국민도, 유관기관 직원들도 있습니다. 그들에게 비치는 나의 모습은 어떠할까요?

　내 입장에서는 정중하게 정성을 다해 대응하는 상황임에도 상대방에게는 어딘지 나의 처신이 어색하고 상대방을 불편하게 하고 마땅치 않을 수도 있습니다.

　과유불급이라는 말이 있기는 합니다만, 그래도 친절함은 아무리 지나쳐도 좋다고 생각합니다. 여러분도 일상적으로 경험하셨을 것이다. 질병으로 치료받으러 병원에 가보면 진찰시에나 진찰결과에 따른 치료를 하는데 있어서, 상세하게 묻고 답해주는 의사가 있는가 하면, 무엇을 진찰하고 무슨 처치를 하는지 알지 못하게 하여 답답한 경우도 있었을 것이다. 치료를 잘 해주어 병을 낫게 해준 의사에게 감사하기는 하지만, 진찰 시에도, 진단결과에 대해 치료 시에도, 친절하게 자세하게 설명해 주는 의사에 대해 더욱 감사하게 되지 않았습니까?

"친절은 최선의 외교다." 라는 말이 있습니다. 상대방의 관심이 무엇인지 살펴 그에 맞추어 대화를 전개해 나가는 것이 바람직합니다. 상대방의 관심 밖에 있는 것을 주제로 대화를 진행하는 경우에는 관계가 깊어지기보다는 서로 독백을 나누는 정도에 머무르게 됩니다.

상대방과 대화 시에는 말과 태도를 정중하게, 호감 있게 해야 합니다. 그러면 상대방도 대화에 임할 때 좀 더 조심스럽게 진지하게 나오고, 함부로 언행하지 않을 것입니다.

대화의 주제어를 먼저 제시하면서 대화를 시작하는 것이 좋습니다. 한참 들어보아야만 무엇을 말하려고 하는지 알게 된다면 그 대화는 실패라고 하겠습니다. 결론이나 중심 논제를 대화 시작 단계에서 제시하는 것이 효과적입니다.

대화는 상대방이 알아들을 수 있는 용어로 해야 합니다. 알아들을 수 없는 용어로 대화를 하면 상대방은 무시당하거나 소홀히 대우받는다고 느낍니다. 교감이나 공감을 할 수도 없을 것입니다.

대화는 상대방이 듣기 쉬운 순서대로 하여야 합니다. 보통 결론부터 먼저 말하고 그에 따라 상대방이 그 논거에 관해 관심이 있으면 그 때 그 논거를 자세히 설명하면 충분합니다. 이미 상대방이 화자의 결론에 동의하면 별도로 논거를 자세히 설명하는 것이 불필요할 수도 있기 때문입니다.

업무상 대화를 하는 경우에는 특히, 그 일 자체에 집중해서 대화해야 합니다. 그 일과 관련된 사람을 일에서 분리하여 객관적으로 투명한 태도로 대화를 해야 과제가 해결됩니다. 그 일을 담당하는 사람에 초점을 맞추게 되면 그 일을 객관적으로 공정하게 바라보지 못할 수도 있습니다.

침묵이 금이라면 대화는 순금을 만들어내는 용광로가 될 수 있습니다. 조직의 리더는 조직 구성원과 조직의 목표와 실천방안에 관해 꾸준히 대화를 하고 공감을 이끌어내어야 합니다. 그래야만 그 조직의 목표에 구성원의 마음과 힘이 모아지기 때문입니다.

같은 내용이라도 어떻게 표현하느냐에 따라 상대방의 반응과 수용 여부가 달라질 수 있습니다. 음식점에 가보시면 금방 느낄 것이다. 종업원이 고객을 대하는 태도, 음식을 주문받는 자세, 음식을 제공하는 자세를 보면, 그 음식점 음식의 질을 알 수 있습니다. 직장에서 대화를 하기에 앞서, 우리도 음식점에서 음식을 주문하고 먹은 다음 느낌이 좋았을 때, 즉 다시 오고 싶은 음식점의 경우와, 다시는 이 음식점에 오고 싶지 않을 때, 느낌이 좋지 않았을 때를 떠올리면서, 우리 직장에서 직장동료나 국민을 어떻게 대할 것인지 생각해보면 좋겠습니다.

'벽'과 '문'을 생각하며

우리말에는 '벽'이라는 글자가 들어있는 단어가 많이 있습니다. 눈으로 보고 손으로 만질 수 있는 담벽이 있습니다. 눈에는 보이지 않고 마음으로만 보고 느낄 수 있는 습벽이 있습니다. 생각이 한 쪽으로 기울어져 불안정한 편벽도 있습니다. 말이 잘 통하지 않는 사람을 가리켜 '벽창호'라고도 합니다. 한편, 많은 생각, 마음이나 몸이 불편하여 잠을 제대로 이루지 못하고 애타게 새 날을 기다리는 이에게 새로운 희망을 주는 새벽도 있습니다.

보통으로 흔히 쓰이는 '벽'은 막혀진 상태, 뭔가와 구분되고 분리, 단절을 뜻합니다. '안과 밖, 이쪽과 저쪽, 좌와 우, 어둠과 밝음, 우리와 다른 이'처럼 구별되고 불통되는 모습이 떠오릅니다.

우리가 사는 '집'과 사람이 죽으면 놓이게 되는 '관' 사이에는 구별되는 부분이 있는데, 그것이 무엇인지 아시나요? 바로 들고나는 문이 있느냐 없느냐입니다. 이처럼 '문'은 이러한 단절과 불통을 연결하고, 서로 오가는 통로가 됩니다.

우리 몸 가운데 '눈'은 우리의 정신과 영혼을 밖으로, 다른 사람에게 드러내는 '문'입니다. 흰 도화지만 있을 때는 생명을 느낄 수 없지만, 그곳의 한 부분에 조그마한 창문을 하나 그려 넣으면 금방 넓은 부분에 생기가 돋아나고, 그 창문을 통해 자연과 인간이 살아 숨 쉬는 숨결을 느낄 수 있게 됩니다. 벽만 있고 문이 없다면 그것은 진정 지속적인 삶이 유지될 수 없습니다. 빛 한 점 없는 독방에는 죽음만이 충만하게 됩니다.

인간은 홀로 살 수 없습니다. 누군가와 이웃하여 돕고 나누고 교류하면서 살아가도록 창조되었습니다. 스스로 벽을 쌓고 그 안에서 홀로 머무는 것은 인간답지 못한 것입니다. 문을 내어 때때로 열고 닫으면서 세상과 소통해야 합니다. 우리는 직장에서나 가정에서나 이웃과 더불어 살아가는 어느 곳에서나, 벽을 쌓고 문이 없는 상황을 만들거나 그러한 상황을 수동적으로 수용해서는 안 됩니다.

나부터 주체적으로 문을 내어, 직장동료, 가족, 이웃 사람과 마음을 나누고 삶의 아름다움과 기쁨을 주고받으며 살아가야 합니다. 일시적인 침묵과 정진을 위해서라면 모르지만, 그 외에는 다른 사람과의 마음의 벽이나, 특정 습관에 지나친 의존이나 집착인 습벽에서, 대담하게 탈출하여, 인간과, 자연과, 소통하며 조화롭게 살아가면 좋겠습니다.

마음의 눈을 떠 제대로 바라보고, 마음의 귀를 열어 제대로 듣고, 열린 마음을 주위 사람과 나누어 가면서 살아가면 더 좋겠습니다.

3
변화하는 리더

정언약반 正言若反 (노자 도덕경)
바른 말은 반대하는 것처럼 들린다. 바른 말은 귀에 거슬린다. 심
장을 찌르는 듯 아프다. 눈길을 피하고 싶은 마음이 든다. 몸에
좋은 약은 입에 쓰고, 바르게 행동하라는 말은 귀에 거슬린다.
양약고구 충언역이 良藥苦口 忠言逆耳

변화만이 살 길이다

몽골제국을 일으킨 사람이 한 말이라고 합니다. 성을 쌓는 자는 망하고 성을 허무는 자는 흥한다고 합니다. 과거에 매어있으면 현재와 미래는 없습니다. 과거의 성공체험이 미래의 성공에는 가장 위험한 요인이 되며 실패의 지름길이 되기도 합니다.

애플 창업주 스티브 잡스가 현지 시간으로 2011. 10. 5. 췌장암으로 사망했습니다. 지난 세월 IT업계에서 입지전적인 존재로 부각되었던 사람입니다. IT업계는 끊임없이 혁신을 통해 성장을 거듭하고 있습니다.

우리는 휴대폰 한 가지에서도 소비자로서 지속적으로 새로움을 추구하고 있습니다. 그러면서도 스스로 자신은 얼마나 혁신과 새로움, 창의적인, 도전적인 생각과 실천을 하고 있는지 한번 돌아볼 필요가 있습니다.

요즈음의 트렌드는 변화와 혁신, 창조입니다. 과거에 없었던 그 무엇인가를 새로 만들어내는 것이 아니라, 기존에 있었던 것을 새롭게 조명하고, 연관이 없었던 것 같은 것들을 연관시켜 새로운 조합을 이루고, 새로운 해석과 적용 등 새로운, 변화된 시각을 통해 새로움을 발견, 발굴해 내는 것입니다.

이 지상에 인류의 역사가 오래된 만큼, 이미 거의 모든 것은 창안되고 만들어져 있습니다. 다만, 그 시대나 장소에 따라, 그곳에 사는 사람들의 성향이나 흐름에 따라 필요성이나 의미가 재해석되고 재발견될 따름입니다. 이미 잘 되어 있는 도구나 제도는 지속적으로 깨끗이 닦아 활용하여야 할 것입니다.

그러나 이미 시대에 뒤떨어진, 퇴색된, 진부한 도구나 제도는 내 몸에, 우리 몸에 익숙하다고 해서, 딱 맞다고 해서, 그대로 안고 지고 갈 것이 아니라, 분리되는 아픔과 두려움, 불안도 있지만, 과감하게 변화, 변신, 혁신을 하여야 합니다. 변화나 혁신은 참으로 뼈를 깎는 아픔이나 불편을 동반합니다. 몸의 가죽을 생채로 벗겨내는데 아픔이 어찌 없을 수 있겠습니까?

그렇지만 과거나 현재에만 머무르지 않고 미래를 생각할 때는 좀더 긍정적인 자세가 필요하지 않을까요? 우리가 필요로 하는 것에 있어서는 '변화'나 '혁신'이 있기를 바란다면, '변화'와 '혁신'에 선도적으로, 주체적으로, 동참하여, 국민에게 그 결과를 보여드려야 하지 않겠습니까?

변화만이 살 길입니다. 변화하지 않으면 어떤 조직도 개인도 자신의 존재감이나 정체성을 유지하고 존속할 수 없는 시대가 되었습니다. 우리 모두 솔선하여 변화와 혁신에 앞장섭시다.

우리는 모두 리더

리더는 어떤 '지위'에 있는 사람을 가리키는 것이 아닙니다. 어떤 사람이 어떤 '활동'을 하였을 때, 우리는 그 사람이 리더의 역할을 하였다고 합니다. 리더는 '지위'가 아니라 '활동'에 관한 것이다. 누가 리더로서의 역할을 발휘했다면 그 사람은 리더이고, 그러한 역할을 하지 않았다면 리더라고 할 수 없습니다. 리더는 '직위'나 '직함'과는 관련이 없습니다. 리더는 결국 활동, 즉 '변화'와 관련됩니다.

역설적입니다만, "이 세상에 변하지 않는 것은 없다."라는 말 외에는 변하지 않는 것이 없다고 합니다. 인생을 살면서 이끌어나가기 제일 어려운 대상은 바로 자기 자신이라고 합니다. 자기 스스로를 어떻게 이끌고 나가느냐 하는 것은 곧, 익숙한 것으로부터, 과거로부터, 관행으로부터 탈출하느냐 마느냐에 달려 있습니다.

우리는 '관성의 족쇄'를 어떻게 끊을 것인가? '익명성의 함정'을 어떻게 극복할 것인가? 늘 고민해야 합니다. 사람은 가던 방향대로 가고, 하던 것만 하며, 그동안 얘기하던 대로 말하려는 경향이 있습니다. "내가 왜 이런 일을 해야 하지?"하고 묻지 않고, 습관의 지배를 받아 무의식적으로 행동을 합니다.

요즈음 사회는 실명사회가 아니라 익명사회입니다. 인터넷 등에서 각종 좋지 못한 현상들이 많이 발생하고 있습니다. 직장생활에서도 익명성의 그늘 아래 지내다 보면 책임감이 떨어지는 수도 있습니다. 공동책임이나 연대책임은 결국 아무도 책임지지 않는 것과 같은 결과를 가져옵니다.

때로는, 각자의 정체성과 집단의 정체성을 혼돈하며 혼란스러워하는 경우도 많습니다. 우리는 스스로의 정체성과 방향성에 관해 늘 책임 있는 자세를 취할 필요가 있습니다. 당당하게, 분명하게, 자신의 이름으로, 어떤 결과에도 책임지겠다는 결연한 자세로, 각자의 역할을 다해야 합니다.

우리는 모두 리더입니다. 리더라고 생각하면 리더처럼 행동하게 됩니다. 리더로서의 행동이 반복되면 습관이 변하고 성격이 변하고 인생이 바뀌게 됩니다. 저 역시 어느 날 문득, 어떤 현상, 상황에 대해서, 생각하는, 행동하는 방식이 변해 있는 스스로의 모습을 느끼면서 놀랄 때도 있습니다.

영어의 알파벳에서 B와 D 사이에는 무엇이 있나요? C가 있습니다. 이 때 B는 태어남을 뜻하는 Birth이고, D는 죽음을 뜻하는 Death이며, C는 선택을 뜻하는 Choice 라고도 하고 변화를 뜻하는 Change 라고도 합니다. 우리는 태어나서 죽을 때까지 매순간 선택의 연속인 삶을 살아갑니다. 선택이 없는, 변함이 없는 순간, 우리는 삶을 마감하는 죽음에 이르게 됩니다. 변함이 없다는 것은 곧 삶의 진정한 모습이 아니라는, 역동적인 삶이 아니라는 것을 말합니다.

변하지 않으면 정체되고 썩기 마련입니다. 살아가는 것은 변화하는 것입니다. 어제보다 더 나은, 다른 방법을 없을까? 늘 궁리하면 삶은 더욱 풍요로워지고 보람이 있게 됩니다.

리더는 스스로와 주변의 변화를 선도하고, 지원하고, 책임지는 사람입니다. 여러분은 여러분의 삶을 책임지는 리더입니다. 주체적인, 자존감 넘치는 리더인 여러분의 삶을 기대하면서, 미리 축하하고 축하합니다. 우리 힘껏 파이팅을 외치면서 자신의 삶을 어디로 이끌고 갈 것인지 궁리하고 궁리해 봅시다.

지속적인 변화가 중요

조직의 병리현상을 설명하는 '피터의 원리'를 소개하고자 합니다. 피터의 원리란, 사람은 자신의 능력으로 감당할 수 없는 자리까지 조직에서 승진하게 됨으로써, 결국 승진하기 전에는 유능하였던 그 사람이 승진한 후에는 무능한 사람으로 평가되고, 그 조직 역시 당초 기대했던 결과를 만들어내지 못한다는 이치를 말합니다.

어떤 사람이 실무자로서 능력을 십분 발휘하여 많은 성취를 이루어냄으로써 승진을 하게 되면, 승진된 자리, 역할에 맞는 역량을 발휘하여야 하는데, 승진 전에 했던 방식으로, 과거의 성공체험을 바탕으로, 여전히 승진된 자리의 역할을 수행함으로써, 승진 후에는 별다른 성과를 거두지 못하고 만다는 것입니다.

실무자로서는 전문성이 무엇보다도 중요합니다. 그러나 상위 직급으로 승진할수록 전문성도 중요하지만, 종합적인 시야에서 전체를 바라볼 수 있어야 하며, 특히, 대외적인 전략이나 다양한 이해관계를 조정하고 통합하는 역량을 발휘해야 할 필요성이 증대됩니다. 그럼에도 지엽적이거나 특정한 부분에 치우치거나 특정 부서의 이해관계를 앞세운 나머지 전체를 소홀히 함으로써 조직 전체의 입장에서 조화와 통합, 조정을 이루지 못하게 됨으로 승진된 현재의 자리에서 요구되는 역할을 제대로 하지 못하는 현상이 발생하게 됩니다. 팀원이 팀장으로 승진하였음에도 팀원으로서의 사고와 행동을 한다든지, 팀장이 상무로 승진하였음에도 팀장의 사고와 행동을 한다든지 하게 되어, 승진된 그 자리에서 요청되는 역할을 제대로 하지 못하게 됩니다.

옛날 방식을 고집하면서 하급자나 타 부서 책임자와 업무처리에 많은 마찰을 발생시키거나, 좋은 것이 좋다고 하면서 모든 결재를 사실상 하급자에게 위임하는, 속칭 예스맨 역시 바람직하지 않습니다. 우리는 늘 새로운 직책에 걸맞게 전문성뿐 아니라 조화와 통합, 종합적인 시야를 길러, 조직의 목적, 역할을 제대로 수행하도록 노력하고 변화해야 합니다.

유능한 팀원, 성공한 팀원이 유능하고 성공한 팀장, 유능하고 성공한 임원, 유능하고 성공한 사장이 되는 것은 아니라고 합니다. 과거 성공체험이 때때로 조직을 위태롭게 할 수도 있습니다. 과거의 방식, 전통, 사고를 유지하는 것이 오히려 해가될 수 있습니다. 단독 플레이를 잘 하는 사람이 있고, 협력과 조정에 능하여 팀플레이를 잘 하는 사람이 있으며, 실무자로서잘 하는 사람이 있고, 관리자로서 잘 하는 사람이 있습니다.

이제는 전 보다는 더 큰 팀웍이 중요한 때가 되었습니다. 비전을 갖는 자만이 목표를 이룹니다. 헨리 데이비드 소로는 자신이 스스로에 대해 어떻게 생각하느냐가 자신의 운명을 결정한다고 합니다.

프랑스 사상가이자 시인인 샤를 페기는 '내가 좋아하는 신앙은 희망'이라고 했습니다. 5년 후, 10년 후, 20년 후 내가 되고자 꿈꾸는 그 사람처럼 지금 생각하고 행동하면 그 때가 되면 그 자리에 가 있게 된다고 합니다.

우리는 지금 있는 곳이 어디든지 마음먹기에 따라 그 곳을 최고의 일터로 만들 수 있습니다. 현실에 안주하지 마시고, 끊임없이 변화하고자 노력해야 합니다. 지금 주어진 역할에 걸맞게 내가 준비하고 있는지 늘 살펴보아야 합니다.

우리는 앞선 분들로부터 전수받은 좋은 전통과 가르침, 스스로 익힌 좋은 가르침을 후배들에게 잘 전수하여 모두가 어제보다 나은 오늘, 오늘보다 나은 내일이 되기를 기대합니다.

회의 주재자를 변경하라

사람은 어떤 지위에 있느냐에 따라 생각과 행동이 달라집니다. 남자들이 군대에 다녀온 후 몇 년 동안은 예비군으로 소집되어 훈련을 받습니다. 소집된 예비군은 평소의 정장이나 편안한 복장 대신에 통일된 예비군복을 입습니다. 예비군복을 입게 되면 평소 정장을 입고 있을 때와는 다른 말과 행동을 하기 쉽습니다. 같은 또래, 같은 복장을 한 사람들이 모여 있다 보니 군중심리가 발동할 수도 있고, 예비군들만이 모여서 훈련을 받게 되므로 그 곳에는 일반인들이 있지 않은 장소적인 차이에서도, 평소와 다른 말과 행동이 생길 수도 있습니다.

사람은 보통 자기가 처한 위치나 역할에 따라 생각이 다르고 행동이 달라집니다. 종업원이라고 생각하느냐, 사장이라고 생각하느냐에 따라 사고의 품질과 언행의 수준이 다르게 됩니다. 잠시 머무르는 나그네로 생각하느냐, 주인으로 생각하느냐의 차이와 같습니다.

어떤 회의에서, 단순 참가자인 경우와 회의를 계획하고 준비하고 진행하는 사람의 경우에는 전혀 그 입장이 다르게 됩니다. 발표자와 토론자의 역할이 바뀌면 생각과 언행도 다르게 됩니다.

고등학교나 대학교에서는 토론대회가 열리고 있습니다. 특정 주제에 대하여 제비뽑기로 지지하는 입장에서 발제하고 토론하는 측이 있는가 하면, 반대하는 입장에서 발제하고 토론하는 측이 정해집니다. 자신이 어느 입장에 처할지는 토론대회장에서 결정되니, 두 가지 입장에서 발제와 토론을 준비하여야 합니다. 입장에 따라 전혀 다른 논리와 결론을 준비해가야 합니다. 이것은 자신의 주장 한 가지만이 이 세상에서 유일한, 절대적인, 옳음이나 타당성을 고집할 수 없음을 보여주는 사례라 하겠습니다.

우리는 자기가 처한 입장에 따라 생각과 행동이 다름을 알 수 있습니다. 따라서 자기의 주장이나 논리만을 유일한 대안으로 고집하는 것은 지양해야 합니다.

회의의 주재자를 변경하면 회의의 진행과 결과가 달라질 수 있음도 유의하여야 합니다. 자신이 회의를 주재하게 되면 전에 회의를 주재하던 사람의 입장도 십분 이해하게 됩니다. 즉 역지사지하는 지혜를 깨우치게 됩니다. 어떤 사람의 신발을 신어보기 전에는 그 사람을 함부로 비난하지 말라는 말씀도 있습니다. 그 입장이 되어 보기 전에는 그 사람의 심정을 이해하기 어렵다는 말씀입니다.

우리는 언제라도 입장이 바뀔 수 있음을 인식하고 다양한 방법으로 현상에 대한 접근을 하고 그 해결의 실마리를 전개해 나갔으면 합니다.

삶에서 균형을 잡는 방법

살면서 우리는 균형감각을 발휘하여야 합니다. 세상일이란 절대적으로 옳거나 절대적으로 그른 것이 아니기 때문입니다. 사람들이 선택하는 일들은 백퍼센트 옳거나 백퍼센트 그른 일은 없습니다. 동전의 양면처럼 긍정적인 요소와 부정적인 요소가 함께 어우러져 있을 가능성이 많습니다. 그런데 어느 한 쪽에 치우치면 다른 쪽을 볼 수 없게 됩니다.

시간적으로 살펴보면, 과거에만 매달려 있거나, 현재만을 생각하거나, 미래에만 희망을 거는 등, 너무 한 쪽으로 치우치면 전체를 통하여 볼 수 없게 됩니다. 공간적으로도, 지금 놓여 있는 곳만을 바라보면 그 해답이나 선택지가 적을 수 있습니다.

그런데 좀 더 시야를 넓혀 보면 지금까지와는 다른 차원에서 접근하여 새로운 선택을 할 수도 있게 됩니다. 그 일이 이 고장에서 일어나지 않고 다른 고장에서 일어났다면 어떻게 처리할 것인지, 어떻게 처리되었을까? 그리고 자기가 몸담아오던 분야 외에 다른 분야에서 일하는 사람들은 이럴 때 어떻게 대처할 것인지? 한번 생각해 봐야 합니다.

직장의 일과 자신의 가정이나 개인의 처지, 신체적인 부분과

정서적인 부분, 세속적인 부분과 영적인 부분, 일과 휴식, 오늘과 내일, 과거와 현재와 미래 등등, 다양한 관점에서 살펴봐야 합니다.

한 손에 뭔가를 들고 있으면 그 손으로는 또 다른 것을 선택하기가 쉽지 않습니다. 자신의 고정관념이나 선입견에서 벗어나 새로운 선택을 할 수 있도록 손을 가볍게 비워놓을 필요가 있습니다. 비움은 결코 포기가 아닙니다. 비우지 않으면 더 나은 모습으로 변화될 수 없습니다.

사람은 세상의 것에 대하여 좀 더 가지고 좀 더 있다가 행복하려고 합니다. 그러다 보면 그 시기가 좀체 다가오지 않음을 느낍니다. 제가 표현하는 '더 병'이라는 정신적인 불만족으로 인해 사람은 영원히 행복하지 못할지도 모릅니다.

제가 표현하는 '외상 인생'을 사는 분들도 있습니다. 미래를 미리 댕겨 사용하는 것이다. 돈도, 시간도, 에너지도, 동시대의 타인이나 후세대가 사용하여야 할 환경이나 자원도 그렇습니다. 현재를 살지 않고 미래를 먼저 사는 분들, 외상으로 살게 되면 그 결과는 누가 책임을 부담해야 하는지요?

우리는 서로서로 세상에서 동행인입니다. 과거에 너무 집착할 일도 아닙니다. 미래를 미리 염려하여 오늘을 잃어버려서도 안 됩니다.

나 혼자만의 행복은 세상에 존재하지 않습니다. 더불어 행복은 존재합니다. 나도 행복하고 너도 행복하고 우리 모두가 행복해지는 그런 세상이 그리 멀리 존재하는 것은 아닙니다. 내가 먼저 '우리'를 생각하면서 함께 행복할 일을 하면 충분합니다.

거창한 일이 아니라도 좋습니다. 작은 마음 씀씀이나 배려만으로도 더불어 행복할 수 있습니다. 나 스스로에 대해 좀 더 당당하여지고 나에게 부끄러움이 없도록 노력하는 것이 그 첫걸음이다. 작은 것부터 나와의 약속을 지켜 나가면, 사회나 이웃과의 약속도 잘 지켜낼 수 있습니다.

세상을 어떻게 바라보느냐, 시련과 고통에 어떤 자세로 대응하느냐에 따라 우리의 삶과 행복은 결정됩니다.

따뜻하고 진실한 리더

사람은 각자 풍기는 인상이 있습니다. 느낌이 있습니다. 색깔이 있습니다. 살아온 날들과 경험, 그리고 그 사람의 영혼이 눈과 얼굴, 모습 전체에서 느껴집니다.

말로는 아름다운 것을, 얼굴로는 밝은 미소를 지어 보여도, 뒤에 떠오르는 것이 다르면 사람은 믿지 않습니다. 공감을 자아내지도 못합니다. 그렇지만 비록 외형상, 외견상으로는 썩 아름다워 보이진 않아도, 은은하게 흐르는 그 사람의 향기는 어느새 사람들의 관심과 감동을 가져옵니다.

우리가 사람을 만날 때에도, 우리가 처리하는 일의 결과물을 내놓을 때에도, 결국 우리는 자신의 인격을 온전히 드러내게 됩니다. 일과 자신을 분리하는 것은 언어도단입니다. 자기의 영혼과 현재의 삶은 구분될 수도 없습니다. 사람의 됨됨이가 자신의 발자취에 묻어납니다. 자기의 그림자를 뛰어넘을 수 있는 사람은 이 세상에 아무도 없습니다.

세상에는 이타적인 사람, 이기적인 사람, 이것도 저것도 아니면서 세상에 아무런 것도 남기지 못하는 사람이 있습니다. 이 세상에 거저 왔으니, 세상에 연연할 것은 없습니다. 세상에

온 것 자체가 축복이므로 세상에 살면서 그 복을 누리고 그 복을 나누고 하다가 아름다운 세상을 마치면 이 세상에 오기 전으로 다시 돌아가게 됩니다. 살면서 이웃을 위해서 인간다운, 인간적인 매력, 인간적인 향기가 흘러나오도록 힘써야 합니다.

타인을 좀 더 배려하고 존중하고, 그러기 위해서는 기꺼이 배우고 결단하고 실천하고, 이웃과 더불어 행복하기 위한 큰 꿈과 미래를 설계하고 그에 필요한 전략을 수립하는 등, 끊임없이 품격을 연마하여 갖추어 나가야 합니다.

내가 먼저 품격을 갖추면 우리 조직도, 사회도, 품격 있는 조직, 품격 있는 사회가 되리라 믿습니다. 품격은 곧 약속, 책임, 신의를 바탕으로 생성됩니다. 자기 자신과의 약속, 자기 철학과 지조, 소명과의 약속, 첫발을 내딛었을 때의 각오와 양심과의 약속, 자기 직분에 맞는 책임, 자기 직분에 대한 이웃들의 기대와 믿음을 존중하고 그 믿음은 반드시 실현된다는 신의, 일관됨과 유연성의 조화, 절제와 포용 등, 참으로 인간다움을 기르기 위해 우리는 많은 노력을 기울여야 합니다.

우리는 한 사람의 아버지, 어머니, 아들, 딸로서 누구에게나 따뜻하고 진실한 느낌을 주는 인간미 넘치는 사람이 되면 좋겠습니다.

리더에게 필요한 안경 5가지

리더는 세상을 보는 눈이 있어야 합니다. 육신의 눈은 물론이고 영적인 눈도 갖추어야 합니다.

하나의 안경은 망원경입니다. 멀리 볼 수 있어야 합니다. 남보다 더 먼저 볼 수 있어야 합니다. 선견지명, 예견력이 있어야 합니다. 통찰력이 필요합니다.

또 하나의 안경은 쌍안경입니다. 넓게 볼 수 있어야 합니다. 다양한 가치를 두루 아우르는 균형감각이 있어야 합니다. 다양한 분야에 걸쳐 통하는 통섭력이 필요합니다. 편협되거나 고정관념에 묶여 있어서는 안 됩니다. 종합적인 사고가 필요합니다. 자기주장만을 고집해서는 안 됩니다. 한 가지 가치에 몰입되어서도 안 됩니다.

또 하나의 안경은 후사경입니다. 과거를 되돌아 볼 줄 알아야 합니다. 과거의 경험을 통해 교훈을 이끌어내야 합니다. 똑같은 잘못을 반복해서는 안 됩니다. 제도의 연혁이나 뿌리를 알고 앞으로 어떤 줄기가 성장하고 그 열매가 어떨지 알아야 합니다. 역사를 알아야, 과거를 알아야, 뿌리를 알아야 다른 것과 접목을 제대로 할 수 있습니다.

또 하나의 안경은 사이드미러입니다. 내가 놓인 위치를 잘 볼 수 있어야 합니다. 내가 놓여 있는 여건과 환경이 어떠한지 알아야 합니다. 나를 객관적으로 들여다볼 수 있어야 합니다. 내가, 우리가 갖추고 있는 내부적 준비상황, 외부적 환경, 인적, 물적, 정신적 여건, 세계적인 추세, 우리나라의 상황 등을 제대로 볼 수 있어야 합니다. 내가 처한 상황에 대한 정확한 인식이 있어야 앞으로 나갈 수 있습니다.

또 하나의 안경은 현미경입니다. 내 자신을 먼저 제대로 알아야 합니다. 지피지기면 백전불태 라고 하였습니다. 나를 사랑하고 나의 자존감을 바로 세우고, 나의 정체성, 존재이유가 무엇인지 늘 기억하며, 나의 장점과 단점, 내가 잘 할 수 있는 것은 무엇인지, 장점은 최대로 발휘하고 단점은 최소화하는 지혜를 발휘하여야 합니다.

우리는 앞만 보지 말고, 뒤도 좌우 옆도, 상하도, 현재도, 지나온 과거도, 다가올 미래도, 나만이 아니라 우리도, 내 조직만이 아니라 이웃한 조직도, 현세대도 차세대도, 우리나라도 이웃 나라도, 사람도 자연도, 동물이나 식물도, 두루두루 보면서 살아가야 합니다.

4
원칙을 지키는 리더

무신불립 無信不立
"그 사람이 그 일을 하고 있으니 그 일에 대해서는 이제 걱정할
일이 없네. 믿고 기다려보세." 믿음은 인간관계, 공적 직분에서
가장 기본이고 중요하다. 믿음이 없으면 그 조직은 사상누각이
된다. 믿음은 역량의 크기나 질과는 다른 차원이다. 전문성과 열
정이 아무리 많더라도 믿음이 흔들리면 결코 작은 역할도 맡길
수 없고 함께 일할 수 없게 된다.

국민이 수사권의 발원지

　대한민국 국민은, 1차적으로, 검사나 수사관의 수사의 대상이 아니고, 수사의 주체입니다. 검찰권은 국민으로부터 위임된 권한입니다. 다만, 수사권 행사는 검사나 검찰수사관, 즉 검찰공무원에게 위임하여 대행하고 있는 것입니다. 대한민국 국민약 5,000만 명 중에서 2%인 100만 명, 극히 일부분의 국민만이 범죄 혐의자, 가해자이고, 그들만이 수사의 대상입니다. 일반적으로 국민은 선량합니다. 보통 표현으로, 법 없이도 살 수있는 분들이다. 잠재적인 범죄자로 보면 안 됩니다.

　검찰청에 출입하는 절대다수, 대부분의 국민은 수사의 요구자, 참여자로서, 진실규명과 법질서유지의 주체입니다. 즉 국민대부분이 속칭 갑甲의 지위에 있고, 검사나 검찰공무원은 을乙의 지위에 있습니다.

　국민이 대한민국에 세금을 내는 이유는, 국가가 국방을 튼튼히 하여 나라를 유지함으로써 나를 지켜주고, 사회를 안전하게하여 나의 생명과 신체, 재산, 명예 등을 지켜줄 것으로 믿기 때문입니다.

　범죄로부터 국민을 안전하게 지켜주는 것은, 특히 형사사법절차에 참여하는 공직자, 검찰공무원의 당연한 의무입니다. 범죄로 인한 피해가 발생한 경우에는 마땅히 공직자, 특히 법과 질서의 확립에 대한 책무를 위임받은 검찰공무원들은 범죄피해자에 대한 보호와 지원을 위해 최선을 다해야 합니다. 국민은 (지금보다 더) 수사기관이 보유하는 정보에 대한 접근권이 보장되어야 합니다.

검찰이 제 역할을 제대로 하지 않으면, 국민은 검찰로부터 수사권을 회수하여, 타 기관, 즉 경찰, 법원이나 국회, 감사원, 국가인권위, 국민권익위 등에게 그 권한과 역할을 맡기게 됩니다. 직무이전권 역시 국민의 권리이다.

보고의 중요성

보고는 신속하고, 정확하고, 적정해야 합니다. 좋지 않은 보고일수록 신속하게 해야 합니다. 보통 사람들은 좋은 소식은 반기지만 좋지 않은 소식을 들으면 불쾌해지기 쉽습니다. 그 결과 아무도 좋지 않은 보고를 하려고 하지 않습니다. 그러나 조직 내에서 이루어지는 좋지 않은 사안에 대한 보고일수록 신속하게 이루어져야 합니다. 그래야만 발생한 문제나 부정적인 효과를 최소화할 수 있고, 이를 해결하는데 보다 더 적은 노력과 희생으로 극복할 수 있게 됩니다.

어떤 경우에는 발생한 사안에 대해 해결책까지 마련하느라고 좋지 않은 보고를 지연하는 수도 있습니다. 물론 대책을 마련하는 것도 중요합니다. 그러나 대책까지 마련하려다 보면 보고의 시기를 놓칠 수 있습니다.

백지장도 맞들면 낫다는 말이 있습니다. 그처럼 이미 발생한 문제에 관해 연륜이나 경륜이 있는 여러 사람이 해결책을 함께 도모하게 되면 보다 더 좋은 해결방안을 마련할 수 있습니다. 그러므로 해결책을 마련하느라 문제 발생 자체에 대한 보고가 늦어지는 것은 바람직하지 않습니다.

다만, 보고를 하되 누가 언제 어디에서 어떤 방식으로 보고할 것인지는 좀 더 생각해 볼 여지가 있습니다. 즉 보고의 타이밍과 분위기도 조금은 고려할 필요가 있습니다. 이른 아침 하루를 설계하는 시각에 시급하지는 않은 좋지 않은 보고를 하는 것보다는 보고받는 사람이 오전 회의를 마친 다음 좀 마음의 여유가 있을 시각에 보고하는 것도 하나의 방법입니다. 물론 모든 보고를 이 때 하는 것이 좋다는 것은 아닙니다. 보고받는 사람도 좋지 않은 보고를 받았을 때, 그 자리에서 불쾌한 태도로 반응을 보이는 것은 바람직하지 않습니다.

일과 사람을 구분하여, 일에 대하여 그 대책을 마련할 궁리를 해야 하지, 과거에 이미 발생한 일에 대해 보고하는 사람에게 모든 책임을 부과하는 듯한 태도로 반응한다면 차후에는 문제가 발생하였을 때 제 때에 제대로 보고되지 않을 수도 있습니다. 사람과 일을 구별하여, 일에 초점을 맞추어 보고를 받고, 그 해결방안을 궁리해 나가야 할 것이다.

보고할 때는 사실과 의견을 명확히 구분하여 보고하여야 합니다. 사실과 의견이 혼재되면 보고받는 사람이 정확히 사실관계를 파악할 수 없고 적정한 대책을 마련하는데도 지장을 초래할 수 있습니다.

문제에 관해, 보고 시에 자신의 의견을 첨부하여 보고하는 것은 좋은 습관이라고 생각합니다. 아무런 생각이나 개괄적인 대책 없이 보고받는 사람의 지시만을 기다리고 그 지시한대로만 하려는 자세는 조직 구성원으로서 바람직하다고 볼 수 없습니다.

보고하는 자리에서 보고할 내용이 제대로 생각나지 않거나 두서없이 이루어질 염려가 있는 경우에는 미리 메모를 하여 보고내용을 좀 정리한 상태로 보고하는 것이 좋습니다. 보고는 너무 장황하게 이루어지지 않아야 합니다. 간결하면서도 내용에서 누락되는 것이 없도록 정리되어야 합니다. 중요한 내용은 빠지고 소소한 내용만 보고되어서는 안 됩니다. 보고내용이 왜곡되거나 축소되거나 과장되어서는 안 됩니다.

보고는 적정한 시각, 장소, 방식, 분위기 등을 고려하여 보고되면 좀 더 제대로 전달될 수 있습니다.

보고는 공식적인 절차와 단계를 밟아 이루어져야 합니다. 여러 가지 이유로 중간 단계가 생략되거나 보고 단계마다 보고내용이 증감되어서는 안 됩니다.

조직으로 업무를 수행하면 반드시 보고라는 절차가 있습니다. 본연의 업무수행도 중요하지만, 그 과정에서 불가피하게 존재하는 보고를 좀 더 신속하고 정확하고 적정하게 할 수 있도록 평소 부단히 준비하고 궁리할 필요가 있습니다. 동가홍상이라는 말이 있습니다. 보고 시에 위 말도 유념해야 합니다.

세상에 작은 일은 없다

세상만사 생각 나름입니다. 작은 부분을 소홀히 하면 전체가
무너질 수 있습니다. 큰 둑도 작은 구멍 하나로 인해 무너지게
됩니다.

우리 몸도 작은 세포들이 모여서 전체를 이루는 것처럼 직장
에서 각자 역할은 달라도 전체를 구성하는 소중한 역할들입니
다. 어느 것 하나 소중하지 않은 것이 없습니다. 특히, 국민을
직접 상대하는 업무에 있어서는 그 사람의 몸짓, 얼굴 표정 하
나, 말투나 말의 높이 그리고 전체적으로 풍기는 인상이나 분
위기, 느낌까지도 사건관계인인 국민에게는 크게 어필합니다.

우리는 일정기간 동안 그 형태가 유사한 일들을 반복적으로
합니다. 그러다 보면 타성에 젖고 그 본래의 가치를 잊어버리
고, 기계적으로 반복되는 따분하고 무미건조한 상태로 업무를
수행할 소지가 적지 않습니다. 반면, 상대방 국민 즉 사건관계
인에게는 일생일대 처음이자 마지막인 문제로 공공기관을 찾
는 것입니다. 사건관계인이 매기는 중요도와 그 업무를 처리하
는 사람이 갖는 중요성이나 의미 간에 상당한 간극이 발생하기
쉽습니다.

인생사는 어찌 보면 작은 일의 연속이고 종합입니다. 작은 일이라고 생각해서 이것 빼고 저것 무시하면 정작 큰일이라고 생각되는 것은 존재하지 않을 수도 있습니다.

사람들 사이에 '통 큰 사람'과 '쪼잔한 사람'을 구분하는 표현이 있습니다. 상급자가 직원들의 업무에 일일이 세세하게 관여하거나 간섭하지 않으면 그 사람은 '통 큰 사람'으로 불려지고, 세세하게 지시하고 점검, 관여하면 '쪼잔한 사람'으로 불려집니다. 사람마다 제 역할이 있습니다.

권한을 위임했으면 그 결과가 나올 때까지 인내심을 가지고 신뢰하는 마음으로 기다려야 합니다. 그러나 '통 큰 사람'이라고 해서, 어떤 결과가 나오더라도 감수해야 한다거나 감수할 용의가 있는 것은 아닐 것이다. 명백한 오류나 과정상의 오류가 있거나 권한을 위임한 취지에 반하고 원칙과 기준에 위배되는 업무수행에는 관심과 지도, 의견제시 등 적극적인 직무태도가 바람직합니다.

조직 전체가 어려움에 처할 수 있거나 특정과제가 오류로 인해 실패가 예상되는 처지에 놓여 있다면 적극적으로 지원하고 리드하는 것이 상급자인 사람의 직분입니다. 그러한 역할을 방관, 방치하는 것은 결코 '통 큰 사람'의 행동이 아니라 직무를 유기하는 것입니다. 대충대충, 적당적당히 하는 것을 알고도 모르는 척 넘어가는 것을 '통 큰 사람'으로 오인하기도 합니다.

하급자의 이해관계와 관련된 현안에 관해 상급자가 관대하게 넘어가면 비록 원칙과 기준에 어긋난다 하더라도 하급자는 그 상급자를 '통 큰 사람'으로 여깁니다. 그렇지 않고 그 반대로 처신하는 경우 '쪼잔한 사람'이라고 부릅니다.

과연 우리가 하는 일에 명실상부하게 '작은 일'이란 무엇이 있을까요? 어떤 일이든 자기가 그 일에 가치와 의미를 얼마만큼 부여하느냐의 문제라고 생각합니다. 세상 사람들이 추구하는 장수, 건강, 부귀공명, 취미, 각종 관심사와 관련된 사안에 대해 사람마다 각자 부여하는 의미나 가치가 다릅니다. 그만큼 내가 보기엔 작은 일도 다른 사람에게는 큰 일이 될 수 있고, 나에게는 큰 일도 다른 사람에게는 큰 일이 아닐 수도 있습니다.

국민의 위임을 받아 직무를 수행하는 공직자는 자신의 기준으로 작은 일, 큰 일을 구별해서는 안 되며, 작은 일이라 생각하고 이를 소홀히, 가볍게 다루어도 좋은 그런 일은 없다고 생각합니다. '천리 길도 한 걸음부터'와 같이 어떤 거대한 일이나 큰 건물도 작은 일들의 총체, 종합적인 산물임이 틀림없습니다. 어떤 일이든 우리는 귀하게 여기고 국민에게는 그 이상 더 귀한 일은 없는 것처럼 소중하게 그 직무를 수행해야 합니다.

작은 일을 잘 하지 못하는 사람은 큰 일도 잘 할 수 없습니다. 기본에 충실하지 못한, 완벽하지 못한 사람은 큰 일을 감당할 수 없습니다. 또한 기본을 완벽하게 챙길 줄 모르는 관리자 역시 큰 일을 감당할 수 없습니다. 담대함과 세심함은 배치되거나 모순되는 것이 아닙니다. 평범한 일, 간단한 일, 반복적인 일을 잘 해내는 것이 중요합니다. 인생은 큰 일로만 이루어지지 않고, 작은 일, 반복적인 일의 연속입니다. 또 작은 일이 모여 큰 일을 이룹니다. 높은 직책에 있는 사람이 담당하는 일이 큰 일이고 영향력이 많은 사람이 하는 일이 큰 일이라고 볼 수 없습니다. 현재 자기가 맡고 있는 일이 제일 중요하고 가장 큰 일입니다. 하나를 보면 열을 안다는 속담을 우리는 늘 유념해야겠습니다.

원칙을 지킨 사건

공직은 개인의 일과는 참으로 다릅니다. 아무도 보지 않는 것 같을 때라도 나홀로 정직하게 제대로 직분을 수행해야 할 때가 있습니다.

A청에서 근무할 때입니다. 어떤 대기업 관련 사안으로 법원에서 행정처분을 감경조치하는 결정을 한 다음 검찰에 그에 대한 동의를 구하는 것이었습니다. 검찰이 동의를 해 주는 경우 그 기업은 수천억원의 특혜를 받게 되는 사안이었습니다. 그런데 제가 아무리 검토해 보아도 법원의 결정은 법에 근거를 두지 않고 재판을 한 것입니다. 저는 그 사안에 관해 동의할 수 없다는 의견을 검토 중인 담당자에게 제시하였습니다. 그러면서 며칠이 지나게 됩니다. 저에게는 직접적으로 청탁을 하는 상급자나 하급자가 없었습니다. 왜냐하면 저는 그 때까지 검찰 내에서 원칙과 정도만을 고집하는 검사로 알려져 있었기 때문입니다. 청탁해 보아야 결과가 달라지지 않기 때문에 저에게는 형사사건이든 송무사건이든 청탁이 거의 없었습니다. 그래서 저는 역설적이게도 편안하게 공직생활을 하였습니다. 물론 이러한 평가가 어떨 때는 융통성이 없는 사람으로 폄하될 때도

있었습니다.

저는 옳은 것은 옳다 하고 그른 것은 그르다고 당당하게 말해 왔으며, 그렇게 몸으로 실천해 왔습니다. 압력이나 청탁이 있다고 해서 흑을 백으로 볼 수는 없었습니다. 그 점에 관해서는 후회나 아쉬움은 조금도 없습니다.

그런데 나중에 알고 보니 그 사안에 관해 물밑으로는 여러 사람들을 동원하여 여러 경로로 청탁이 있었던 모양입니다. 최후에는 요즘 말로 표현하면 갑중의 슈퍼갑에 있는 사람이 전화하여 '당신, 그 회사 말아 먹을거야?' 라고 호통을 치면서 불평을 하는 것이었습니다. 평소 그 사람과의 관계로 보아 그처럼 저에게 호통을 치거나 막말로 불평을 할 처지는 아니었는데, 감투가 참으로 사람을 변하게 만드나 봅니다.

그렇지만 저는 굴하지 않았습니다. 차분한 목소리로 동의할 수 없는 사유를 설명하였습니다. 그리고 얼마 후 저는 다른 보직으로 이동하게 되었습니다. 그러면서 후임자에게 분명한 업무인계인수를 하였습니다. '위 사안에 대해 동의를 하게 되면, 당신도 죽고 우리 조직도 죽습니다. 청문회를 하든 특검을 하게 되면, 반드시 밝혀질 것입니다. 제대로 하십시오.' 시일이 좀 경과한 후 알아보니 그 사안에 대해 검찰에서는 동의를 해 주지 않았습니다. 이처럼 좋은 게 좋은 것이 아니고, 아닌 것은 아니라고 분명하게 휘슬을 불 수 있어야 합니다. 또한 완장 차면 힘이 생기는 것도 경계해야 합니다.

정당한 법적 근거를 가지고 직무를 수행해야지, 힘으로, 직책으로 일을 함부로 하는 것은 아닙니다. 그 어떤 유혹과 위협이 있을지라도 불의에는 끝까지 무릎을 꿇어서는 안 됩니다. 나부터 작은 것부터 지금부터 의로움에 동참할 때, 우리 사회와 우리나라, 온 인류는 좀 더 공동선을 실현하고 인간다운 세상을 만들어 가는 것입니다.

권세든 재력이든 함부로 의로움을 짓밟아서는 안 됩니다. 우리 주위에도 작은 직책을 맡게 되면 그것이 큰 권세인양 행세하는 사람들을 쉽게 발견할 수 있습니다. 그러나 어떤 직책이든 공동선을 이루는데 기여하는 도구나 과정일 따름입니다. 공적인 기관이든 사적인 조직이든, 그 어떤 관리인도 청지기처럼 단지 임시로 일시적으로 관리하다가 또 다른 후임자에게 인계할 뿐 그 소유권이 자기에게 영원히 있거나 자기 마음내키는 대로 자유자재로 쓸 수 있는 것이 아님을 명심해야 합니다.

기본을 지키는 공직자

우리가 병원에 갔을 때, 내 가족에 대한 수술을 담당하는 의사나 간호사가 제대로 수술에 필요한 도구를 준비하지 않았을 때, 제대로 수술할 수 있는 능력을 갖추지 않았을 때, 과연 내 가족을 그러한 의사나 간호사에게 맡길 수 있겠습니까? 아마도 그렇게 하지 않을 것이다. 그렇다면, 우리는 어떠하여야 할까요?

우리가 담당하는 업무에 관련하여 여러 가지 지켜야할 준칙이나 지침들이 있습니다. 그럼에도 이를 알지 못한다면 그 준칙이나 지침들의 내용은 결코 업무에 반영되지 못할 것임은 명약관화합니다.

다른 지역에 거주하는 주민들에게는 적절한 서비스가 제공되는데 반하여, 특정지역에서는 그러한 서비스가 제공되지 않는다면, 그러한 사실을 해당 지역 주민들이 알게 된다면 그러한 현실을 수긍할까요? 승복하겠습니까?

상급기관에서 또는 현재의 직장에서 여러 사람의 중지를 모아서 애써 국민을 위해 마련한 준칙과 지침, 국민의 의지를 반영한 법령, 특히 최근에 제정 또는 개정된 각종 대통령령이나 훈령, 예규 등 국민을 위한 제도의 시행에 필요한 자료를 충분히 숙지하고 있어야 합니다.

이러한 제도와 지침에 관심이 없고 모른 채 직무를 수행한다면 얼마나 불명예스럽고 자긍심에 손상이 가는 일이 되지 않을까요?

모든 법령이나 제도는 국민의 권리를 보호하기 공직자들의 편의를 위해서 함부로 해석되어서는 안 됩니다. 국민의 입장에서 국민의 권리가 철저히 보장되는 방향으로 해석되어야 합니다.

원칙으로 돌아가야 합니다. 예외 없는 원칙이 없다고는 하지만, 무엇보다도 우선하여 원칙과 기본은 존중되어야 합니다.

공직자가 원칙에 충실하지 않고 기본적인 규정이나 제도, 지침도 제대로 숙지하지 못하여 업무에 반영하지 않는다면, 함께 근무하는 동료들로부터 존중이나 존경을 받을 수 있겠습니까? 더 나아가 내부 동료들로부터 존중받지 못하고 존경받지 못한다면 국민으로부터 어찌 존중받고 존경받을 수 있겠습니까?

공직자들은 무늬만 공직자가 아니고 자신의 정체성과 존재 이유를 명확히 인식하고, 직분에 철저하게 업무를 수행하여야 합니다. 최소한 현재의 지침, 제도, 법령 등을 숙지하고, 거기에서 더 나아가 이를 개선, 발전시켜 나가는 방안까지도 적극적으로 마련해 나가야 하겠습니다. 현재의 제도나 법령의 미비점이 무엇인지도 늘 궁리하여 진정 국민을 위한 제대로 된 서비스를 실행해 나가야 하겠습니다.

5
열정을 다하는 리더

직무유기를 벌하라.

자기의 역할을 책임에 비해 적게 하는 직무유기는 엄정하게 다
스려야 한다. 직무유기는 공동체의 존재와 번영에 있어서 직권남
용보다도 더욱 좋지 않은 현상이다. 공적 직분은 공동체를 위해
존재한다. 공적 직분을 담당하는 사람은 개인의 생계 차원에서
그 직분을 수행해서는 안 되며, 사회 전체가 올바른 방향으로 나
아가도록 창조적이고 실용적으로 적극행정을 펼쳐야 한다.

회의는 열정을 기울이는 소통의 자리

회의 시 침묵은 금물입니다. 자기의 아이디어를 다른 사람과 공유할 소중한 기회입니다. 신중함과 망설임 또는 우유부단함은 구별해야 합니다. 의견 없음을 신중함으로 해석하는 것은 적절하지 않을 수 있습니다.

자기가 하는 일, 자기가 몸 담고 있는 직장에 대해 자부심과 자존감이 있는 사람은 자기가 하는 일에 신념, 열정, 열의, 애정이 있는 사람입니다. 자기가 하는 일에 대해 애정을 가진 사람은 자기가 몸 담고 있는 조직이나 자기가 하는 일에 대해 깊이 있는, 사려 깊은, 늘 신선한, 새롭게 변화하고 성장해 나가고자 하는, 의견이나 철학을 가지게 됩니다. 아무런 생각이 없이 시키는 일만 하는 사람은 그리 바람직하다고는 볼 수 없습니다.

충분히 궁리하여 자기의 의견을 제시할 수 있어야 합니다. 마땅한 논리와 이유를 갖추고 있어야 합니다. 다만, 내 의견과 다른 의견도 경청하고 이해하며 존중, 조정, 타협하는 융통성을 지녀야 합니다. 자기의 의견만을 최선의, 유일한, 가장 타당한 의견으로 고집하는 독선과 소신은 바람직하지 않습니다. 풍부한 생각과 유연한 발상이 중요합니다.

가치관이 다양화되어 가고 있고, 각자의 기대 또한 다양합니다. 따라서 상충되거나 모순되는 욕구의 조정과 조화가 필요합니다. 지금까지의 전례나 관행이, 현재나 미래의 과제를 수행하는데 디딤돌이나 지렛대가 아니라 걸림돌이 될 수도 있습니다.

삶에서나, 직장 일에서나, 정답은 변합니다. 정답은 여러 개일 수 있습니다. 정답이 없을 수도 있습니다. 그렇지만 너무 머뭇거릴 일은 아닙니다.

직장생활을 즐겁게 하는 방법 : 앞선 보고

- 자기 일, 자기 역할에 애정을 가지자.
- 한 발 앞선 보고를 하자.

자식을 돌보는 부모님은 자식이 무엇을 필요로 하는지 자식의 작은 언행까지도 늘 관심과 애정을 가지고 살펴보고 미리미리 준비하십니다. 자기 일이나 역할과 관련하여, 상급자가 관련된 자료를 찾으면 어떤 사람은 "곧 준비하겠습니다.", 어떤 사람은 "지금 준비 중 이다.", 어떤 사람은 "예, 준비해 놓았습니다. 여기 있습니다." 하고 대답합니다. 여러분이 상급자라면 어떤 사람이 자기 일에 대한 애정을 가지고 있다고 생각하시겠습니까?

자녀들 공부와 관련하여 주도적 학습이라는 말을 들어보셨을 것입니다. 주도적 학습이란 스스로 주체적으로 주도적으로 학습을 계획하고 실행하는 아이들이 학습하는 과정에서 기쁨도 느끼고 그 성과도 높게 거둔다는 것입니다. 직장인의 경우에도 마찬가지라고 생각합니다. 자기 일에 애정을 가지고 있는 사람은 자기 일에 대해 늘 궁리를 합니다. 어떤 상황이 발생하게 되면 바로 그에 대한 대책을 상급자의 지시 이전에 스스로 궁리하고 마련합니다. 더 나아가 어떤 상황이 예상되면 미리 그 상황에 대비하여 대책을 궁리해 놓습니다.

가정에서나 직장에서나 상황에 대비하여 미리 준비하는 것은 참으로 중요합니다. 사람의 본성상 스스로 한 일에서는 기쁨과 보람이 있고 그것도 매우 크지만, 다른 사람이 시켜서 하는 일은 기쁨이나 만족감을 별로 느낄 수 없습니다. 보고나 자료 준비도 상급자가 시키기 전에 한 발 앞선 보고나 자료제시를 하게 되면 자기가 궁리하고 준비한 대로 해당 업무를 주도적으로 추진할 수 있게 되고, 그에 따른 보람과 성과는 매우 크게 됩니다.

자기 역할에 대해 애정을 가지고, 상급자의 지시 이전에 한 발 앞선 보고를 생활해 나간다면, 직장생활이 즐거워지고, 그러한 주도적, 주체적인 자세는 우리의 삶을 더욱 보람과 기쁨으로 가득 차게 할 것입니다.

준비하는 삶은 즐겁다 : 스피치 준비

　회의에 참석하려면 자기의 의견을 가지고 참석하는 것이 좋습니다. 10분 정도는 자기나 자기 일, 관심사항 등에 대해 얘기할 수 있는 사람이 되어야 합니다. 인생관, 꿈, 취미, 여행, 운동, 살아가는 이야기, 건강, 자녀양육 등.

　결혼식에 축하하러 가려면, 혼주가 누구인지, 신랑신부가 누구인지 미리 한번 살펴보고 가듯이, 회의 참석에 앞서, 자기의 소견, 주장 내용을 준비하고, 어떤 상황에서 어떤 식으로 자기 의견을 말할 것인지, 미리 시뮬레이션해 보는 것이 필요합니다.

　어떤 일이든 되는 이유도 백 가지가 있고, 안 되는 이유도 백 가지가 있습니다. 반대 논리는 항상 있습니다. 대안 제시 없는 반대는 생트집입니다. 되는 이유를 먼저 생각해야 합니다. 안 되는 이유는 실패에 대한 책임 회피나 실패했을 때를 대비한 변명에 다름 아닙니다. 내용이 중요하지만, 형식도 중요합니다. 때와 장소, 분위기, 방법 등을 반드시 고려해야 합니다.

　스피치를 통해 나를 드러냅니다. 스피치 안 하고 침묵하는 것도 역시 나를 드러내는 한 방법입니다. 스피치를 통해 적극적으로 나를 드러내는 것이 상대방과 제대로 소통하는데 더 효과적입니다. 적극적으로 당당하게 자기 생각을 전달해 봅시다.

일을 잘하는 사람은 자신 있게 의견을 밝히는 사람입니다. 찬성도 반대도 분명하게, 당당하게 할 수 있어야 합니다. 무슨 일을 해야 할지 스스로 생각해서 하는 사람이 주체적인 사람입니다. 지시만을 기다려 하는 사람은 그렇지 못한 것입니다. 모르면 적극적으로 묻는 것이 바람직합니다. 처음부터 완벽하게 이루어질 수는 없습니다. 완벽한 사람은 이 세상에 없습니다.

일의 본질을 최우선적으로 이해해야 합니다. 의무가 권리보다 앞서야 합니다. 자기의 권리만 주장하고 의무를 게을리하는 것은 바람직하지 않습니다.

햇볕 자체만으로는 보통 종이가 타지 않습니다. 그런데 렌즈로 햇볕을 모으면 종이를 태울 수 있습니다. 한 곳에 한 가지에 집중, 몰입하면 일을 만들어 냅니다.

자기 일과 남의 일을 구별하는 사람은 좋은 평판을 받기 어렵습니다. 다만, 남의 영역에 월권하여 감 놔라 배 놔라 하는 것은 바람직하지 않습니다.

불평불만 많은 사람치고 성공한 사람은 없습니다. 비가 와도, 해가 내려 쬐도, 추워도, 더워도 불만입니다.

불평인지 의견제시 인지를 제대로 분별할 수 있어야 합니다. 어떤 상황에서도 긍정적인 효과를 이끌어낼 수 있어야 합니다.

일류 직장의 일류 주인

삼류 직장의 사장은 삼류일 뿐입니다. 일류 직장을 만드느냐, 삼류직장을 만드느냐는 그 구성원들이 하기 나름입니다. 사장부터 직원 한 사람 한 사람에 이르기까지 일류의 생각과 행동을 하면 그 직장은 일류 직장이 될 것이고, 삼류의 생각과 행동을 한다면 삼류 직장이 될 수밖에 없습니다.

한 사람의 실수가 전체에 대한 평가에 직결되는 시대입니다. 속칭 곱셈의 법칙이 적용됩니다. 대부분의 직원이 고객의 기대에 맞추어 서비스를 제공했다 하더라도, 마지막으로 고객이 주차장에서 차를 운전하여 나가는데 불편함이 발생하면 그 곳에서 이미 제공한 서비스의 품질은 제로에 가깝게 떨어지고 맙니다.

언제 어디서나 뿌린 대로 거두게 됩니다. 뿌리지 않고 거두는 사람은 아마도 도적입니다. 사람은 누구나 여러 가지 한계를 가지고 있습니다. 약점도 있습니다. 그러나 누구나 장점과 강점이 있습니다. 적재적소에서 자기의 소질과 열정을 다하면 조화롭게 공동체의 목적을 연합하여 달성할 수 있게 됩니다.

소 잡는 칼로 닭 잡는 일은 삼가야 합니다. 서로의 장점을 살

려 협동해 간다면 공동체의 목적은 이루어집니다. 귤화위지라
는 말도 있습니다. 귤이 적절한 자연환경을 만나지 못하면 탱자
가 된다는 말입니다. 자질에 맞는 역할 배정이 그래서 중요합니
다. 모두 자신의 역량을 지속적으로 키워 나가고, 이를 적절히
활용함으로써 공동의 행복을 이루어가야 합니다.

여러분, 일류 직장의 주인이 되시겠습니까? 삼류 직장의 주
인이 되시겠습니까? 이것은 전적으로 여러분의 선택에 달려
있습니다. 어떤 선택을 하시겠습니까?

목적지가 분명해야

내가 하는 일의 의미와 직무의 목적을 분명히 인식할 때 사명감과 소명의식이 생기고, 관행과 타성에서 벗어나서, 그 직무를, 그 일을 제대로 수행하게 되고, 보람도 갖게 됩니다. 목적의식이 행동을 지배합니다. 목적의식이 투철할수록 성과와 보람이 증가됩니다. 또한 일의 과정에서 만나게 되는 어려움도 지혜롭게 헤쳐나갈 수 있는 힘이 됩니다.

일의 의미나 가치에 대한 애매한 인식 그리고 두루뭉술한 목표는 무성의하고 책임감이 부족한 행동으로 표현됩니다. 구체적인 행동지침이 없고 성과 역시 미약하게 됩니다.

조직의 목적이 구성원들의 목적으로 연결, 공유, 공감되지 않으면 그 조직은 당초의 목적을 이룰 수 없습니다. 공통의 가치와 신념을 공유해야 합니다. 단순한 구호나 종이에 써놓은 표지만으로는 성과를 낼 수 없습니다. 우리가 추구하는 공동의 가치는 박제된 표구가 아니라 삶의 현장에서 원동력이 되어야 합니다.

공동으로 추구하는 의미나 가치는 구성원 각자의 내면에 수용되어 큰 일이든 작은 일이든 계획 수립과 처리의 기준점이 되도록 해야 합니다. 그러한 가치가 일의 현장에서 실현되도록 상급자부터 솔선수범하여야 합니다. 또한, 직원들이 그러한 가치를 실현했을 때는 모두 적극적으로 칭찬과 격려를 해야 합니다. 성과에 대한 긍정적인 평가와 피드백은 직원들의 열정에 힘을 더해 줍니다.

이러한 목적을 이루기 위해서는 일정 시점, 일정 기간의 목표를 분명하게 설정하여야 합니다. 목표를 지나치게 높게 잡으면, 자칫 실패하고 그로 인해 좌절, 실망, 포기하게 됩니다. 반면에 목표를 지나치게 낮게 잡으면, 목표를 달성한 후 쉽게 안주하게 됩니다. 열정과 도전정신, 진취적 기상과 패기가 부족하게 되고, 결국 퇴보하고 뒤처지게 됩니다. 만족하는 직원은 변화를 싫어합니다. 나 한 사람이 조직의 성패에 영향을 미치는 중요한 존재라는 인식도 매우 중요합니다.

열정은 삶의 원동력

우리는 개인적인 삶에서, 그리고 직장 생활에서, 일을 하면서 살아갑니다. 그런데 그 일의 목적이 무엇인지 분명하게 설정하거나 확인할 필요가 있습니다. 기계적으로, 타성적으로, 전례에 비추어서, 그냥 있으면 하고 없으면 쉬는 그런 자세로는 우리의 본 모습, 본래 있어야할 모습대로 살아가는 것이 아닙니다. 무엇보다도 내가 지금 하고 있는 일, 하여야 할 일의 목적이 무엇인지부터 분명하게 짚고 넘어가야 합니다.

그러한 목적을 이루기 위해서는 구체적이고 명확한 목표를 설정하여야 합니다. 아무리 목적이 숭고하고 소중하다고 하더라도 그에 도달하기 위한 구체적인 목표를 설정하지 않는다면, 당초의 목적을 이룰 수 없습니다. 목표가 추상적이거나 불명확하면 역시 그 목표도 목적도 이루어낼 수 없게 됩니다.

목표는 중간 중간에, 그리고 마지막에 어떤 잣대를 가지고 평가할 것인지 그 평가 방안이 당초 목표 설정 시에 마련되어야 합니다. 필요한 때에는 즉시, 그리고 지속적으로 그 일의 성취 현황에 관해 평가할 수 있는 방안을 마련하여야만 그 목표는 비로소 목표로서 가치를 갖게 됩니다. 중간 중간에 당초 계획과 진행상황에 관해 점검하고 계획을 수정 보완하는 등 피드백을 지속적으로 실시하여야 합니다. 도중에 습관적인, 관행적인 업무수행으로, 일의 집중도가 떨어지지는 않는지, 늘 새로움과 호기심, 신선감, 성취 욕구를 북돋을 방안은 어떠한지 살펴볼 일입니다.

우리가 하는 일에 집중하고 몰입하며 열정을 발휘하지 않으면 어떤 것도 이룰 수 없습니다. 일해가면서 우리는 생각할 시간을 가져야 합니다. 눈에 보이는 현상 속에 들어있는 진실, 본질, 실체를 이해하기 위해서는 깊은 사색과 여유, 진지함이 필요합니다. 생각할 시간이 마련되면, 다양한 시각으로 사물이나 현상을 바라볼 수 있게 됩니다.

사람은 모두 다릅니다. 선천적으로, 후천적으로 경험과 지식이 다름에 따라 사회 현상에 대한 견해도 다릅니다. 획일화되거나 추상적인 사고에서, 종합적이고 창의적인 사고, 구체적인 각 사건마다 다른 특성이나 원인 인자를 고려하며, 사건에 등장하는 각 사람의 시각에서 그 사건을 다르게 바라볼 수 있어야 합니다. 특정인의 입장이 아니라 해당 사건 관계인들 각각의 입장에서, 그리고 변호인이나 시민, 법관의 입장에서 한번쯤 새로운 시선으로 바라보아야 합니다.

생활을 단순화해야 합니다. 생활이 복잡하고 많은 연결상태에 놓여 있으면 결코 조용한 가운데 사색하고 궁리할 수 없습니다. 사물의 본질을 깨닫고, 자신을 제대로 돌아볼 수 있으려면, 인생에 대한 궁리, 사색을 위한 삶의 여유가 필요합니다. 그래야 삶을 제대로 직시할 수 있는 직관, 통찰력이 생깁니다.

눈에 보이는, 귀에 들리는 현상에 현혹되면, 마음이 흔들리고 복잡해져서 사안의 본질을 제대로 분별할 수 없게 됩니다.

우리는 그가 어떤 사람인지를 알기 위해서는 그가 무슨 일을 했는지를 보면 알 수 있습니다. 즉 그가 한 일은 그가 세상, 세상 사람과 만나는 의미있는 연결점입니다. 우리도 일을 통해 세상, 세상 사람들과 만나는 것입니다. 일은 단순히 노동, 희생하는 자리가 아니고, 세상 사람과 만나는 축복이고 인연의 자리입니다.

우리는 삶의 여러 모습을 알아야 제대로 일을 완수할 수 있습니다. 일의 목적, 목표 설정, 실행, 평가기준 설정 등 삶의 구체적인 현실을 제대로 알아야만 합니다. 경험과 학습, 독서와 사색을 통해 우리 삶의 지향점을 만들고, 다듬어 나가야 합니다.

우리는 우리가 하는 일의 목적, 구체적 목표를 제대로 인식하고 그것을 이루기 위한 많은 경험과 식견을 바탕으로 일로매진하는 열정을 가지고 우리의 직분을 다해야 하겠습니다. 그리하면 우리의 삶은 여유와 풍요, 이웃에 대한 따뜻한 사랑과 행복을 창조해 나가리라 확신합니다.

오늘은 내 삶의 최고의 순간

우리는 각자의 위치, 각자의 기회를 그 당시에는 제대로 알기 어렵습니다. 지나고 나면 그 때가 잘 보입니다. 그렇지만 지나고 나서 이해하는 것도 좋지만, 그 전에, 자신이 처한 상황에서, 적극적으로 준비하고 참여할 일입니다. 앉아서 기다리는 것이 아니라, 미리 준비하였다가 행동으로 실천하는 것이 중요합니다.

내 일 네 일 구분하지 않고, 내가 할 수 있는 일이면 스스로 묵묵히 기꺼이 하는 것입니다. 그것이 나도 모르는 사이에 역사의 큰 주춧돌이 될 수 있습니다.

다른 사람을 신뢰하는 것도, 존중하는 것도 필요합니다. 다른 사람의 요청이나 지시에 따라 기꺼이 동참하여 행하면, 내가 의도한 것은 아닐지라도 기대하지 않았던 축복이 거기에 마련되어 있을 것입니다.

직장에서 업무에 관하여 머리로 생각하고 말로 하는 것도 중요하지만, 직접 행동으로 실천하는 것이 필요하고, 중요하고, 절실합니다. 말보다는 행동이 더 중요한 때입니다. 일이 이루어지는 현장을 중시하여야 합니다.

책상물림으로 계획하거나 구두로 요약된 자료만을 하급자로부터 보고받는 것만으로는 실효성이 부족하거나 부정확한 판단을 할 수도 있고, 같은 결론에 도달하더라도 실무자와 교감하거나 공감하는 효과를 제대로 거둘 수 없게 됩니다.

마음 속 생각을 다른 사람에게 선포하여야 합니다. 그러면 그 "말"에 예언적 효과가 있어서 그대로 진전됩니다. 행동으로도 옮겨집니다. 그것은 주위에 있는 사람에게도 그 말이 이행되도록 도우려는 기운이 작용하기 때문입니다.

시작이 반이라고 합니다. 한번 시작, 시도해보면 탄력(근육)이 붙어 계속 잘 할 수 있습니다. 작심삼일이라 하더라도, 3일에 한 번씩, 일 년에 122번 시작하면 1년 내내 계속 잘 할 수 있게 됩니다.

미리 실패를 두려워하여 시도조차 하지 않는 것은 바람직하지 않습니다. 처음 준비할 때부터 완전하거나 완벽할 수 없습니다. 일단 시도하고 도전해 나가야 합니다. 그리고 그 과정과 결과에 따라 또 다른 변화된 도전을 해 나가면 됩니다.

우리는 각자 할 수 있는 기회, 능력과 지혜와 에너지, 그 자체가 큰 축복임을 늘 기억하고 감사해야 합니다. 이처럼 살아가는 과정이 곧 우리의 각자 인생이기 때문입니다.

II

기본에 충실한 리더

사회적 가난, 인적 네트워크의 불평등, 기회의 불평등

우리 사회에는 회전문 인사가 종종 발생한다. 고위 공직에 있었던 사람이 퇴직 후에 대형 로펌이나 대기업에 취업하여 중요 역할을 하다가 다시 공직에 임명되는 사례가 있다. 그런 경우에 외부에서는 그 공직자와 해당 로펌이나 기업 간의 업무에 관해 의심의 눈초리를 보낸다.

고위 공직에 있던 사람들은 재취업하게 되더라도 대형 로펌이나 대기업이 아닌 중소 로펌이나 중소기업에 재취업하여 그간에 획득한 전문성과 정보들, 인적 네트워크 등을 활용하여 중소기업을 도와 인재를 육성하고 전문 분야를 확대하는데 기여한다면, 기울어진 운동장을 좀 더 평평하게 하는데 큰 기여를 하게 된다.

공과 사를 구분하지 못하는 불량한 리더

　공공의 영역에서 구성원들 중 일부를 사(私)조직화하거나 조
직 내에 파벌을 만드는 등 줄세우기를 하는 사례들이 눈에 보
인다. 공적 직분에 있는 직원을 사사로인 활용하거나 사적인
일에 종사하게 하는 것도 공과 사를 구분하지 못하는데서 연유
한다.

　고위공직후보자 청문회 시, 소속 공무원을 기관장의 관사에
서 청소하고 음식 만들고 살림사는데 활용한 사례, 소속 운전
담당 공무원으로 하여금 기관장 부인의 개인 승용차를 운전하
게 한 사례, 자신의 박사학위 논문 작성을 직원에게 타자시키
는 사례, 관련 기업체로 하여금 사적인 행사에 후원하게 하는
사례, 공직자와 민간 사업자가 함께 참여하는 학회에 민간 사
업자로 하여금 후원, 찬조하게 하여 외국 방문 참가비와 교통
비 등을 충당하거나 국내 호텔 등 숙박, 골프 경비 보조하는 사
례, 관공서 청사에 그림, 글, 나무를 기부하게 하는 사례, 공무
상 비밀을 특정 언론에만 제공하여 속칭 장학생으로 키우는 사
례, 국비로 외국 유학 후 곧바로 퇴직하여 외국 기업에 취업하
는 사례, 근무시간 중 인터넷 도박이나 주식 또는 가상자산을

거래하는 사례, 공공청사 집무실에 골프퍼팅용 장비를 설치하고 운동하는 사례, 협찬, 후원, 지원, 찬조, 원조 등 명목으로 금품을 수령하는 사례 등 다양한 부조리가 상존하고 있다.

공직자는 소형차나 중형차를 운행하고, 그 배우자는 대형차나 외제차를 운행하는 위선적인 행태도 있다.

납세의무는 리더의 기본

우리 헌법 제38조에는 "모든 국민은 법률이 정하는 바에 의하여 납세의 의무를 진다."고 규정하고 있다. 고래로 조직 구성원의 안전과 행복을 보장하는 국가나 그에 버금가는 공동체는 구성원들이 부담하는 비용으로 국가나 공동체를 유지한다. 따라서 구성원들은 자신과 공동체의 존립과 행복을 위한 비용을 마땅히 부담하여야 한다.

그러나 그 비용을 부담해야 함에도 직접적이고 구체적으로 눈에 보이는 댓가가 교환되지 않는 연유로 그 비용 부담을 회피하려고 하는 구성원들이 있다. 여러 가지 규제와 절차로 그러한 일탈과 회피를 방지하거나 관리하지만, 다양한 수단과 방법으로, 더나아가 탈법이나 불법적인 방법으로 자신의 주머니를 비우려고 하지 않는 사람들이 있다. 자신의 것이 소중하면 공동체의 몫도 역시 소중하련만, 생각이 거기까지 미치지 못한다.

고위직 청문회에서 단골 메뉴로 자주 등장하는 것이 증여세 등 각종 세금 포탈이다. 그것을 변명하기 위해 심지어는 죽은 배우자나 제3의 인물을 들먹이며 자기는 관여하지 않았고, 과거에 불가피하게 이루어진 것이었음을 애써 변명하려고 한다.

선출직 공무원의 선고공보에도 재산보유 상황에 더하여 납세나 체납 사실에 관한 정보가 등재된다. 최근의 납세 정보는 그 사람이 어느 정도 경제적인 활동을 하였고, 사회나 이웃, 공동체에 어떤 기여를 해 왔는지 들여다 볼 수 있는 통로가 된다.

어떤 사람은 절세라고 자신의 전력을 자랑하기도 한다. 법률, 세무 등 전문직종에 종사하는 사람들이 법의 허점이나 그물망이 닿지 않는 것을 활용하도록 적극 조력하기도 한다. 개인이 공동체의 존립과 무관하게 존재할 수 있는지 의문이다.

탈세에 관한 조세 정책이나 당국의 조치도 미흡하다. 너무 온정적이다. 그러다보니 세금을 포탈하거나 미납하고도 부끄러워하지 않는다. 마치 세금을 제때에 제대로 납부하는 사람을 경제적인 관념이 부족하거나 생각이 부족한 사람처럼 여기기도 한다.

병역의 의무와 마찬가지로 납세의 의무는 공동체 존립의 기본이다. 국가 존립이나 사회 구성원의 복지와 건강한 삶을 위해서 필요한 재원은 국민들로부터 거두어야 함은 당연하다. 선거에서 득표를 의식하여 시급히 제도의 개혁이 필요함에도 이를 선거 뒤로 미루거나 제도 시행을 늦추면 당초에 기대한 효과를 거두지 못함은 물론이고 구성원들 내부의 분열과 갈등을 키우는 요인이 된다.

국민은 세금이 공평하고 공정하게 부과되고 집행되기를 원한다. 서민들은 세금 부담이 불공평하다고 하면서 세금부담이 무겁다고 느낀다. 기존의 조세부담자의 세금을 더욱 증가시키기 보다는 탈루하는 부분을 발굴하고, 면세나 최소한의 세금만을 부담하는 분야 가운데 시대가 바뀌어서 이제는 세금을 부과하여야 한다는 여론이 제기되는 분야에 대해서도 적극 과세제도를 도입하여야 한다. 월급생활자 등 눈에 보이는 곳에서, 같은 금액을 일률적으로 징세하는 방식에서 벗어나, 좀 더 눈에 보이지 않는 곳에서 실질적으로는 비과세의 혜택으로 구성원들간의 위화감이 조성되고 세금을 내지 않으면서도 주머니는 두둑한 곳에서 제대로 과세가 이루어지기를 서민들이 기대한다.

형평성, 공정성은 조세정책의 생명이다. 현 세대가 책임질 부분을 다음 세대로 넘겨서는 안 된다. 쉽게 징수할 수 있는 세원으로만 한정하지 말고 그동안 징수 대상에서 제외되어 있는 각종 분야에 대해 새로운 시각으로 분석하고 검토할 일이다. 마치 탈세가 절세인 것처럼 인식하는 일부 국민의 생각도 시정되어야 한다. 사회의 양극화를 가중시키는 부의 세습을 당연시할 것도 아니다. 조세정의는 무엇인가, 정의로운 조세정책은 무엇인가 깊이있게 논의해 볼 일이다. 탈세 전력자나 세금체납자는 지도자로 활동해서는 안 된다. 노블레스오블리제는 조세정책을 만드는 분들부터, 국민의 납세에 관한 준법의식에 이르기까지 확산되고 당연시하는 풍토가 되면 좋겠다.

내 인생의 주인으로 살 것인지?

내 인생의 주인으로 살 것인지? 다른 사람의 종업원으로 살 것인지? 한 사람의 상인이나 장사꾼으로 살 것인지? 기업인이나 조직을 경영하는 사람으로 살 것인지? 내 인생의 주인은 나입니다. 스스로 준비하고 실행해야 합니다.

주인은 새로운 길을 개척하고, 스스로를 이끌고 가며, 자기만의 개성, 창의성, 독창성, 차별성으로 무장하여 한계와 장벽을 뛰어넘고, 주체적, 주도적, 자율적, 독립적으로 삶을 영위합니다.

주인의식이 없으면, 기존의 길을 뒤따르기 쉽습니다. 다른 사람의 흉내내기, 모방하기, 과거의 관행이나 관성을 답습하고, 통일성과 유사성을 중시하며, 한계와 장벽 안에 기꺼이 머무르고, 현상에 대응적, 타율적, 종속적으로 살아가는데 만족합니다.

실패는 두려워할 것이 아닙니다. 실패를 염려하여 도전하지 않는 것을 두려워해야 합니다. 도전하지 않으면 한 걸음도 전진할 수 없습니다. 의식적인 계획을 하지 않고 살아가는 것은 지도와 나침반 없이 항해하는 것과 같습니다. 어쩌면 실패를 계획하는 것이 될 수도 있습니다. 대나무의 마디처럼, 시련은 나를 되돌아보게 하고, 한 시기를 매듭짓고 또 다른 시기로 건너가는 계기가 됩니다.

걸으면 생각과 아이디어가 문득 떠오르게 됩니다. 복잡하게 얽혀있는 과제들의 실타래가 풀리는 계기가 되기도 합니다. 어떤 생각에 너무 집착해 있으면, 올바르고 창의적인 아이디어가 떠오르지 않습니다.

속도가 중요한 시대입니다. 그렇지만 궁극적으로는 방향이 더욱 중요합니다. 방향을 잘못 설정하면 에너지와 시간을 허비하게 되고, 방향이 잘못되었을 때 열정과 속도가 빠를수록 잘못의 크기는 가중됩니다. 잘못된 방향 설정은 나 뿐 아니라 공동체에도 큰 해악을 끼치게 됩니다.

리더는 자기 인생에 진정 책임을 지는 사람

사람은 매 순간 선택합니다. 잠에서 깨어나자마자 TV를 켜서 뉴스나 방송을 시청할 것인지, 조용히 책을 볼 것인지, 아니면 몸을 움직여 체조를 하여 건강을 증진시킬 것인지 선택합니다. 식사를 하더라도 어디에서 할 것인지, 어떤 음식을 먹을 것인지 고민합니다. 출근하는 방법에서도 걸어서 가기도 하고, 버스를 타든지, 택시를 타든지, 자전거를 이용하든지, 자유롭게 선택합니다.

사람의 뇌는 지각知覺에 과부하가 걸리지 않고 정보가 넘치는 것을 막기 위하여, 의도적으로 보고 듣는 것을 단순화하고 분류하고 체계화하여 저장합니다. 보거나 듣는 것을 모두 그대로 저장하지 않습니다.

대화하는 경우에도, 상대방의 말을 전체로 듣고 이해하기보다는 상대방의 말 가운데에서 듣는 사람이 동의하거나 관심 가는 말, 자기에게 쓰임새가 있고 필요한 말만 선택적으로 듣고 기억합니다. 같은 자리에서 같은 말을 들은 사람들도 각기 말하는 사람의 주장 내용을 다 다르게 듣고 다르게 기억하며, 전체를 들리는 그대로 듣거나 들리는 것을 모두 기억하는 사람은 거의 없습니다. 결국 대화에서도 자기의 수준에 맞게 듣고 필요에 따라 듣는, 쉼 없이 선택을 하게 됩니다. 아는 만큼 보고 아는 만큼 듣게 되며, 각자가 준비한 만큼 받아들이게 됩니다.

봄에 길가에 피어있는 크고 작은 많은 꽃들도 그것을 보고 느낄 수 있는 만큼만 우리 각자에게 꽃으로 다가오고 꽃으로 보입니다. 이처럼 누구나 매순간 선택을 통해 삶을 엮어갑니다. 일상적으로 일어나는 의식주에서는 물론이고, 직장에서도 주어진 일이나 그 일과 관련된 업무에 대해서 어떤 방식으로 자기의 직무를 처리할 것인지도 결국 그 사람의 선택에 달려 있습니다.

사람은 누구나 간섭이나 지시, 통제, 감독을 받는 것을 좋아하지 않습니다. 그렇지만 이러한 간섭이나 통제, 감독이 없는 자유스러운 상태가 되더라도 인간으로서 부여받은 역량을 모두 발휘하게 되는 것은 아닙니다. 소극적인 자유만으로는 우리가 받은 달란트를 최대한 계발하고 구현할 수 없습니다.

진정한 자유의 상태는 스스로, 주도적이고, 자율적으로 자기의 존재이유와 역할에 대해 진지하게, 올바르게 생각하고 실행하는 모습입니다. 상황에 휘둘리거나 책임을 전가하지 않고, 그러한 상황에서 한 걸음 떨어져 객관적인 입장에서 가장 바람직한 선택을 할 수 있어야 합니다.

우리의 인생은 참으로 소중합니다. 그 무엇과도 바꿀 수 없고 비교될 수도 없습니다. 자기 삶을 사랑하는 사람은 자기 인생에 책임 있는 자세를 보입니다. 특히 공적인 영역에서의 자기의 직분은 다른 사람들에게 그 영향이 미치게 됩니다. 그러한 만큼 우리는 진정 책임 있는 삶을 살아가야 합니다. 작은 것이든 큰 것이든 제대로 선택하여야 합니다. 내가 태어나서 해온 모든 선택의 결과가 지금의 나이고, 오늘의 선택이 나의 미래를 열어가는 결정적인 열쇠가 됩니다.

세상살이에서 기존의 제도와 관행, 관성, 사고, 인습, 모방의 틀을 뛰어넘어, 더 큰 틀에서 열린 마음으로, 우리의 역할에 대해 수준 있는 자세로 책임을 다하는 아름다운 선택이 이루어지기를 기대합니다. 오늘 여러분은 어떤 선택을 하시겠습니까?

리더는 전문성을 지속적으로 준비하는 사람

살충제 계란 파문으로 국민을 혼란에 빠뜨리고 불안하게 한 일이 있었다. 전문성과 경험 부족은 무능이고 그 피해는 국민에게 돌아간다. 준비되지 않은 채 이루어지는 공직 수행이 어떠한 결과를 가져오는지 국민이 실감하였던 사례들은 종종 있어 왔다.

광범위한 인간관계와 과학기술의 보편화에 기해 범죄도 간단하지 않고 그에 대한 수사 및 사법 기관의 책무가 점점 어려워져 가고 있다. 참과 거짓이 종종 뒤섞이기도 하고 역전되기도 한다. 거짓이 진실로 둔갑을 하거나 진실이 거짓으로 잘못 해석되기도 한다. 독심술 같은, 진실을 꿰뚫어 보는 혜안이 필요하다.

범죄자의 인권이 중시되는 추세이다보니 피해자의 권리가 자칫 뒷전으로 밀려나기도 한다. 범죄로부터 개인적으로나 사회적으로나 범죄 이전의 정상적인 상황으로 회복하기 위해서는 범죄의 진상을 규명하는 것이 중요하다. 진실은 협상이나 조정의 대상이 아니다. 회색지대가 허용되어서는 안 된다.

지연된 정의는 정의가 아니다. 진실규명이 지체되면 불의가 의도한 목적을 실질적으로 이루게 된다. 현실에서는 진실보다는 거짓된 상황이 상당기간 지속되면 진실은 은폐되고 거짓이 더 큰 소리를 치는, 가치가 전도된 안타까운 상황이 전개된다. 범죄로 인한 피해자는 시간이 경과됨에 따라 정신적, 육체적, 사회적인 피해가 눈덩이처럼 커져간다.

수사기관 및 재판기관에서 인간의 인지적 한계, 시간적 물리적 한계, 법적 제도적 한계 등을 구실로 진실 규명을 지연하며 그 책임을 회피해서는 안 된다. 공적 직분은 최선을 다하는 것도 중요하지만, 제대로 된 결과를 이루어내지 못하면 그 직분을 다하는 것이 아니다.

전문성은 공적 직분을 담당하기 전에 충분히 갖추어야 한다. 사건관계인에게는 일일一日이 여삼추如三秋처럼 속이 타들어가는데, 수사기관이나 재판기관에서 사건 접수시기로부터 네 계절이 다 지나도록 결론을 내리지 않고 있는 사례들이 결코 적지 않음에 심히 유감스럽다.

과학기술과 사회 현상이 그 변화의 속도가 빠르고 다양한 방향으로 전개되다 보니 전문성 함양은 개인적으로 해결하는데 한계가 있다. 주기적, 총체적인 전문성 함양을 위한 재교육과 학습이 지속적으로 이루어져야 한다. 누구의 결정이라 하더라도 1차적인 결정을 믿고 승복할 수 있을 정도가 되어야 한다. 감당하지 못할 공적 직분은 맡아서는 안 된다. 제대로 준비된 사람이 그 역할을 맡아야 한다. 하루아침에 전문성은 길러지지 않는다. 만일 내가 담당하는 사건들이 진정 내 부모, 내 형제, 내 자녀가 관련되어 있는 사건들이라고 하더라도 내가 내리는 결정과 같은 결정을 그 누군가가 하더라도 내가 승복할 수 있는가? 반대로 내가 담당한 사건들에 대해 내가 기울인 노력, 내가 결론에 이른 과정에서 과연 할 수 있는 모든 절차와 수단을 다 했는가? 최선의 결정을 했는가? 항상 실상을 제대로 파악하지 못한 채 부실한 업무처리를 하지 않았는지 되돌아 볼 일이다. 결론적으로 내가 사건당사자라고 하면 나와 같은 검사, 나와 같은 판사로부터 수사나 재판을 받고 싶은가? 역지사지해 보아야 한다. 또한 내가 지금 하고 있는 역할에서 상대방의 역할로 변경되더라도 내가 하고 있는 역할을 그대로 수용, 승인할 수 있는지도 생각해 보아야 한다.

경험도 없고 전문성이 부족해 그 역할을 감당할 수 없음에도 불구하고 학연이든 혈연이든 직연職緣이든 어떤 인연이 있다는 이유만으로 공적 직분을 담당하게 하는 것은 결코 옳지 않다. 비록 알지 못하는 사람이라고 하더라도 인재를 널리 천거받아 적재적소에 배치하여 국민을 위해 일하게 하는 것이 국민을 주인으로 섬기는 자세이다.

정체성과 방향성

나는 누구인가? 나의 존재 이유는 무엇인가? 스스로에게 질문해야 합니다. 기존의 관념, 선입견에 얽매이는, 답이 예상되는 뻔한 질문으로는 자신을 정확하게 정의하기 쉽지 않습니다. 나만의 독특한 삶을 상상해 보아야 합니다. 다른 사람이 걸어간 길만을 걸을 것인가? 나만의 독특한 길을 걸을 것인가? 모든 면에서 다른 사람과 다를 수는 없습니다. 일상적인 것은 일상적인 것으로, 본질적인 것은 본질적인 것으로 구별하는 것도 하나의 방안이라고 생각합니다. 나를 스스로 정의하는 것과 다른 이들이 나를 정의하는 것이 다른가 같은가?

이 지구상에서 존재하는 모든 사람은 각자 고유한 존엄과 가치를 갖습니다. 나 외의 다른 사람과 견주어 볼 필요는 없습니다. 모든 사람의 지문이 다른 것처럼 나만의 고유한 속성을 발굴하고 유지하고 성장시켜 나가는 것이 곧 인생입니다.

성공이란 과연 무엇을 말할까요? 성공이란, 첫째, 몸과 마음과 영혼이 건강한 사람이 되고자 하는 사람, 둘째, 나로 인해 그 누군가에게 행복감을 주는 사람, 나를 떠올리는 것만으로도 누군가의 기분이 좋아지게 하는 사람, 셋째, 나와 이웃하여 함께 살아가는 것만으로도 이웃과 세상에 희망을 주는, 그래도 살맛 나는 세상이구나 하는 느낌을 주는 사람이 되었을 때, 성공한 사람이라고 생각합니다.

돈을 많이 벌었다든지, 명예를 많이 얻었다든지, 권세를 많이 부리고 있다든지, 그런 저런 눈에 보이는 세상 것들만으로는 결코 성공을 다 표현하기에는 뭔가 부족합니다. 사람은 눈에 보이는 것만으로는 그 가치를 온전히 평가할 수 없습니다. 마치 부모님의 사랑을 눈에 보이는 것으로 묘사할 수는 없습니다. 선생님이나 선배님들의 제자들과 후배들에 대한 가르침과 이끄심에 대한 고마움을 말로 온전히 표현할 수는 없습니다.

나는 누구인가? 를 정의하기 위해서는, 우선 나는 어디로부터 왔고, 현재 어디에 존재하고 있으며, 어디로 향하고 있는지 알아야 합니다. 뿌리없는 나무가 있을 수 없듯이, 나는 이 지구상에 존재하기 위해 거쳐온 길이 있고, 오늘 이 자리에 있기까지 수많은 일들을 겪어 왔습니다. 스스로 주도적으로 살아왔든지, 아니면 다른 사람과 어울려, 집단으로, 흐름에 맡겨 살아왔을 것입니다. 어떤 부분은 주도적으로, 자율적으로, 독립적으로, 어떤 부분은 주변의 흐름에 따라 살아왔습니다. 지금까지 살아온 시간들, 경험들, 생각들, 함께 해온 사람들과의 관계들, 이 모든 것이 나의 삶에 축적되어 있습니다. 그것은 컴퓨터의 저장매체 자료를 한 번의 키를 눌러 리셋하듯이 일거에 삭제할 수 없습니다. 나무의 나이테처럼 켜켜이 내 삶의 자리에 하나씩 하나씩, 아니면 대나무의 마디처럼 한 움큼씩, 한 움큼씩 축적되어 있습니다.

오늘은 과연 어떤 계획을 준비하여, 어떤 목적을 가지고, 어떤 방향으로, 어떻게 살아가고 있나요? 오늘의 구체적인 삶의 모습은 어떻게 그려가고 있나요? 더 나아가 내일은, 다음 주는, 다음 달에는, 내 년에는, 십년 후, 또는 그 무엇을 목표로 하는 어떤 시점에서, 어떤 모습의 나를 상상하고 있나요? 어떤 모습이길 바라나요?

과거는 나의 현재와 미래를 엮어가는 디딤돌입니다. 앞으로 전진하는데 걸림돌이라고 생각하면 걸림돌이 되고, 디딤돌이라고 생각하면 디딤돌로 역할할 것입니다.

나는 누구인가? 나는 무엇하는 사람인가? 나의 정체성을 어디에 두는가? 같은 분야에 종사하는 사람이라면 누구라도 '저 사람은 어떠 어떠한 사람이야'라는 말을 하게 됩니다. 그런 정체성은 하루아침에 이루어지지는 않습니다. 10년 20년 꾸준히 정진하다 보면 어느새 나 스스로에 대한 정체성이 이루어지게 됩니다. 다른 사람에게 호평을 받을 때만이 정체성이 있다는 것은 아닙니다.

그렇다면 〈오늘의 나〉는 과거에는 〈나의 미래〉였습니다. 따라서 〈내일의 나〉는 〈오늘의 미래〉입니다. 나는 어떤 사람이 되고자 하는가? 삶의 방향성을 제대로 설정해서 실행해가야 합니다. 아무리 2층에 좋은 세상이 있다하더라도 내가 2층으로 연결되는 엘리베이터나 에스컬레이터에 탑승해야 합니다. 나의 행동이 있어야 합니다. 그럴 때 내일은 또 다른 나의 오늘이 됩니다. 아무것도 계획하지 않는 사람은 이미 실패를 계획하는 것이라는 말씀이 있습니다. 그럭저럭 살아가는 것은 이 시대를 주도하기에 부족합니다. 그리 길지 않는 사람의 생존기간 동안에 좀 더 가치있고 행복한 삶을 살아갔으면 하는 소망이 있습니다.

청렴은 리더의 기본 1

공직자는 전문적인 지식을 갖추어야 함은 물론 동시에 인성, 품성을 갖추어야 한다. 그 기본이 청렴이다.

공직자는 공公과 사私를 명확히 구분하여야 한다. 공公은 기본적으로 사私와 모순, 충돌, 배치될 수밖에 없다. 우리는 어떻게 살아야 하는가? 개인으로서, 공인으로서, 무엇을 따르고 무엇을 따르지 않을 것인가? 어떻게 사는 것이 올바른 삶인가? 우상을 좇을 것인가, 자유를 누릴 것인가? 생각하는 것과 행동하는 것은 다르다. 실천, 실행이 과제다. 부패, 부조리, 비리와 호의, 선의, 선물을 명확히 구별하여야 한다. 자칫하면, 우상, 물신주의, 황금만능주의, 출세지상주의, 명예욕에 빠질 수 있다.

완장을 차면 권한 남용·오용·악용·빙자하기 쉽다. 악습도 관행, 전통, 전례, 관성, 타성, 미풍양속이라는 미명하에 이루어진다. 학습효과도 발생한다. 호사유피 인사유명이라는 사자성어가 있다. 청렴, 염치, 부끄러워함, 사양지심, 절제, 절도, 품격, 아름다운 향기를 드러내야 한다.

부패는 가까이에 있는 사람과의 관계에서 시작된다. 시작은 미미하나 끝은 상상을 초월하게 무지막지하다. "바늘도둑이 소도둑 된다."

형벌의 두려움, 불안, 공포, 손가락질, 불명예를 피하기 위해 절제하는 것에서 더 나아가, 현재의 삶을 영원한 삶, 영생의 과정으로 인식하여 적극적으로 덕행, 절제, 감사의 삶을 살아가야 한다.

첫 발, 첫 단추를 잘 꿰어야 한다. 한번 거절하면 다음에는 거절하기 쉽다. 처음에는 어색하고 거북하지만, 두 번째에는 수월해진다. 거절하면, 별종취급, 독불장군 대하듯, 외톨이, 왕따될 수도 있다. 한번 받으면 다음에는 거절하기 어렵다.

좋은 것이든 안 좋은 것이든 금방 익숙해지고 당연시하게 된다. 거절불능증을 극복해야 한다. 유식과 무식·무지 여부의 구별 기준은 학력, 연령, 경험, 직위, 소유 여하에 따르지 않는다. 제대로 아느냐, 허상, 허위, 진리를 벗어난 것을 알고 있느냐? 인생에서 어디에 가치를 두느냐에 따라 결정된다.

어떻게 사는 것이 잘 사는 것일까? 구체적인 모델은 누구일까? 인상印象에는 그 사람이 살아온 것이 드러나기 마련이다. 다른 사람에 대해 비평, 평가, 비판, 비난은 하면서도, 막상 나 자신이 그렇게 살고 있는지는 의문이다.

호의와 부정한 거래, 관대함·융통성과 부정묵인·야합간 구별을 분명히 해야 한다.

사람은 본래 홀로 살기가 어렵다. 공동체를 이루고 서로 만남과 교류를 해가면서 살아간다. 과거에는 비밀, 불투명한 환경이 이제는 투명, 공개되는 상황이다. 위키리크스, 인터넷 실시간 전파, 녹음 녹화 등을 통해 투명한 사회가 되어간다.

고립된 삶, 행동이 아니라, 일상에서 만나는 삶의 현장에서 일상적으로 접하는 현상을 직시해야 한다. 사고방식과 행동이 모두 현실이자 현상이다.

청렴은 결코 쉽지 않다. 사람의 생각과 행동, 판단기준이 천차만별, 백인백색이다. 청렴, 이루기 어렵다고, 결론내리기 쉽지 않다고, 아예 도외시할 수도 없는 실정이고, 과제이다. 사고방식과 행동에 있어서, 과거와의 단절, 변화해야, 원칙, 기본으로 돌아가야 한다.

호의와 뇌물의 구별을 두부 자르듯 명쾌하게 정리할 수는 없다. 국민의 정서상 어디까지 허용되고 어디부터는 허용되지 않는지? 그 사회의 문화와 국민의 정서는 하루아침에 이루어진 것이 아니고, 긴 역사의 결과물이다. 부패와 비리를 바라볼 때에도 이러한 점을 기본 전제로 해석해야 할 것이다. 부정부패의 의미에 대해 국가, 시대, 사회, 집단, 개인에 따라 다르다. 서로 다른 역사와 경험을 가지고 있기 때문이다.

돈 많은 사람도 돈 없는 사람도 "돈이 인생의 전부가 아니다. 돈은 인생에서 중요한 것이 아니다."라고 말한다. 폐쇄적인 삶은 우리가 나아갈 방향은 아니다. 개방적인 열린 삶, 열린 만남에서 어떤 자세를 취해야 하는가? 우리의 과제이다. 물질적 가치를 제자리에 놓고, 정신적 가치를 회복해야 한다.

시간과 공간을 초월하는, 모든 시대(과거, 현재, 미래), 모든 나라, 모든 국민에게 통하는 보편적 가치는 존재하지 않는다. 현시대에 우리 국민 중 다수가 승인, 동의할 수 있는, 구체적인 사례를 통해 일응의 기준을 느껴볼 수밖에 없다. 우리는 어차피 시간과 공간의 제한을 받는 존재이다. 특정 집단 내 논리가 기준이 될 수 없다. 일반 국민, 대중의 지지, 동의, 승복, 승인할 수 있어야 한다. 고개를 앞뒤로 끄덕이게 할 수 있어야 한다. 양옆으로 흔들게 되면 안 된다.

부정은 무언의 압력, 타협, 시스템화, 모방, 풍습, 전례, 문화화, 체질화, 야합을 가져오고, 수용, 순응, 적응하게 만든다. 부정을 불수용하거나 부적응하면 외톨이, 이단, 이방인, 괴짜로 몰리게 된다.

다른 사람의 시간, 에너지, 열정, 수고, 땀, 영혼을 도둑질해서는 안 된다. 부정과 부패를 뿌리치기는 처음에는 힘이 든다. 그러나, 한 번의 행동이 습관이 되고, 성격이 되고, 결국 인생이 변하면, 숨 쉬는 것처럼 자연스럽게 된다.

수령과 거절에서, 양심상 뭔가 부자연스럽게 느껴지면, 그것은 양심이 정도가 아님을 스스로에게 알려주는 바로미터 역할을 하는 것이다.

요즘 세상은 개인의 잘못으로 집단 전체가 오명을 뒤집어쓰게 된다. 어디까지가 미풍양속이고 선량한 풍속인지 분별하기 쉽지 않다. 자기에게는 관대하고 타인에게는 엄격한 이중잣대가 되기 쉽다. 대인춘풍 지기추상해야 한다. 외부의 통제와 억압만으로는 그것을 건전한 문화로 승화할 수 없다. 수신제가치국평천하는 동시에 이루어져야 한다. 현세에서의 성공, 즉각적인 보상을 선택할 것인지, 천국에서의 보상을 선택할 것인지?

정신적 가치, 문화적 가치의 기준, 준거는 계속 변화한다. 시대(산업화시대, 근대화시대와 민주화시대, 지식정보화시대)에 따라 중요성도 변한다. 무엇이 가장 큰 가치이고, 무엇이 주변적 가치에 불과한지 뒤돌아보면 알 수 있다. 사회적으로 허용, 묵인, 승인되는 범위가 다르다. 결국 추상적인 기준이지만, 그 기준과 허용범위가 한국인의 정서에 맞아야 한다. 시대정신이 어디에 있는지 살펴보아야 한다. 새로운 가치 기준은 일반인들에게 공감되고 승인되고 새로운 문화로 국민을 선도해 나가야 그 생명력을 유지하게 된다.

부정과 부패는 '공정한 경쟁'이라는 보다 폭 넓은 지지를 받는 규칙을 훼손한다. 처벌이 두려워, 발각될 것이 두려워서 거부하는 것보다는, 자신의 당당함, 깨끗한 공직에 대한 자부심 등 자발적인 자유와 평화를 누리기 위해서 바른 길을 선택하는 것이 중요하다.

태도, 의식, 자세, 마음가짐은 강요에 의한 타율적이 아니고, 자발적으로 실천되어야 한다. 개인의 단계에서 더 나아가 집단의 성향, 기질로 발전되어야 한다. 우리에게 가장 중요하고 시급한 문제는 무엇인가? 누구누구와 친하다고, 무엇 무엇을 소유한다고, 허영심을 충족하려는 욕망과 우위에 서야한다는 강박관념, 선임자들의 영향을 받아 수용, 자기화, 모방, 학습을 통해, 별 죄의식없이 부정과 비리가 이루어진다. 사람은 정의와 부정을 자신의 이해관계, 편의에 따라 해석, 판단하기 마련이다. '욕망의 감옥'에 갇히기 쉽다.

공직자로서, 교제의 범위는 공직자의 역할(경력)에 따라 다르게 해석되어야 한다. 그 교제의 범위가 다르게 된다. 공직자 가운데에는, 그렇게 대접받아도 되는 줄 알고 있는 사람이 있다. 재물, 권세, 명예는 인간의 마음을 사로잡는 것이다. 감성을 자극한다. 욕망慾望은 자극성이 있다. 중독성이 있다. 마약과 같이 처음에는 적고 약해도 그 효과를 내지만, 점차 그 강도가 커져야만 효과가 나타난다. 한번 빠져들면 그칠 줄 모르고, 스스로 에스컬레이트하게 된다. 욕망은 이성을 마비시킨다. 도를 넘어서게 한다. 끊임없는 갈증, 갈망, 애착, 집착을 불러일으킨다. 재물, 권세, 명예 주위에는 사람도 모이고 정보도 모이게 된다. 집단, 공동체가 형성되고 '집단 안'과 '집단 밖'이 구별되고, '우리', '우리끼리' 라는 폐쇄적인 공간이 생긴다. 사람과 정보가 힘이 된다. 사람과 정보가 집중되게 된다. 정보를 가진 자와 가지지 못한 자의 격차가 점차 커진다. 정보의 독점이 권력, 힘의 독점, 부의 독점으로 나타난다. 구조화, 시스템화되면 개인은 그 벽을 뛰어넘기 곤란하게 된다. 돈으로 권력에 기생하게 된다. 이러한 욕망을 추구하는 것은 인간의 잠재의식 속에 있는 본능, 동경의 대상이다.

우리는 각자 자신의 이미지와 품격을 만들어 가게 된다. 물질적인 것은 만족할 수 없는 속성이 있다. 우리가 추구할 대상은 정신적인 것으로 전환되어야 한다. 욕망의 전차는 브레이크가 없다. '더 병', '외상 인생'은 소멸되어야 한다.

명쾌한 답은 누구도 마련할 수 없을 것이다. 그렇지만 문제 해결의 실마리, 돌파구를 만드는 작업은 쉼 없이 계속되어야 한다. 지나친 금욕, 금욕주의, 자제심, 엄격함, 도덕관념 자체는 좋지만 지나치면 또 다른 부작용을 생산하고, 다양한 가치관을 가진 다른 사람에게 상처를 줄 수도 있다. 지나친 금욕주의는 인간성을 저해할 수도 있다. 거부는 상대방에게 모욕감을 주고, 자존심에 상처를 줄 수 있다. '거절의 미학'이 필요한 순간이다.

재물은 자신에게 한정하면 그 사람이 죽으면 끝나므로 욕심 부릴 일이 아닌데, 대대손손 유산으로 물려줄 것으로 생각하니 욕망에 한계가 없게 된다. 정치인도 계속 당선되려하니 임기동

안 소신껏 못한다. 불출마선언하면 용기있게, 자유스러워진다. 이성만이 이러한 욕망을 제어할 수 있다. 욕망이 무조건 나쁜 것은 아니다. 인간사회를 풍요롭게 하고, 지성과 감성을 계발하는 원동력이 되기도 한다. 경제활동을 촉진하고 진선미를 추구하기도 한다. 공산주의는 인간의 본성과 배치되는, 인위적인 것이므로 소멸할 수 밖에 없었다. 자기 스스로에 대한 자존감이 낮았을 때, 갖지 않은데 따른 열등감, 불안감, 소외감이 커지게 된다.

빈부의 격차, 양극화가 심화되어 가고 있다. 사회관계자본인 인맥도 빈익빈 부익부되어 간다.

국민의 공직자에 대한 신뢰는 '청렴과 실력'이 겸비되었을 때 생긴다. 자기 운명은 자기 책임, 주인의식을 가져야 한다. 타인에게 지나치게 의존하면 종속된다. 나 뿐만 아니라 내 가족, 주변인, 친지, 친우들도 특권의식을 버려야 한다.

리더는 솔선수범率先垂範해야 한다. 윗물이 맑으면 아랫사람도 맑게 된다. 리더는 한사람의 몸이 아니다. 구성원이 모두 리더의 일거수일투족을 보고 있다. 그만큼 끼치는 영향이 크다. 신뢰는 평소에 쌓아 두어야 한다. 위풍당당한 모습을 보여야 한다.

사람은 있어야 할 곳에 있을 때 가장 편안하고 행복하다. 한 비자는 인간은 자신의 이익을 위해 움직이는 존재라고 말하였다. 자신과의 싸움, 많은 변수가 있고, 유혹이 있다. 많은 선택지 가운데 홀로 선택해야 한다.

고유의 핵심역량, 실력을 갖추면 당당할 수 있다. 자기만의 가치, 실력, 끊임없는 노력, 환경변화에 대비하여 자기의 직책에 필요한 것을 미리 준비하여야 한다.

자기 영혼을 살찌우고, 삶의 목적을 분명히 세워야 하며, 자기의 역할의 의미, 자기 존재의 이유, 이치를 제대로 정리해야 가능하다. 자기의 소명, 사명이 무엇인지? 주체적인 삶을 살아야한다. 수동적, 피동적이어서는 안 된다. 자기 스스로 가치를 발견, 창출해야 내어야 한다. 스스로 소중한 사람이라는 것, 자기가 하는 역할이 정말 소중한 것이라는 사실을 진정으로 인식할 수 있어야 한다. 시작은 미약하나 하루하루 10년 20년 쌓이면 결과는 대단하게 된다. 천리 길도 한 걸음부터, 큰 것만을 추구하지 않고 작은 것부터 착실하게 해야 한다. 첫 술에 배부르지 않는다. 큰 둑도 개미구멍만한 틈에서 무너진다. 모세혈관이 막히면 큰 병이 된다. 세상은 작은 일이 대부분이다. 조급하게 서두를 일은 아니다. 로마는 하루아침에 이루어지지 않았다. 절제하는 생활, 정신력, 절도있는 마음자세, 자기 분수를 알아야 한다.

과유불급過猶不及이다. 차면 넘친다. 꼬리가 길면 잡힌다. 자기가 누리고 있는 것에 감사하는 것이 무엇보다 중요하다. 자기가 사회에 기여하는 것보다 사회로부터 더 큰 은혜를 입고 있다는 자세가 필요하다.

독수독과, 뿌린 대로 거둔다. 콩 심은데 콩 나고, 팥 심은데 팥 난다. 역사에서 교훈을 얻어야 한다. 같은 실수를 저지르지 않기 위해서 좋은 습관을 길들이기 위해서 마음을 갈고 닦는 것은 평생동안 계속되는 작업이다. 살얼음 판을 걷는 심정으로, 잘못하면 물속에 빠진다. 교도소 담장을 걷는 심정으로, 여차하면 교도소 안으로 떨어진다는 점을 유념해야 한다.

눈앞의 이익만을 보다가는 미래를 내다볼 수 없게 된다. 장기적인 안목이 필요하다. 인생은 인격, 품격, 영혼을 드러내는 일이다. 몇 푼의 금전, 명예, 자리, 허세, 인기에 내 영혼을 팔고 싶은가?

잘못이 있는데 그것을 고치지 않는 것이 더 큰 잘못이다. 공직자는 소박하고, 소탈하고, 허례허식이 없는 삶을 살겠다는 각오가 필요하다. 귀족적인 사고가 아니라. 공직을 개인의 욕망을 채우는데 활용하지 않아야 한다.

사상누각沙上樓閣이라는 말이 있다. 품성이 청렴하지 않으면 전문성, 실력은 쓸모없게 된다. 전문성, 실력을 발휘할 기회가 주어지지 않는다.

특권의식特權意識과 과도한 자신감은 화를 불러들인다. 내가 이만큼 사회에 기여해 왔으니 나 정도면 이 정도는 혜택을 받는 것이 당연하다는 의식을 버려야 한다. 본연의 업무에 열중,

집중하는 사람은 그것과 속성이 다른 부정, 부당거래에 어울리지 않는다. 본연의 업무 외에 관여, 탐닉하는 사람은 본연의 업무에 온전히 집중할 수 없고, 다른 것으로 인생이나 공직의 미래를 결정하려 한다. 본연의 업무에 가치를 제대로, 최고로 인정하지 않는다.

유혹에, 낚싯밥에 붙들리면 자기 인생, 공직이 위태롭게 된다. 발목을 잡히는 것이다. 자기 인생의 주인이 자기인지, 아니면 주변인인지? 어떤 인생을 그리고 있는가?

사람은 혼자 살 수는 없다. 마땅히 교제, 교류하면서 살아간다. 그렇다고 해서 패거리처럼, 조폭처럼, 부정, 불의, 부패에 가담할 것은 아니다. 미래지향적이어야 한다. 현실에 너무 안주해서는 안 된다. 눈앞에 보이는 것만 추구해서는 안 된다. 소명의식이 있어야 한다. 자기가 담당하는 역할의 고귀함, 초심을 유지해야 한다.

무엇을 하려고 공직을 택했는가? 왜 국민이 나를 공직으로 초대하고 권한과 책임을 부여했는가? 부정과 불의와 타협, 야합하지 않겠다는 오기, 자존심, 콧대를 세울 수 있어야 한다. 삶의 목적, 목적지는 어디인가? 늘 살펴야 한다.

공직을 사랑하고 일을 즐기는 자는 공직에 그 어떤 것도 연결되기를 원하지 않는다. 부정타는 것을 원하지 않는다. 내가 그렇게 살고 다른 공직자도 그렇게 살리라는 희망, 믿음이 있어야 한다. 내가 야합하면 다른 공직자도 그렇게 될 것이다라고 생각할 수밖에 없다. 편법은 안 된다. 공직에 있음에 감사하는 사람은 부정과 연결될 수 없다.

나는 어떤 옷을 입고 있는가? 너덜너덜한 옷, 온갖 땟국물이 튀어있는 옷, 터지고 그런 옷을 입고 있는가, 아니면 화려하지는 않지만 깨끗한 옷을 입고 있는가? 나는 어떤 냄새를 내보내고 있는가? 악취인가, 아니면 좋은 향기인가? 처음 보는 사람에게 나의 이미지, 첫인상은 어떠한가? 나를 10년 이상 만나온 사람에게 나의 이미지는 어떠한가? 유유상종類類相從이다. 어떤 사람을 알고자 하면 그 사람의 친구를 보면 알 수 있다.

잘못하면 인간미가 없다는 비난을 받을 수 있다. 인간관계가 좋지 않다는 무고한 비난을 받을 수도 있다. 거절의 미학이 필요하다. 더 나아가 염치를 알아야 한다.

리더는 디테일에 강하다. 큰 일이 아니라 작은 일에서 그 사람의 모든 것을 들여다 볼 수 있다. 사실 큰 일은 별로 없고, 큰 일에 대해서는 모든 사람이 비슷하게 한다.

외형적인 것, 직위만으로 그 사람의 인생을 평가해서는 안 된다. 그 역할의 소중함, 기여도를 보아야 한다. 성공과 실패를 공직 내 승진, 중요 보직 등만으로 바라봐서는 안 된다. 자기 스스로를 어떻게 평가하는가? 자기 배우자, 자녀들이 자기를 어떻게 평가하는가? 직장 동료들이 자기를 어떻게 평가하는가?

선택의 기로에 섰을 때, 가족에 대한 울타리, 버팀목인 내가 흔들리면 내 가정이 위태롭게 된다는 사실을 기억해야 한다. 가족에 대한 책임의 무거움의 긍정적인 효과이다. 일회적, 일시적인, 사소한 것에 목숨을 걸어서는 안된다. 직장은 자기 계발, 가족의 생계, 사회에 기여하는 장소이다. 자기 직장, 직분의 소중함을 늘 기억해야 한다.

내면의 목소리, 양심에 귀를 기울여야 한다. 늘 깨어 있어야 한다. 분수에 맞아야 한다. 지족지지, 욕심은 모든 재앙의 원천이다. 뇌물수수로 조종하고 조종당하는 관계가 되면 안 된다. 청탁을 주고 받는 것은 패거리를 만드는 것과 같다. 소탐대실小貪大失하면 안 된다. 작은 것에 연연하여 작은 이익에 현혹, 미혹되어 큰 것을 잃으면 안 된다. 부정한 행위는 한 사람의 불행에 그치지 않고, 그 조직 전체를 위태롭게 한다.

검소하면 물질적으로, 정신적으로 부요하게 된다. 사치하면 패가망신 당한다. 과거 산업화, 민주화 시대에는 카리스마 넘치고 열정있는 리더의 시대였으나, 이제 지식 감성의 시대, 도덕적인 리더를 필요로 한다. 국민에게 공감, 감동을 줄 수 있어야 한다. 감성적으로 부정적인 영향을 주는 행위는 용납되지 않는다.

청렴은 자기를 진정으로 사랑하는, 더 큰 이기심의 발로이다. 사리사욕, 당리당략, 이기심, 탐욕에는 국민은 없고, 위험한 길을 가는 것이다. 기름을 끼었고 불 속에 들어 가는 것과 같다.

세상 안에서 속이거나 가릴 수 없다. 시간이 지나면, 때가 되면 모두 드러나게 된다. 토끼를 다 잡고 나면 개를 삶아 먹게 된다는 토사구팽의 말처럼 부정행위는 결국 드러나게 마련이다.

가치판단의 기준은 시대에 따라 달라지게 된다. 과거에 있었던 일을 현재의 잣대로 폄하할 일은 아니다. 다만, 시대가 변했는데도 과거에 허용되었던 행위라고 해서 계속 허용될 수는 없다.

부패는 마치 쇠에서 나온 녹이 그 쇠를 못 쓰게 만드는 것과 같다. 올바르게 직무를 수행하지 않고 청탁하는 사람의 의사에 따라 직무를 수행한다면 반드시 그 일을 그르치게 된다. 그만한 댓가를 치르게 된다. 사사로운 마음이 생기면 일을 이치, 순리에 따라 처리하지 못하게 된다. 저울 추가 달라지면 안 된다. 청탁해본 경험이 있는 사람이 오히려 다른 사람도 자기처럼 청탁했을 것으로 의심하게 된다.

개인적인 이익을 추구하게 되면 공적 이익(사회나 국가, 국민)은 뒷전을 밀릴 수밖에 없게 된다. 이익으로 인해 당파, 패거리가 만들어진다. 사회를 분열시키고 위태롭게 한다.

청렴은 리더의 기본 2

주인답게 살 것인가? 종처럼 살 것인가?

돈, 명예, 사회적 지위, 감투를 모두 가지려고 해서는 안 된다. 독점하거나 독차지하려 해서는 안 된다. 청렴, 결백, 청부, 청빈, 청심, 염치, 선비정신을 존중해야 한다. 마음의 청결이 중요하다. 탐욕의 뿌리를 제거해야 한다. 부정한 마음에서 부정한 행위가 일어난다. 제도 보다는 사람의 마음을 바로 잡는 것이 가장 중요하다. 사람이 주이고, 환경은 종이다. 나부터, 지금부터, 작은 것부터, 일일신 우일신해야 한다. 무엇을 소유하였다고 해서, 아니면 무엇을 소유하지 못하였다고 해서, 내가 다른 사람이 되지 않는다. 나의 고유성, 정체성은 외적으로 무엇을 가졌다고 달라질 수 없다. 탐욕은 모방에서도 발생한다. 다른 사람이 좋아하니 자기도 그것을 좋아하는 것으로 착각하는 데서 탐욕이 발생하고 확대된다. 향을 쌌던 종이는 향내가 나고, 생선을 쌌던 종이는 비린내가 난다. 사군자에서 꽃을 선비, 군자에 비유한다. 군자란 어질고 덕행이 높은 선비를 말한다.

부패의 역사와 현상들을 반추함으로써 각오를 새롭게 다져나가야 한다. 반면교사가 필요하다. 절차탁마해야 한다.

공직자는 아무나 되는 것이 아니다. 공직자는 아무나 되어서는 안 된다. 무능하거나 어리석거나 불성실한 상급자 아래에서는 탐관오리, 부정부패한 공직자가 공직을 빌미로 국민을 상대로 농간을 부리게 된다. 공직자가 바로 서지 않으면 나라의 기강이 바로 설 수 없다. 예의, 염치가 없는 데서 부정과 부패가 발생한다. 영광과 수모는 조변석개한다. 순간이다. 양심이 있어야 한다. 공익을 위해 먼저 무엇을 해야 하는지 생각해야 한다. 근본, 기본, 원칙, 상식, 양심으로 돌아가야 한다. 공직은 사익추구의 도구, 수단, 과정이 되어서는 안 된다. 공직자가 장사꾼이나 사업가는 아니다. 도박, 술, 잡기에 중독이 있듯이, 뇌물수수, 권력남용 등도 중독성이 있다. 바늘도둑이 소도둑 된다. 공것이라면 소도 잡아 먹는다. 공짜를 매우 좋아한다. 세 살 버릇 여든 간다.

복지부동, 일하지 않고 놀고 먹는 것도 부정부패의 한 유형이다. 상급기관의 업무상 정당한 명령과 지시가 하급기관의 실무자들에게 제대로 전파, 실행되지 않는 것도 부정부패의 한 유형이다. 공직사회가 머리 따로 손발 따로 되어서는 안 된다. 떡고물, 떡값, 리베이트, 뒷돈, 뒷거래, 호화로운 의복, 사치, 허영심, 감언이설, 아귀다툼, 부정축재, 정경유착, 가렴주구, 중상모략, 속물근성, 천민자본주의, 천민근성, 후안무치, 오만은 부정부패와 연결된다.

부패에 대한 댓가가 혹독해야 자제할 동기가 부여된다. 호사다마이다. 누구라도 무덤으로는 부귀영화를 가져가지 못한다. 부패에 관해서는 하늘이 알고, 땅이 알고, 내가 알고, 네가 안다. 부정부패도 진화한다. 세계화시대에는 부정부패도 국제화, 세계화되어 간다.

청렴의 롤 모델을 발굴해 나가야 한다. 한 숟가락에 배부르지 않는다. 장기적 계획과 실천으로 가야 한다. 자기뿐 아니라, 하급자, 배우자, 자녀, 형제자매 등 가족, 친지, 친우들까지도 깨끗해야, 검소해야 한다.

국민의 입장에서 믿는 도끼에 발등 찍혔다는 평가를 받아서는 안 된다. 기록문화를 정착시켜야 한다. 역사는 하루아침에 이루어지지 않는다. 역사에 우연한 일이란 없다. 부정부패나 잘못이 누적되면 혁명이 일어나고 망하게 된다. 그러나 마치 한순간에 어떤 일이 일어난 것처럼 보일 뿐이다. 부정부패에 대한 역사를 기록으로 남겨서 후대들에게 전대의 잘못을 고발하고 경계를 하기 위함이다. 물론 과거의 관행을 지금의 잣대로 판단하는 것은 꼭 적정하다고 볼 수 없는 면도 있기는 하다.

부끄러움을 아는 마음이 염치이다. 염치란 청렴하고 깨끗하여 부끄러움을 아는 마음이다. 염치를 알아 부끄럽지 않게 행동한다. 체면의 긍정적인 면으로서, 자기를 반성하게 하는 마음이 염치를 이끌어 낸다. 심하게 몰염치한 사람은 끊임없이 자기를 합리화해 간다. 염치없는 개인이나 사회는 관습, 도덕, 규범을 잘 지키지 않는다. 철면피, 몰상식, 염치를 모르는 사람들, 돈이면 최고, 사람의 가치를 돈으로 결정, 돈의 위력은 막강하고, 무소불위의 영향력이 있는 것으로 통용된다. 돈이면 귀신도 부릴 수 있다는 오만한 사람들과 부패한 사람들은 돈에 대한 생각이 일반 평균인과 많이 다르다.

그들에게는 자존심, 명예감, 수치심, 양심의 가책, 수오지심이 부족하거나 없다. 골짜기는 채우기 쉬워도 사람 마음은 채우기 어렵다. 사람의 욕심을 채우는 것이 그 무엇보다도 어렵다는 뜻이다.

내가 내 인생의 주인으로서 당당하게 살 것인지, 아니면 다른 사람의 말 한마디에 질질 끌려 다니면서 부끄러운 과거에 얽매여 살아 갈 것인지, 각자가 선택할 일이다. 진정 자유로운 삶을 바라는가, 구속된 삶을 바라는가?

물고기는 낚시 밥에 걸려든다. 유혹의 뒤에는 반드시 함정이 도사리고 있다. 유혹은 근사하게 다가온다. 죽는 길인데 그것을 알아차리기 쉽지 않다. 배운 것이 도둑질이라고, 세 살버릇 여든까지 간다. 바늘도둑이 소도둑된다.

부패에도 한계효용체감의 법칙이 적용된다. 처음에는 그 감동이 매우 크나 점차 그 양이 늘어갈수록 그 감동의 크기가 줄어든다. 결국에는 아무런 감동도 느끼지 못한다. 물질적인 것으로부터는 그 감동을 지속적으로 받을 수 없다. 즉 만족이 있을 수 없다. 그리하면 감동을 받기 위해서는 더욱 큰 것, 마약처럼 그 강도가 더 세져야만 그 효과를 낼 수 있게 된다.

물질세계에서 자기 혼자 살아가는 것이 아니므로, 모든 것을 소유할 수 없는 것은 명약관화하므로, 물질적인 소유로는 문제가 해결될 수 없는 것이다.

성공의 기준은 무엇일까요? 공직자의 표상, 모범된 사례는 무엇일까요? 누구일까요? 국민의 신뢰를 높이는 방안은 무엇일까요? 누가 그런 역할을 해야 하나요?

사람은 영혼을 가진 존재이다. 물질적인 것, 보이는 것만으로는 사람은 진정으로, 오랫동안 행복하게 할 수는 없다. 많이 가진 것이 반드시 행복으로 인도해 주는 것은 아니다. 사마천의 사기에서도, 곳간이 차야 백성들이 염치를 안다고 하였지만, 염치, 예의, 공중도덕이 없는 곳에서 청렴, 청빈은 연목구어緣木求魚이다.

탐관오리의 반대인 청빈, 청렴으로 나아가야 한다. 청빈의 정신은 변함이 없을지라도 청빈의 모습, 실천방법은 시대에 따라 달라질 수 있다.

개인주의, 자율성, 주체성이 이기주의로 변질되고, 집단주의, 공동체성, 연대성, 유대감, 책임성이 패거리문화(소집단이기주의)로 변질되기도 한다. 정情의 문화, 호감, 공감의 감정, 피는 물보다 진하다. 죽으나 사나, 미우나 고우나, 의리의식, 인정에 치우치면 부패하게 된다. 인정(감성)과 도리(이성, 의리)의 조화, 균형이 필요하다.

가족주의가 확대되어, '우리 의식' 이웃사촌, 우리가 남이가 와 같은 위험한 사고로 전개되어서는 안 된다.

사람은 누구나 행복하고 싶어하는 데도 불구하고, 그렇지 못하는 것은 욕구(인정 또는 소유를 통한 더 부유하고, 더 능력있고, 더 힘 있다는 과시욕구, 비교욕구, 지배 또는 우월의식), 욕망, 기대, 그것이 충족되지 못하기 때문이다.

비교의식, 남들은 다 가지고 있는데, 나는 왜 가지지 못하는 가? 사회적 여건, 공동체 구성원의 욕구가 상호 충돌, 갈등, 자기 의 의사와 다른 공동체의 질서, 법, 제도를 할 수 없이 따라야 하 기 때문에 좌절하게 된다.

주인의식을 가질 것인지, 노예의식을 가질 것인지, 외형상 좀 편안하고 안락한 삶, 세속적인 성공에 안주하기 보다는 좀 불편하더라도 품위있는 체통, 체신머리있는 삶을 살아가겠다 는 결연한 의지가 필요하다. 정의가 힘이어야 하지, 힘이나 권 력이 정의가 되어서는 안 된다. 덕으로 섬기느냐, 힘으로 군림 하느냐?

미국의 제1수출품은 법치주의라는 말이 있다. 물질적인 풍 요는 정신적인 빈곤을 초래하기 쉽다. 비인격적, 비인간적인 사회가 될 수 있다. 청렴성, 청렴문화에 있어서 글로벌스탠다드, 국제화된 시대에 맞는 상식을 수용하고 전 국민에게 적용되어야 한다. 청렴은 국민의 펀더멘탈이 되어야 한다. 구성원 개개인의 가치관과 사회 전반에 걸친 시스템으로 글로벌스탠다드가 정착 되어, 기존의 관행과 사고가 개혁, 변화되어야 한다. 개인적인 탐욕과 집단적인 탐욕을 극복해 나가야 한다. 본보기 인물, 롤 모델을 발굴해, 전파해 나가야 한다. 모든 것을 완벽히 갖춘 인물을 발굴하기는 쉽지 않다. 완벽하지는 않더라도 그래도 롤모델을 발굴해 나가야 한다.

당신이 언제나 존경하고 따르고 싶었던 리더, 바로 당신이 그런 리더가 되십시오. 좋은 스승은 말로 가르치고, 훌륭한 스승은 행동으로 가르친다. 윗물이 맑아야 아랫물이 맑다. 공무원이 청렴하면 국민이 편안하고 안심되고 행복하게 된다.

프로패셔널이란

언젠가 모 공직자가 공식적인 직무수행의 자리에서 스스로와 자신이 속한 조직에 대해 아마추어라는 표현을 쓰면서 자신과 조직의 부족함을 이해해달라는 취지의 말을 한 것으로 언론에 보도된 적이 있었다.

공직이든 언론이든 기업인이든 시민에게 영향을 미치는 역할에 임함에 있어서 스스로를 아마추어라고 말하는 것은 적절하지 않다. 마치 자신의 책임을 회피하고자 변명하는 것처럼 들린다. 일회성으로, 어쩌다 한 번 특정한 역할을 우연하게 담당한다면 혹시나 청중들의 이해 범주에 포함될 수는 있으리라.

국민의 세금으로 공직을 수행하는 사람이라면 마땅히 공직을 맡기 전에 그 직분에 맞도록 식견과 경험, 프로패셔널리스트로서의 전문성과 책임감을 갖추어야 한다. 이미 공직에 있는 분이라고 하더라도 시대의 흐름에 맞게 공직자에게 요구되는 전문성을 갖추어 나가야 한다. 이제 시작한 일이니 혹시 미흡하고 실수를 하더라도 또는 결과가 턱없이 부족하더라도 초짜이니 양해해 달라는 것은 공직자의 도리가 아니다. 시민의 한 사람으로서 그 공직자와 그 조직에 대해 너무나 실망스러웠다.

이와 같은 현상이 비단 그 조직에만 있는 것이 아니다. 속칭 낙하산이 그렇다. 그 직책에 필요한 식견과 경험, 전문성이 크게 부족함에도 어떤 인연으로든 어떤 사유가 작용했는지 알 길 없지만, 인사권자에 의해 임명되기도 한다. 진정 국민을 주인으로 섬기는 공직자가 되고자 한다면 스스로 준비가 안 된 상태에서는 마땅히 그 직책의 임명을 고사하는 것이 도리이다. 만일 내가 외과수술의 실력과 자격을 제대로 갖추지 못했는데, 응급실에서 온 내 부모나 내 자녀의 외과수술을 담당하라고 지시받는다면 그 수술을 직접 수행하겠는가? 그럼에도 제대로 준비가 안 된 상태에서 공직을 맡는 것은 그 공직과 그 조직, 그리고 그 영향을 받게 될 국민을 심히 가볍게 여기는 처사다.

사람은 음식을 먹으러 식당에 가서 메뉴판에 적힌 메뉴를 보면서 그에 부기되어 있는 가격에 최고의 품질상태인 음식을 먹고 싶어한다. 하물며 국민의 심부름꾼인 공직자에 대해서는 더구나 최고의 품질의 공적 서비스를 제공받고 싶은 것이다. 그런데 아마추어적인 행동과 결과를 감수하라고 감히 공개적으로 말할 수 있는 것인가? 공직자는 어떤 직분이든 프로패셔널한 준비와 행동으로 국민에게 봉사할 일이다. 그렇지 못한 공직자가 있다면 스스로 그 자리에 걸맞지 않거든 내려 놓아야 한다. 그 지위의 고하를 막론하고 말이다. 공직은 공직자가 되고자 하는 사람의 예행 연습장이나 실습장이 아니다. 공직은 공직자를 위해 존재하는 것이 아니고, 국민을 위해 존재하는 것임을 새로 공직에 진출하려고 하는 사람들이나 이미 공직자로 재직하고 있는 사람들 모두 명심하여 기억하고 실천해야 한다.

III

생각하는 리더

생각을 바꾸면

생각(관점)을 바꾸면 현실(세상)을 다르게 볼 수 있다. 세상의 현상을 내가 어떻게 받아들이느냐에 따라 달리 해석된다. 각자의 경험은 같아도 사람에 따라 그 경험을 어떻게 받아들이느냐에 따라 그 경험의 의미가 달라진다.

내가 세상을 지금까지와는 다르게 보면 세상도 나에게 다르게 다가온다. 내가 나를 바꿀 수는 있어도 세상을 내 마음대로 바꿀 수는 없다. 세상을 어떻게 바라보고 어떻게 해석하며 어떻게 받아들이느냐에 따라 다른 사람과는 다르게 세상을 살아가게 된다.

법률신문
2014.07~2018.03.
게재한 글 모음

'갑질'과 '역갑질'

2016년 6월 하순 서울중앙지방법원에서는 전에 근무하던 회사의 경영진에 대한 비리를 폭로하겠다고 하면서 돈을 받아 내려다가 미수에 그친 사안에 대하여 실형을 선고하고 법정구속한 판결이 선고되었다.

작금에 '갑질'이니 '역갑질'이니 하는 말들이 회자된다. 인간의 한계일 수도 있고, 잘못된 습관의 탓일 수도 있는데, 다양한 원인으로 사람은 실수를 저지를 수 있다. 그러다 보니 직장 생활을 하는 중에 상하간에 마땅히 지켜야할 도리를 다하지 못하고 잘못을 저지르는 경우가 있고, 거래업체간에 경제력의 강약에 따라 경제력이 더 강한 업체가 약한 업체에 대해 잘못된 행위가 발생하기도 한다. 그것에 대해 상급자나 경제력이 강한 자가 저지르는 경우 '갑질'로 평가된다. 상급자나 힘있는 자의 도덕적인 행위는 당연한 것으로 여겨지지만 보편적인 기준에서 일탈하거나 잘못을 저지르면 그에 따른 비판과 비용을 적지 않게 지불해야 하는 것이 요즘 세태이다.

물론 잘못된 언행이 있다면 마땅히 그에 따른 사과와 피해배상 등이 있어야 함은 지당하다. 그러나 일반적인 상식이나 일상화된 관행에 의하면 법의 잣대로 평가할 일이 아닌 경우라면 상호 대화와 사과, 그리고 용서로 화합하고 다시 새로운 관계 설정으로 나아가야 할 것이다. 그럼에도 불구하고 형사고소나 민사소송으로 가기도 하고, 굳이 법적 절차에 가지 않더라도 더욱 큰 효과가 기대되는 언론플레이를 하게 된다. 크든 작든 지상매체나 방송, 특히 인터넷의 전파력을 가히 상상할 수도 없을 만큼 막강하다. 그러니 '발 없는 말이 천리간다'는 정보유통의 현실은 그것을 활용하는 사람에게는 엄청난 도구가 된다.

'갑질'의 문제는 어제 오늘의 일이 아니다. 요즘에는 새롭게 '역갑질'이 대두되었다. '갑질'에 대한 여론이 좋지 않음을 전제로 하여 '역갑질'이 가끔 사회적인 문제로 제기된다. 특히 내부고발자에 대한 존중과 보호의 필요성이 강조되다 보니, 때로는 허위의 정보가 언론의 제대로된 검증을 거치지 않은 채 유포되어 마치 사실인 것처럼 호도됨으로써 '역갑질'의 피해가 심각할 지경이다. 자칫 진실공방이 오래가면 사후에 진실이 규명되더라도 이미 누명으로 인한 정신적, 사회적, 경제적인 피해는 회복 불능이다. 그렇기에 '역갑질'에 해당하더라도 이에 당당하게 대응하지 못하는 것 또한 현실이다. '털어서 먼지 안 나는 사람 없다'는 말처럼, 완벽한 사람은 존재하지 않는다. 그래서 특정인의 전 생애를 모두 거론한다면 어찌 완벽할 수 있겠는가? 그러니 속칭 '공갈', '협박'을 하면 참으로 직접 거론하는 내용은 허위일지라도 또 다른 잘못이 폭로될지도 모르기에 '공갈'치면서 주장하는 내용이 허위일지라도 '울며 겨자먹기' 식으로 입막음용으로 금품을 건네줄 수 밖에 없는 것이 부인할 수 없는 현실이다. 더러는 허위사실로 공갈치는 데 당당하게 대응하여 제2, 제3의 공갈 피해를 막기위해 희생하고 불의에 저항하는 분들도 있다. 그래도 허위의 주장을 그대로 언론에 게재하고 그것을 합리화하기 위해 제2, 제3의 기사를 게재하는 일부 잘못된 언론도 '역갑질'에 어느 정도 기여하고 있고, 그러한 사회 풍토의 배양지로서 역할을 하고 있다. 그러다가 대충 양비론에 따라 '아니땐 굴뚝에 연기나랴?' 하는 식의 여론도 무시할 수 없는 실정이다.

불의가 다반사로 발생하여도, 만일 사회적 · 경제적 약자의 주장이 허위라면 정의로 둔갑되거나 평가되어서는 안 된다. 전제사실을 제대로 이해하지 못한 여론에 따라 성급하게 뭇매를 때려서는 안 된다. 진실은 그리 복잡하지 않다. 그러므로 진실과 정의는 규명되고 나서 평가받아야 한다. 오십보백보의 애매한 양비론은 지양되어야 한다. 속칭 '갑'의 잘못은 '갑질'로, '을'의 잘못을 '역갑질'로 명명백백하게 규명되어야 한다. '정의의 저울'은 눈을 감고 있을 때라도 제 역할을 다해야 한다.

거짓말을 권하는 사회

공적인 직분에 있는 사람들의 결정이나 언행은 긍정적으로
든 부정적으로든 그 영향이 매우 크므로 공인이나 공직자는 그
기대수준에 맞는 사고와 행동을 해야 한다.

어느 해 국회 국정조사에서 공직자나 경제계 인사들이 모르
쇠로 일관하기도 하고, 증거를 제시하면 금방 말을 바꾸기도
한다. 공개적인 법정에서 거짓말경연장처럼 허위 증언하는 사
례가 많은데, 국정조사 현장에서도 아무런 거리낌없이 거짓말
을 하는 사람들은 그것을 보고 듣는 국민들이 분노하는 것을
속으로는 비웃는다. 그들은 그 순간만 거짓으로 살아가는 것이
아니라 지금껏 인생을 그렇게 거짓과 부조리하게 살아온 것이
다. 또한 임명권자와 한 통속이 되어 거짓을 확대재생산해 온
것이다.

진실을 왜곡하거나 조작하는 등 거짓이 일상화되어 뼛속까지
거짓과 부조리화된 사람들, 부끄러움을 모르는 사람들이 공인으
로 버젓이 행세하는, 가치관이 혼란스러운 세상이다.

소수의 사람들만이 알고 있는 것에 대해서는 관여자들끼리
침묵하면 드러나지 않으리라는 생각하에 거리낌없이 거짓말을

한다. 자기기만과 자기확신에 찬 그들은 스스로가 한 거짓말을 합리화하고 스스로 불편해 하지 않는다. 스스로에게 매우 관대하다. 죄의식이나 자책감은 전혀 없다. 일반인들과 공감할 수가 없다. 그래서 때론 사이코패스라고 비판받는다. 심지어는 혼자만의 속임수에서 나아가 다른 사람들을 거짓과 부정행위에 끌어들여 그 성과를 나눔으로써 공범만들기까지 한다. 유유상종이고 근묵자흑 근주자적이다.

보통의 사람들은 뚜렷한 견해가 없을 때 주위의 사람들의 행동을 보면서 자신의 행동 기준을 선택하게 된다. 거짓말(부정행위)을 목격하게 되면 그 거짓말에 부지불식간에 동화되고 적응되어 부패화되어 가기도 한다. 동시에 거짓을 한 번 눈감아주거나 허용하게 되면 또 다른 거짓이 우후죽순처럼 불어나게 된다.

거짓말(부정행위)로 얻는 이익이 거짓말로 잃게 되는 비용이나 댓가에 비해 클 때 거짓말(부정행위)을 하는 것으로 알려져 있기는 하지만, 반드시 그렇지는 않다.

오히려 사람은 누구나 스스로의 도덕적 기준을 가지고 있는데, 그 기준을 높게 잡느냐 낮게 잡느냐에 따라 그 사람의 삶의 모습과 품격이 다르게 되며, 거짓된 언행을 하느냐 하지 않느냐를 결정하게 된다.

깨진 유리창 이론처럼, 작은 거짓에 대해서도 엄중하게 대응해야 한다. 거짓이나 부정행위는 아무리 작더라도 반드시 그에 따른 댓가나 처벌이 이루어져야 한다. 공직자나 공인은 다른 사람들에게 미치는 영향이 큰 만큼 일반인보다는 더 엄정하게 그 책임을 물어야 한다.

동시에 긍정적인 모범사례를 전파하여 사회 전반적인 기준을 상향시켜야 한다. '작든 크든 거짓말을 하지 않고 사는 사람이 어디 있느냐?' 라고 하는 자조적인 말은 이제 사라졌으면 한다. 거짓과 부조리를 몰아내는 데에는 정직함에 인센티브를 제공하는 것도 한 방법이다. 정직은 사회의 부패와 부조리를 척결하는 최고의 치료약이다.

구상권 불행사는 배임죄

정부는 세월호 참사와 관련해 침몰사고에 책임이 있는 사람들에게 형사처벌 외에 국가가 지출한 배상금을 구상하려고 세월호 관계회사 실경영주 재산에 대한 환수작업을 진행중이다.

고의나 과실이 있는 행위자에게 민사책임을 지우는 것은 기본이다. 민법 제756조에는 사용자의 피용자에 대한 구상권을 규정하고 있고, 국가나 지방자치단체는 소속 공무원이 직무집행 중 불법행위로 타인에게 손해를 입힌 경우에 그 손해를 배상하고 국가나 지방자치단체는 그 공무원에게 고의나 중대한 과실이 있으면 구상할 수 있다.

엄청난 국비나 지방비가 들어가는 국책사업이나 지방자치단체의 사업이 많이 진행되어 왔다. 특히 선거철에는 각종 공약들이 쏟아진다. 포퓰리즘과 전시행정의 측면도 부인할 수 없다.

임기제 선출직 공무원의 경우에는 눈에 보이는 결과물을 만들어 낼 이유가 있다. 그러다 보니, 단기간에는 눈에 띄지 않으나 그 적자 금액이 눈덩이처럼 불어나는데, 그 사후책임은 온전히 국민이나 주민이 부담한다.

국가배상법 및 구상권 행사에 관한 법무부의 업무처리지침에 따르면 마땅히 구상권을 행사해야 할 사항임에도, 국가배상에 따른 구상권 행사율은 매우 낮다(2011년, 11.9%). 해당 국가기관이나 공공기관은 민사책임 있는 기관장을 포함한 소속 직원에 대한 구상권 행사에 매우 소극적이다. 그 결과 국민의 세금으로 공무원들의 책임을 대신한다. 법리상으로나 국민정서상 용납되어서는 안 된다.

기업이든 정부기관이든 경영판단이나 정책적인 필요로 경제성이 좀 떨어지더라도 추진해야 할 것들이 있다. 그렇다고 하더라도 특정시기나 특정 목적을 위해 다중의 의견을 무시하거나 명백히 경제적으로 큰 손실이 예상됨에도 무리하게 추진하는 등 불법성이나 과오가 큰 경우에는 달리 평가해야 한다.

대기업집단의 상호 보증이나 밀어주기 등에 대해 배임죄를 적용하여 수사하고 재판하는 사례들이 있듯이, 국가나 지방자치단체에 대해서도 엄격하게 배임죄를 적용하여 형사처벌은 물론이고 구상권을 적극 행사해야 한다. 더 나아가 구상권을 행사하지 않는 그 자체가 또 다른 범죄가 될 여지가 있음을 유념해야 한다.

기업이든 정부기관이든 대주주나 기관장 소유가 아니다. 특히 선출직 공무원의 권한만 있고 책임은 지지않는 업무추진은 바람직하지 않다. 권한과 책임은 동전의 양면과 같이 병존한다.

국민의 세금이 투입되는 대규모 정책 추진시, 정책 추진자들이 어떤 상황이 되면 민·형사상 어떤 책임을 부담하게 되는지에 대해 계획 수립단계에서부터 면밀한 검토가 필수적으로 선행되어야 한다.

국가적으로 엄청난 파장을 일으킨 여러 사태에 대해 책임지는 사람이 없는 것이 참으로 안타깝다. 내부자 감싸기를 탈피해서 전직이든 현직이든 공과와 신상필벌을 분명히 하여 '책임지는 공직 사회'가 정착될 때, 신뢰할 만한 사회, 국민의 세금이 투명하고 적정하게 집행되는 나라가 될 것으로 확신한다.

국민의 안전과 생명을 지키는 중대재해처벌법

가습기 살균제로 귀중한 생명들이 많은 피해를 입었고, 모 대기업 하청업체 노동자들이 메탄올 중독으로 실명하는 등 수 많은 근로자들에게 심각한 피해가 발생하고 있으며, 기업의 반 사회적 행위가 지속적으로 발생하고 있다.

대규모 이동수단이나 집단시설에서의 안전사고, 산업재해, 집단적으로 발병하는 직업병, 화학물질이 첨가된 생활용품의 부작용 등, 국민들은 안전과 생명의 위험에 상시적으로 노출되고 있다.

기업은 국민들에게 유익을 줌과 동시에 근로자나 소비자는 물론이고 일반 국민에게까지 위험을 주고 있다.

국민의 생명에 집단적인 피해가 발생한 경우에도 가벼운 벌 금형과 제한적인 민사책임만을 부담할 뿐, 그 이익에 상응하는 수준의 책임이 부과되지 않고 있으며, 특히, 산업재해나 소비 자의 생명과 안전에 중대한 침해가 발생한 경우에도 기업이나 기업집단에 막강한 영향력을 행사하나 명목상으로 회사를 대 표하지 않는 사업주나 경영책임자는 현행 형법상으로는 아무 런 책임을 지지 않는다. 다만, 해당 기업에 양벌규정으로 벌금형을 부과하는데 그친다.

따라서 현행법상 사전에 국민의 안전을 확보하고 국민이 행복하게 살아갈 여건을 만들어 가는 데는 한계가 있다.

요즘 국민의 생명과 안전에 관련한 기업이나 단체의 책임이 논의되고 있다. 현대 사회에서 기업은 사회적으로 가장 영향력 있는 주체임에 틀림없다. 그러므로 형사책임이 자연인에게만 가능하다는 논리는 이제 재검토 되어야 한다. 물질문명의 진화에 따라 생명과 안전에 관한 구조적인, 집단적인 피해가 발생할 가능성은 더욱 높아지고 있어, 국민들은 기업이 그 존재 목적을 달성해가는 과정에서 위험을 발생하면 사회적 책임으로 민사책임 외에도 그에 걸맞는 형사책임도 부담할 것을 요구하고 있다.

기업의 이윤추구과정에서 많은 이익이 귀속되는 기업이나 그 정책판단을 한 기업경영인은 놓아두고 그 시스템의 구성원에 불과한 일선 실무자만을 탓할 수는 없다. 따라서 기업의 안전책임자들의 형사책임과는 별도로 기업 책임자 및 기업 자체의 형사책임이 부과되어야 하는 시대적 상황에 놓여 있다.

대형 재난이나 대규모의 소비자 피해 등에 있어서 실무 담당자만을 처벌하는데 그치지 않고, 그러한 위험을 제대로 관리하지 못한 기업(공법인, 국가기관 포함)이나 기업 경영인에게 그 책임을 물어야만 피해를 사전에 예방하고 그 형사처벌의 효과가 살아난다.

생명이 경시되지 않고 존중되는 사회, 국민들의 생명 존중 문화가 절실하다.

기업과실치사 및 살인법을 2008년부터 시행하는 영국, 기업이나 단체도 형법전의 범죄주체로 하는 호주나 캐나다의 사례에 비추어, 우리나라도 일명 '중대재해기업처벌법'을 도입하여 시행할 시점에 와 있다. 국민의 안전과 생명이 보호되는 이러한 취지의 법률이 조속한 시일내에 제정되고, 국민의 의식이 생명을 최우선으로 하는 문화가 정착되기를 기대해 본다.

기억은 건강한 걸림돌이자 미래를 위한 디딤돌!

독일의 어느 도시 길에 나치에 의해 학살된 유태인들을 기념하는 돌들이 설치되어 있다. 과거에 저질렀던 잘못을 기억하고 그러한 잘못을 되풀이하지 않도록 하는, 즉 망각을 하지 않고 늘 스스로를 채찍질하는 건강한 '걸림돌'을 기꺼이 사람들이 관심가지면 누구나 볼 수 있는 길에 새겨 놓고 있다. 앞으로도 그러한 사례가 있는지 지속적으로 발굴하여 설치해 나갈 계획이라고 한다.

좋은 일이든 좋지 않은 일이든 시간이 지남에 따라 과거에 있었던 것들은 사람들의 기억에서 점점 지워져 간다. 그래서 인간을 망각의 동물이라고 한다. 어쩌면 새로운 것들을 기억하기 위해서는 과거에 있었던 것들에 대한 기억이 사라지는 것이 필요할지도 모른다. 그렇지만 과거를 기억하지 못하면, 특히 잘못된 과거를 기억하지 못하게 되면 또 다시 잘못된 역사를 되풀이할 가능성이 높다. 인간 자체가 완벽하지 못하다 보니, 인간의 갖가지 욕망으로 인해 다른 사람이나 사회나 공동체에 해로운 영향을 주는 일들을 하기 쉽다. 인간의 본능을 억제하고 절제하고 살아가는 것은 그만큼 어려운 것이다.

과거에 대한 되돌아봄은 한 사람의 삶에 있어서도 참으로 중요하다. 그래서 어떤 성현은 일일삼성-日三省이 필요하다고 말씀하셨다. 그런데 살아가면서 그러한 되돌아봄은 생각만큼 쉽지 않다. 주어진 역할에 집중하느라 전후좌우를 골고루 돌아볼 새가 없다. 앞만보고 달려가는 것이 보통이다. 지나온 내 발자욱을 제대로 돌아보아야만, 다른 사람들의 삶에 대하여도 제대로 볼 수 있다. 생각과 현실은 차이가 많다. 반면교사와 역지사지가 필요하다. 서로가 서로에게 스승의 역할을 한다. 마치 거울을 보듯이 말이다.

물론 과거를 되돌아보는 것이 과거에 집착하거나 과거에 머무르는 것은 아니다. 현재를 살아가면서도 과거를 제대로 되돌아보는 것은 꼭 필요하다. 과거의 잘잘못을 따지고 평가하고 책임을 묻는 차원 만은 아니다. 인류가 생기기 전이라면 모를까, 인류가 지구상에 생긴 다음에 이 지구상에 과거에는 전혀 없었는데 완전히 새로운 것들이 얼마나 있겠는가? 다만 사람들이 인식하고 느끼지 못하는 그 순간에도 많은 변화가 있어왔던 것일뿐이다.

과거를 인정하지 못하는 사람들도 있다. 과거의 잘못을 그대로 보는 것이 아니고 잘못이 없다고, 오히려 잘못이 아니고 잘한 것이라고 왜곡하고 조작하는 사람들도 있다. 사람의 양식은 그래서 사람마다 다른가 보다. 같은 민족 내에서도 그렇고, 민족이 다르면 더욱이나 역사적인 사실에 관해서도 전혀 인식이 다르다. 어쩌면 영원한 숙제인지도 모른다.

보편적인 사고로 과거를 돌아보고 서로의 인식을 공유하고 공감하고 그 이해의 폭을 넓혀갈 일이다. 과거 없는 현재 없고, 현재 없는 미래 역시 있을 수 없다. 과거에 대한 올바른 인식은 현재와 미래를 튼튼한 반석 위에 자리잡게 한다. 사상누각이 되면 언제 사라질지 모른다. 좋든 좋지 않든 과거는 분명한 과거이다. 그러한 과거에 대한 올바른 인식 하에 우리는 미래를 제대로 설계해 나가면 좋겠다.

'나머지' 인간은 '누구'일까?

중국음식점에서 세 사람은 짜장면을 일곱 사람은 짬뽕을 주문할 때, 일행 중 한 사람이 종업원에게 말한다. "세 사람은 짜장면이고, 나머지는 짬뽕이요." 그럴 때 고쳐 주문한다. "세 사람은 짜장면이고, 일곱 사람은 짬뽕이다."

인사발령에 따라 업무분장을 다시할 때, '6급이하 인사이동에 따른 업무분장 계획(안)'을 결재받으러 오면, '6급부터 9급까지 인사이동에 따른 업무분장 계획(안)'으로 표현을 고쳐 준다.

상급기관장이 하급기관의 전체 구성원을 표현할 때나 직장 내 구성원을 직급에 따라 구별하여 호칭할 때 "○○○기관장 '이하' 전 직원들께 감사의 말씀을 드립니다." 또는 "○급 '이하' 직원들은 모두 ○시까지 대회실에 집합하십시오."라는 표현을 쓴다. 사법부의 판결문에서도 다수 당사자들 중 일부를 지칭할 때, '나머지 원고(피고)들'이라는 표현을 볼 수 있다.

이처럼 먼저 한 그룹을 지칭하고 나서, 그 그룹에 포함되지 않는 구성원들을 지칭하면서 '나머지'라는 표현을 거리낌없이 사용한다. '이하'나 '기타'라는 표현을 쓰기도 한다. 심지어 10명 중에서 2명이 A를 선택하고 8명은 B를 선택했을 때, "2명은

A이고, 나머지는 B"라고 표현하여, 인원의 많고 적음도 고려하지 않고, 나중에 일컫는 그룹을 '나머지'란다.

전체주의나 군주주의 시대라면 개인은 전체에 소속된 일부나 1인의 지배자 외 피지배자로서의 가치 밖에 인정되지 않았으므로, 그 구성원들에게 '나머지'나 '이하', '기타' 라는 표현을 썼을지도 모를 일이다. 그러나 오늘날에 그런 표현들이 존재한다는 것은 참으로 안타깝다. 사람은 누구나 존엄한 천부의 인권과 가치를 가진다. 헌법 제10조에 "모든 국민은 인간으로서의 존엄과 가치를 가진다."라고 규정되어 있고, 헌법 제11조에는 "모든 국민은 법 앞에 평등하다."라고 규정되어 있다.

말은 생각에서 나오고 그 말은 다시 그 생각을 통제한다. 물론 언행이 불일치하여 성인군자나 현인처럼 말하지만 결국 일시적인 사술이나 곡학아세, 임기응변적인 정치적 멘트나 헛된 약속을 남발하는 사람들도 있지만, 그 사람이 진정 어떤 사람인지 알려면 그 사람이 평소에 어떤 말을 자주 하는지 보면 알 수 있다. '나머지'라는 표현은 숫자나 물건을 나누고 빼고 할 때 쓰는 표현이 아닌가? 자신이 존귀한 존재라고 스스로 인식하면서 사는 사람은 결코 '다른' 사람을 '나머지', '이하', '기타'로 부르지 않을 것이다. 말은 그 사람의 인격을 드러낸다. 모든 사람은 누구나 존중받아야 한다. 앞으로 우리 한 사람 한 사람이 '나머지'나 '이하', '기타'로 불려지지 않았으면 좋겠다.

내 부모, 내 아이의 생명을 살리는 첫 걸음

교통사고 줄이기 위한, 교통사고처리특례법 폐지

우리나라에서 교통사고가 2011년에 221,711건 발생하여 5,229명(61세 이상 2,067명, 39.6%)이 사망하고 341,391명이 부상당하였고, 2012년에는 223,656건 발생하여 5,392명(61세 이상 2,191명, 40.7%)이 사망하고 344,565명이 부상당하였으며, 2013년에는 215,354건이 발생하여 5,092명(61세이상 2,149명, 42.2%)이 사망하고 328,711명이 부상당하였다. 14세 이하 어린이도 적지 않게 부상과 사망을 당하였다.

그런데, 대한민국에는 선진국에는 없는 교통사고처리특례법이 1982. 1. 1.부터 시행되어, 교통사고를 낸 사람은 아무 잘못이 없었던 것처럼 생활하고, 피해를 입은 사람은 평생을 고통 중에 살아간다.

위 법은 교통사고를 낸 차가 보험이나 공제조합에 가입되어 있으면, 보험회사나 공제조합이 교통사고로 인한 피해를 배상하여 피해자를 보호하고 동시에 운전자에게 예외적인 몇 가지의 중대한 과실이 없으면 형사처벌로 인한 전과자가 되지 않도록 형사책임을 면제하여 국민생활의 편익을 증진하고자 하는 목적으로 제정되었다.

그 후 국민들의 공분과 중대한 관심을 불러일으키는 교통사고가 발생하면 임기응변식으로 형사책임을 확대 부과하는 방향으로 예외조항을 조금씩 넓혀 왔다. 원칙적으로는 형사처벌을 하지 못한 채 예외를 조금씩 넓혀 온 것이다.

생명은 결코 돈으로 살 수 없다. 우리의 생명은 돈으로 대체될 수 없는 천부의 가치를 가진다. 누구라도 다른 사람보다 가치가 더 있다거나 덜하다 할 수 없다.

어떤 법이든 그 시대와 그 당시의 국민들의 가치와 신념을 반영한다. 위 특례법이 만들어진 시기가 1981년이고 시행된 것이 1982년부터이다. 법은 그 직접 수혜자 뿐 아니라 간접 수혜자가 누구인지를 보면 진정 그 법의 목적을 알 수 있다. 눈에 보이는 수혜자도 있지만, 눈에 보이지 않는 수혜자가 더 큰 실리를 취하는 경우도 많다.

운전자의 안전불감증이나 생명경시의 풍조는 점점 부지불식간에 확산되고 있다. 매년 30만 명이 넘는 자동차로 인한 피해는 때로는 살인에 가깝고 한 사람의 인생과 그 가정을 송두리째 파괴하는, 실로 엄청난 범죄임에도 불구하고, 위 특례법으로 인한 생명경시는 그 끝을 알 수 없게 하고 있다.

'생명가치를 낮게 잡으면 안전에 대해 돈을 덜 들이게 된다.' 경제학자 키프 비스쿠시 교수의 말이다.(중앙일보 2015.4.20. 참조)

생명 경시를 사실상 조장하는 결과를 가져오는 위 법은 마땅히 폐지되어야 한다. 국민안전처의 신설이나 국민안전의 날(4. 16) 제정, 국민안전다짐대회나 교통사고줄이기 범국민대회 만으로는 국민의 생명권을 보장하는 데는 절대적으로 한계가 있다. 이제 국민의 생명권을 침해하는 교통사고처리특례법의 폐지를 통해, 교통사고로부터 내 부모와 내 아이를 보호하고, 생명가치를 진정으로 존중하는, 국민이 안전하고 국민이 행복한 나라로 탈바꿈하는 계기가 되기를 소망한다.

노인 전담 수사부와 전담 재판부의 신설

우리 헌법은 불합리한 차별을 금지하고, 사회적 특수계급도 인정하지 않는다. 그럼에도 정부기관으로는 여성가족부가 있고, 검찰에는 과거에 소년부, 현재는 여성아동조사부가 운영되고 있고, 금융조세조사부, 첨단범죄수사부 등 특별한 부서를 두고 있으며, 법원에도 민사재판부든 형사재판부든 그 유형 별로 다양한 재판부를 운영하고 있다. 해당 분야가 상대적으로 다른 분야와 구별되는 특성을 가지고 있기 때문이다.

출산기피, 평균수명의 증가에 따른 평균연령의 고령화, 인구 구성 비율의 변화 등이 빠르게 진행되고 있고, 50세 이상 경제활동 인구의 지속적 증가, 경제적 구매력을 갖춘 고령자를 위한 실버산업과 실버마켓의 상용화, 세대 간의 소통단절과 핵가족화 등 사회문화적 토대의 변화와 도시화 등으로, 노인폭력, 노인학대, 교통사고와 절도 등 노인이 피해자이거나 범죄자인 사건이 늘어가고 있다.

이러한 노령화시대를 맞아 노인과 관련된 수사 및 재판을 위해 노인 전담 수사부와 전담 재판부를 신설해야 한다. 그에 필요한 인원은 도시화에 따른 인구이동으로 인한 사건의 증감 등

지역별 업무량을 점검하여 청간 근무인원의 재배치를 통해 해결할 수 있다. 70여년 전 국가 수립 시에 비해 크게 달라진 현실을 종합적으로 정밀하게 분석하여 효율적인 대책을 마련해야 한다.

노인은 육체적, 심리적, 사회적, 경제적으로 젊은이들과 다른 특성을 갖고 삶을 영위한다. 노인이 피해자든 범죄자든 일반 평균인과는 다르다는 점을 이해하고 수사나 재판절차가 진행되어야 한다. 그래야 범죄나 거래의 동기나 과정, 결과 및 향후 기대되는 부작용이나 회복에 있어 적정한 사법절차가 진행될 수 있고, 노인들의 권리나 복지가 제대로 구현될 수 있다.

요즘 황혼이혼이 늘어간다. 그런데 20대 미혼의 젊은이가 황혼이혼 관련사건을 담당하여 처리한다면 황혼이혼의 당사자나 가족들이 과연 승복할 수 있겠는가? '어떤 사람을 알고자 하면 그 사람의 신발을 신어보라!'는 말이 있다. 노인의 입장에서 그 사안을 바라볼 수 있어야 한다. 노인과 관련된 사건을 '많은 사건 중의 하나'로 취급하면 사안의 진상이나 정상을 밝힐 수 없다.

이제는 노인부가 만들어질 때다. 노인은 후손의 양육과 국가 및 사회의 발전에 기여하여 온 자로서 존경받으며 건전하고 안정된 생활을 보장받아야 한다. 현재도 국가에서 노인을 위한 주거, 의료, 여가 등 각종 복지시설과 여러 시책을 수행하고 있지만, 수사 및 재판절차에서도 전담 검사나 수사관, 법관을 양성하고 그에 필요한 시스템과 환경을 정비해야 한다. 그래야 노인이 사법절차에 주체적으로 참여하고 적정한 사법이 이루어지게 된다.

미래의 주역인 어린이와 청소년 보호에 못지않게 우리사회를 유지, 발전시켜 온 노인에 대한 보다 품격있고 수준있는 관심과 배려가 절실하다. 국민은 누구나 건강하게 살아간다면 반드시 노인이 된다. '오늘 어떤 노인의 모습이 바로 내일의 내 모습'이다.

두 개의 독립된 헌법기관의 직무를 겸한다?

최근에 중앙선거관리위원에 대한 국회 청문회가 있었다. 우리 헌법은 선거와 정당에 관한 사무를 담당하는 중앙선거관리위원회를 헌법상 독립된 기관으로 설치하고 있고, 지방에는 각급 선거관리위원회를 두고 있다.

중앙선거관리위원회는 9인의 위원으로 구성되고, 그 중 3인은 대통령이 임명하고, 3인은 국회에서 선출하고, 3인은 대법원장이 지명한다.

대법원장은 보통 대법관 중 1인과 법원장 중 2인을 지명하며, 위원장은 위원 중에서 호선하도록 규정되어 있으나, 관례상 대법관 위원이 중앙선거관리위원장이 되고 있다.

선거관리는 1년 365일 상시적으로 이루어지고, 법원은 선거 관련 소송을 담당하고 있다. 법관인 선거관리위원장이 선거법 위반행위를 수사기관에 고발하여 수사 후 형사재판에 회부된 사안에 대해 무죄추정의 원칙이 제대로 구현되고 있는지 궁금하다.

권력의 분립은 법치국가의 조직원리이다. 독립적인 국가기관이 서로 다른 기능과 역할을 담당하면서 견제와 균형을 이루어가는 것으로서, 특정한 국가기관의 권력의 비대화나 남용을 방지하기 위함이다. 권력의 집중은 부패와 남용으로 이어진다.

독립된 국가기관이 서로 다른 기능을 담당하여야 함은 물론 그 국가기관의 구성원이 다른 국가기관의 구성원이 아니어야 하는, 겸직의 금지가 전제될 때 독립기관으로서 제대로 역할을 할 수 있다. 태생적인 종속관계에서는 독립성이나 견제와 균형의 원리는 실현될 수 없다.

대법관이 중앙선거관리위원회의 장이나 구성원이 되고, 법원이 재판에 적용하는 법률의 위헌여부, 법관을 포함한 고위직 공무원의 탄핵, 정당의 해산 등에 관한 사항을 관장하는 헌법재판소의 재판관 9인 중 3인을 대법원장이 지명하도록 규정하고 있는 현행 헌법 규정은 권력의 분립이나 권력의 분산 등 보다 더 본질적인 헌법정신에 배치된다. 만일 헌법재판소장이나 중앙선거관리위원장이 대법관 일부를 지명하도록 헌법규정을 개정한다면 과연 수용될 수 있을까 묻고 싶다.

요즘 헌법 개정에 관한 논의가 진행되고 있다. 권력 분산은 더 이상 미룰 수 없는 시대적 과제이다. 제도나 시스템으로 그 본질을 구현해 나가야 하며, 제왕적 권력 집중은 청산되어야 한다.

현재 국회에 법원조직법 개정안으로 발의되어 있는 헌법재판관후보 추천위원회의 도입이나 대법관후보 추천위원회의 자료 일부 공개만으로는 근본적인 대책이 될 수 없다.

대법원 등 각급 법원에 진행중인 사건들이 참 많다. 사건관계인의 신속한 재판을 받을 권리는 아직 적정하게 실현되지 못하고 있다. 국내변호사 2만 명에 법률시장이 점차 개방화되는 시대, 다양한 경험과 법률적인 식견을 갖춘 법조인력 풀은 전국적으로 폭넓게 존재한다.

헌법 전문에는 모든 사회적 폐습과 불의를 타파하며, 자율과 조화를 바탕으로 자유민주주의적 기본질서를 더욱 확고히해 나가고자 하는 국민의 다짐이 있다.

반헌법적이고 반민주적인 제도는 헌법정신에 맞게 정상화되어야 한다. 누구나 오만과 편견, 뿌리 깊은 기득권에서 탈출해야 한다. 이번 헌법개정시 '각자의 몫은 각자에게 돌려주어야' 하지 않겠는가?

몸은 말한다!

　사회적으로 좀 알려져 있는 사람들이 수사기관에 피의자로 출석하면서 보이는 공통적인 현상은 마스크로 입을 가리는 것이다.

　사람들의 속마음은 굳이 말하지 않아도 몸짓이나 얼굴표정을 통해 드러난다. 특히 입은 직접적으로 뜻을 표현하므로, 기자들의 집요한 질문 공세에 밀려 외부에 알려지면 자신의 처지를 불리하게 만드는 생각들을 자칫 발설하게 되면 큰 낭패를 맞게 된다. 그러다보니 그러한 질문에 답변하지 않으려는 예방책으로 아예 마스크를 착용하고 대중 앞에 선다.

　마스크는 입만이 아니라 얼굴의 대부분을 가리게 되어 얼굴표정을 통해 내심의 의사가 외부에 드러나지 않게 하는 효과를 거두는 것은 물론이고, 부정적인 상황에서의 자신의 얼굴에 마스크를 함으로써 뒷날 대중들에게 화장이나 변장을 통해서 전혀 다른 모습으로 보여질 수 있는 여지를 만든다.

　우리는 이처럼 몸짓을 통해 긍정적이든 부정적이든 타인과 무언의 대화를 하면서 살아간다.

　한편, 살면서 배워 온 지식과 이성 덕분에 마음으로는 희로

애락을 절제하며 잘 소화해 내는 것 같아도 몸은 감성적이어서 고통과 슬픔이 누적되면 그래도 어느 정도의 진통의 터널을 살아내야 할 때가 있다. 일상생활에서 쌓인 피로와 스트레스는 몸을 통해 '휴식을 취하라'는 신호를 종종 보내온다. 의지로 견뎌내는 것은 한계가 있다.

이처럼 몸은 타인과의 관계에서 그리고 스스로에 대해서 많은 것을 말해 준다.

몸이 건강하지 않으면 마음도 건강하기 쉽지 않다. 물론 그 역으로 마음이 건강해야 몸도 건강하게 된다. 몸과 마음은 평생을 통해 동행한다.

나이 40 넘으면 자기 얼굴에 책임을 져야 한다. 세월이 갈수록 후천적인 요인이 크게 작용한다는 의미다. 말소리나 음색, 걸음걸이나 앉는 자세만으로도 그 사람의 현재의 상태를 알 수 있다.

그런데 감기로 인해 옆 사람에게 바이러스가 전파되지 않도록 배려하는 처지가 아닌데도 마스크로 얼굴을 가리는 것을 볼 때면 안타까움이 크다.

누구나 크든 작든 실수를 하면서 살아간다. 허물없는 사람은 이 세상에 없다. 그러나 그 실수에 대해 잘못을 인정하고 당당하게 그 책임을 지는 모습이 오히려 보기 좋고 주위 사람들은 측은지심이 발동하여 그 사람이 재기해서 새로운 삶을 살아가기를 축복하기도 한다.

입을 가리고 말하는 사람은 신뢰받을 수 없다. 말의 내용과 다른 입의 표정에서 그 속내를 들키는 것을 숨기기 위해서 속과 다른 말을 할 때면 자기 스스로도 모르는 사이에 입을 손으로 가리면서 말하게 된다.

얼굴은 그 사람의 인생 전부이기도 하다. 마스크로 그러한 얼굴을 가리는 것은 또 다른 속임수일수도 있다.

그렇기 때문에 세상적으로 좀 알려진 사람들이 검찰이나 법원에 출석하면서 마스크로 얼굴을 가리지 않는 당당한 모습을 기대하는 것은 나만의 꿈일까?

특별히 공적 직분을 담당했던 분들이라면 더욱이 국민들에게 마지막 봉사하는 의미에서라도 진실을 직시하는 용기와 정중하게 사죄하는 마음을 발휘하여 가면과 위선을 과감히 벗어버리고 참된 본 모습으로 돌아가는 참 세상이 오기를 기대해 본다.

반쪽짜리 청탁금지법

미국 의회는 1962년에 제정한 이해충돌방지법을 20세기의 가장 위대한 법으로 평가한다. 이에 반해 우리나라 국회는 국회의원 등 고위공직자들의 직권남용을 금지하고 이해충돌을 방지하는데 필요한 규정을 법안심의과정에서 삭제하고 이해충돌방지를 염두에 둔 당초의 법률안의 이름까지 수정하여 부정청탁금지법을 제정하였다. 그 결과 투명하고 공정한 사회를 만들어가겠다는 애초의 입법취지는 절반도 이루어지지 못하게 되었다.

선출직 공직자들이 가족을 보좌진이나 회계책임자, 인턴으로 채용한 일이 심각하게 비판을 받았고, 공공기관 또는 사기업 관계자들에게 압력을 행사하여 자신들의 지인들을 채용하게 한 일로 수사를 받거나 재판을 받고 있는 사례들이 요즘 흔한 일이 되었다. 심지어는 공공기관이 특정인을 위해 맞춤형 채용기준을 만들고 평가결과까지 조작한 사실도 있다고 하니 말문이 막힌다.

지난해 국정조사 청문회에서는 1988년 5공청문회에 나왔던 기업 경영인들 2세 여러 명이 등장하여, 정경유착과 부의 세습에 따른 부정적인 현상이 30여 년 동안 우리 사회에 변함없이 존재함을 실감하였다.

심지어 부모가 퇴직하면 자녀가 우선적으로 취업하는 제도도 있다고 하니, 그저 놀라울 따름이다. 과거 신분제 사회의 그림자가 사회의 도처에 있어, 청년고용 절벽의 시대에 직장과 사회적 신분까지 상속되는 것 아니냐 하는 논란이 제기된다.

공중에 떠 있는 구름은 그 위 하늘에서 내려다보면 그리 크지 않게 보이나, 그 아래 땅에서 올려다보면 결코 작지 않게 보인다. 어디에서 어떤 관점으로 보느냐에 따라 다르게 해석될 수 있다.

불법과 탈법적인 경제적, 사회적 권력의 남용은 5포시대를 살아가는 청년들에게는 심각한 좌절감과 기성세대에 대한 분노의 감정을 심어주고, 국민들을 분열시키는 큰 원인이 되고 있다.

잘못된 정치적 경제적 잔재와 사회적 현상은 없어져야 한다. 젊은 세대들과 후세들에게 희망을 줄 수 있어야 한다.

채용비리나 고용세습 등 불공정한 특권과 반칙은 더 이상 우리 사회에서 사라지고 모든 것이 본래 있어야 할 위치로 회복되어야 한다. 규정내용이 그리 많지 않은 '채용절차의 공정화에 관한 법률'이 명목상 존재하는 법률이 아니고 이러한 부패와 부조리를 실질적으로 제거하고 예방할 수 있는 법적 장치가 될 수 있도록 대폭 보완되어야 한다.

내부 고발자들, 부정과 부조리를 고발하는 사람들에게 합당한 인센티브가 부여되어야 하며, 새로운 사회문화를 조성하기 위해서는 과도기적으로 자발적인 비리신고자에 대한 처벌과 불이익을 최소화하는 제도도 병행되어야 한다.

공정사회는 구두선으로 그쳐서는 안 된다. 우리 사회가 선진 사회로 성숙하려면 반드시 영향력있는 사람들부터 솔선수범해야 한다. 무엇보다도 이해충돌방지법이 시급하게 만들어져 반쪽짜리인 부정청탁금지법이 온전한 법으로 자리매김해야 함은 두말할 나위가 없다. 우리나라는 새로운 모습으로 다시 시작해야 한다.

밥은 법 이상以上이다!

"콩 한 조각도 나눠 먹는다.""인심은 곳간에서 난다."는 말이 있다. 작은 것도 이웃과 서로 나눌 수 있고, 나누면 함께 풍요로 워진다. 만남은 사람들의 삶이 교차하는 기회이다. 혼례 때 행인들까지도 초대해서 음식을 나누는 미풍양속이 있었다. 밥은 단순히 배를 불리는 물체만을 의미하지 않고 훨씬 더 큰 가치를 갖는다. 세상에 거저 이루어지는 일은 없다. 인간관계에서 지름길은 없으며, 많은 시간과 만남을 필요로 한다.

공직, 학교, 언론 종사자들의 공정한 직무수행을 보장하고자 2016년 9월 28일부터 속칭 '김영란법'이 시행된다. 국민들은 그 내용을 제대로 알지 못해 자신의 행동이 법에 저촉되는지 불안해 한다. 그 법을 알지 못해도 위반하면 책임을 부담한다. 법률전문가도 그 내용을 분명하게 해석하기가 쉽지 않다. 2016년 7월 28일 헌법재판소의 결정에도 '졸속입법'이라는 재판관의 의견이 제시될 정도로 국민들의 총의 수렴이 아쉽다.

국민들의 법감정을 무시하고 현실과 동떨어진 내용으로 1973년 유신시대에 만들어진 가정의례에 관한 법률 및 가정의례준칙이 국민들로부터 외면받고 폐기되었던 전례가 있다.

부패의 정도가 악화되고 있어서 부패의 사슬을 획기적으로 단절하겠다는 시대적 결단이 필요한 것은 사실이다. 그렇다고 해도 국민의 생활을 '김영란법'으로 규율하는데 정당성을 제공하는 것은 아니며, '김영란법'을 통해서만이 가능한지는 의문이다.

삶의 현장은 법의 잣대로만 판단할 수 없는 영역들이 많다. 국민의 생활을 규율하는 방법으로 법은 최후의 카드가 되어야 한다. 법으로 국민을 통제하는 법률만능주의는 전근대적인 사고에 기인한 것으로 지양되어야 한다. 자칫 법의 홍수에 전 국민들이 쓰나미처럼 휩쓸려가게 되고, 인간관계는 엄격한 규율과 통제 아래 기능적이고 기계적인 상황으로 전개되고 불신과 단절의 골이 더욱 깊어질 수 있다.

또한, '우리가 남이가?'하면서 지연, 학연, 직연 등 각종 인연으로 뭉치게 된 집단인 파벌의 영향력 행사가 만연되어 있는 우리 사회에서, '김영란법'이 우리 삶에 어떤 변화를 가져올지는 아무도 모른다. 그 부작용으로 기존의 경제적, 사회적 네트워크와 틀은 더욱 고착화되고 '끼리끼리'문화는 그 결속력이 점점 더 강해져 새로운 세대의 진입장벽은 눈에 보이지 않더라도 그 실질은 매우 높고 견고해질 것이 심히 우려된다.

'김영란법'이 제2의 가정의례준칙이 되지 않았으면 한다. 또한 누구에게나 공정하게 시행되어야 한다. 벌써부터 예외를 주장하는 힘있는 집단들의 주장이 나온다. 누더기법이 되거나 예외가 일상화되어서는 아니 된다. 또한"남의 손의 떡은 커 보인다."고, 이현령비현령으로 적용되거나 전가의 보도처럼 법이 남용되어서는 아니 되며, 여론이나 법집행기관에 의해 무고한 희생양이 나와서는 아니 된다. 정치, 경제, 사회 등 각 분야의 지도자들의 솔선수범을 지켜볼 일이다. 그리하여 국민들의 행복지수를 높이는데 일조하기를 기대한다.

법률가의 불법행위

우리 헌법 제11조에는 "모든 국민은 법 앞에 평등하다."라고 선언하고 있다. 또한 형법을 비롯한 모든 법은 원칙적으로 모든 국민을 대상으로 한다. 다만, 시대가 바뀜에 따라 당초의 제도적 의의와 가치는 지속적으로 변화한다.

2014년도에는 국가기관에 의한 증거조작 사건이 큰 화제가 되었고, 2016년에는 대학교수가 실험보고서를 조작하는 과정에 특정 법률사무소 소속 변호사가 개입하거나 보고서가 조작된 사실을 알면서도 그 보고서를 법원에 증거물로 제출했다는 의혹이 제기되었으며, 그 법률사무소에 대한 검찰의 압수수색 영장 청구 및 법원의 영장 발부가 되자, 변호인의 정당한 변론권 및 비밀유지의무를 침해한 것이 아닌지에 관해 논의되고 있다.

변호사 또는 변호사이었던 자는 그 직무상 알게 된 비밀을 누설하여서는 아니 되고, 직무상 비밀에 속하는 사항에 관하여 신문을 받을 때 증언을 거부할 수 있고, 압수를 거부할 수 있다.

국민들은 변호인의 조력을 받을 권리와 증언 거부 및 압수수색 거부의 권리를 통해 진실 발견도 중요하지만 법치주의 실현 및 우리 사법제도에서 무엇이 더 큰 가치인지 입법적인 결단을 하였다.

동시에, 변호사는 공공성을 지닌 법률전문직으로서 독립하여 자유롭게 직무를 수행하여야 하고, 진리를 추구하며 진실규명을 소홀히 하여서는 아니 된다. 따라서 변호사는 그 직무를 수행할 때 진실을 은폐하거나 거짓 진술을 하여서는 아니 되고, 더 나아가 증거를 은폐, 조작, 왜곡하여서는 아니 되며, 허위의 진술이나 증언을 교사해서도 아니 된다.

형사 변호인으로서도 피의자나 피고인을 보호하고 그의 이익을 대변하는 것이긴 해도 법적으로 보호받을 가치가 있는 정당한 이익을 대변해야 하며, 수사기관이나 법원에 적극적으로 허위의 진술을 하거나 피의자나 피고인, 또는 참고인이나 증인으로 하여금 허위 진술을 하도록 하는 것은 허용되지 않는다.(대법원 2012. 8. 30. 선고 2012도6027 판결 참고)

변호사라 하더라도 타인으로 하여금 허위의 고소를 하게 하거나 거짓 증언을 하게 하면 무고교사나 위증교사로 형사처벌을 받게 된다. 또한, 타인의 형사사건 또는 징계사건에 관한 증거를 위조 또는 변조하거나 위조 또는 변조한 증거를 사용하면 형사처벌 대상이 된다.

그럼에도 불구하고, 사법질서를 기초부터 흔드는 허위 고소나 허위 증언 교사, 또는 증거 조작이나 조작된 증거가 수사기관이나 사법기관에 제출되어 진실 규명을 방해하는 사례가 비일비재한 것이 현실이다.

검찰과 법원은 변호인의 변론권이나 비밀유지의무, 국민의 변호인의 조력을 받을 권리를 침해해서는 안 된다. 동시에 변호사가 스스로 사법질서를 훼손하는 증거조작이나 허위진술 교사 등 범법행위를 하거나 이에 가담했다면 어떠한 명분으로도 용인되어서는 안 된다. 국가기관의 진실발견의 책무를 직접적으로 침해하는 범죄자는 누구라도 그 결과에 대한 책임을 부담하여야 한다.

'법 앞에 평등'은 언제쯤 실현되려나?

셀프 감사, 셀프 안전점검에는 부실한 감사, 제식구 감싸기, 대형 참사가 뒤따른다. 호미로 막을 일을 가래로도 막을 수 없게 된다.

지난 해 3월부터 사법기관에서 여러 의혹이 제기되어 자체 1차, 2차 조사가 진행되었는데도 오히려 의혹이 더욱 커져가는 듯하다.

VIP 증후군이라는 말이 있다. 사회적 위치나 연줄 등으로 인해 특별히 잘 해주려고 하려는 것이 오히려 실수가 되고 상황을 더욱 악화시킨다. 감정이 개입되어 잘라내야 할 부분을 제대로 잘라내지 못해 보통의 경우보다 더 나쁜 결과를 초래하게 된다. 외과의사는 자기 가족을 수술하지 못하는 이유가 된다. 보편적인 룰이 적용되어야 한다는 교훈을 주는 것이다.

누구라도 범죄의 혐의가 있으면 마땅히 수사기관의 조사를 받아야 한다. 내부 조사와 처리를 먼저 하고 나서 또는 내부의 조치 결과를 본 다음에애 비로소 수사기관의 수사가 진행되어야 하는 규정은 어디에도 없다.

수사권은 수사기관이 범죄에 대해 수사하고 싶으면 하고, 하고 싶지 않으면 하지 않아도 되는 수사기관의 권리가 아니라, 범죄 있는 곳에는 마땅히 수사라는 법절차를 집행해야 하는 의무이다. 과거 수사기관이 수사대상자에 따라 좌고우면했던 불행한 역사가 되풀이되어서는 안 된다.

요즘 부끄러움이 없는 공직자들을 종종 보게 된다. 입이 열 개라도 말할 수 없을 법 한데도 큰소리를 내고, 과거에 많이 들었던 '저를 믿어 주세요.'라는 말도 듣게 된다. 조직 내부의 정의가 외부의 정의와 다를 때 그 조직은 매우 위험한 조직이다. '내부의 문제는 내부 구성원들에 의해 먼저 해결되어야 한다'는 것은 일반적인 법칙은 아니다. 그것은 마치 헌법이 금지하고 있는 사회적 특수집단을 창설하는 것과 다를 바 없다.

외부인들의 인식이 정당한 비판이 아니라 잘못된 인식을 바탕으로 하는 '오해'라고 폄훼하는, 특권의식이나 선민의식이 아직도 눈에 띈다. 각자 자기의 몫에 충실해야 한다. 수사기관의 조사를 당장에는 받을 수 없다는 메시지로 읽혀지는 것이 차라리 '오해'에서 비롯된 것이었으면 한다.

만일 반헌법적이고 반인권적인 일이 있었다면, 재판권 독립을 외쳐오는 모든 분들은 작금의 상황에 대해 헌법수호 의지를 내외에 천명하는 것이 법의 정신과 순리에 부합한다. 불의에 침묵하는 것은 또 다른 불의를 낳고, 그 불의의 사후 방조자가 될 수 있다.

시간이 경과한다고 해서 불의가 덮어져서는 안 된다. 사람들의 기억에서 결코 사라지지 않는다. 리모델링은 쉬워보여도 신축하는 것보다 어렵고 절차가 복잡하며 그 비용 또한 가볍지 않다. 보통사람들은 법은 힘이 없거나 약한 사람들에게는 참으로 준엄하고 힘 있는 사람이나 조직에게는 법의 그물에 빈틈이 크고 잘 적용되지 않아서 법이 공평하지 않다고 느낀다.

국민정서와 동떨어진 공적 직무수행은 결국 국민으로부터 존중받을 수 없다. 아직도 치외법권적 영역이 있다면 국민이 과연 승복할 것인가? 법 위에 있는 사람은 아무도 없다. 과연 사법의 진정한 주인은 누구인가? 새삼 자문해 본다.

'법왜곡죄'는 국민을 위한 법치의 초석

'법치'가 큰 위기에 놓여 있다. 우리 헌법은 '모든 국민은 법 앞에 평등' 함을 선언하고 있다. 그럼에도 특히 형사사건 관련 절차법과 실체법의 적용에서 '평등의 원칙'이 무시되는 사례가 발생하고 있다.

과거와 현재 진행되는 사례들을 보면, 증거가 명백하여 범죄 혐의가 인정됨에도 공소를 제기하지 않거나 무거운 죄를 가벼운 죄로 공소제기하는 사례, 유죄의 증거가 명백함에도 무죄판결을 선고하는 경우, 증거가 부족하여 범죄혐의가 인정되지 아니하거나 법리상 범죄를 인정할 수 없음에도 무고하게 공소를 제기하거나 유죄판결을 선고하는 사례 등, 권력이나 금력, 여론이나 집단적 의견표명, 전관 부조리 등 여러 가지 요인에 의해 법 집행이 왜곡되는 사례들이 발생하게 된다. 이러한 법 왜곡은 사실상 국가 공권력에 의한 심대한 인권침해이자 '법치의 실종'이다.

형사사법 관계자들의 인간적인 한계나 법제도적인 규정에 기인하기도 하겠지만, 수사기관이나 재판기관의 결정을 사건 관계인들은 물론이고 일반 국민들이 승복할 수 없는 사례가 종종 발생한다.

법과 양심에 반하는 불기소처분에 대한 재정신청제도, 공소권을 남용한 공소제기시 공소기각 판결, 무고한 피고인의 유죄 판결에 대한 재심 등으로 구제되는 절차가 마련되어 있지만, 그 과정은 험난하고 제대로 된 결과를 도출해내기가 쉽지 않다.

과연 법률가들이 법과 양심에 따라, 외부의 영향이나 개인적인 편의와 이해관계를 떠나, 사실관계를 왜곡하거나 법 해석을 왜곡하지 않은 채, 독립하여 그 직무를 수행하고 있는지 의문이 들 때가 있다.

그렇지만 자의적인 공소권 행사 또는 불행사, 실체적 진실과 다른 유죄 또는 무죄 판결에 대해서 직접적으로 책임을 묻는 절차가 현행 법에는 명백하게 규정되어 있지 않다.

그 결과 개개의 사건마다 천태만상이고 전문성을 요한다는 업무의 특성이나 나름 재량권이 존중되어야 하는 영역이라는 이유로, 자의적인 공소권 행사 또는 불행사로 현저하게 불공정하고 편파적인, 정의감정에 반하는 결정을 하거나, 그에 이어진 실체법과 절차법에 반하는 판결을 하였는데도 민사적, 형사적 책임을 지는 일은 거의 없다.

국민이 수사기관 및 재판기관 구성원들에게 독립적으로 직무를 수행하라고 권한을 부여한 것은 독자적으로 법을 해석하고 적용하라고 위임한 것이 아니다. 법은 누구에게나 공정하고 투명하게 적용되어야 한다.

사실관계를 조작 왜곡하거나, 실체법이나 절차법에 대한 자의적인 법 해석과 적용으로, 실체적 진실에 반하는 결정을 함으로써, 국민이 승복할 수 없을 정도로 사법기능과 사건관계인들의 인권을 중대하게 침해한 경우에는 독일 등 여러 나라에서 시행되고 있는 '법왜곡죄'로 형사책임을 물을 수 있어야 한다.

'법왜곡죄'는 자의적인 법 왜곡 현상을 예방하고 사후에 적절하게 그에 대한 책임을 물음으로써 '국민을 위한 법치'를 실현해 나가는 초석이 되고, 더 나아가 통일시대를 대비하여 과거와 현재, 그리고 앞으로도 발생할 북한 내 집권세력에 의한 인권침해에 대한 형사법적인 통일준비가 될 것이다.

법치주의를 무색하게 하는 사람들

흔히 '법치주의' 하면 '법의 지배'를 말한다. 법의 지배는 자칫 부조리한 기존 관행을 합리화하는 강자의 논리로 활용되거나 법의 흠결을 남용한 데 대한 합리화의 도구로 활용되기도 한다.

특정한 법을 누구에게나 동일하게 적용하면 된다는 '평등의 원리'만을 실현하면 일반적으로는 적정한 '법의 지배'로 이해되기도 하지만, 실질적으로는 불평등한 결과를 가져오는 경우가 종종 있다.

단순히 '법의 지배'만을 형식적으로 강조하다 보면 '법의 흠결'로 '부패'와 '직무유기'라는 부조리한 현상이 발생하고, '법의 지배'가 추구하는 실질적 정의에 위배되는 법적용이 아무런 견제와 비판 없이 정당한 법집행처럼 실행된다. 이러한 '법의 지배'의 한계와 부작용은 현실에서 종종 발생한다.

법은 그 시대의 산물이다. 우리 헌법처럼 한번 만들어지면 쉽게 고쳐지지 않는 경우 법제정권자인 국민들의 구성이 세월이 감에 따라 많이 바뀌었음에도 오래 전의 가치와 인식에 터잡은 규정들이 몸에 맞지 않는 옷처럼 불편과 부담을 주며, 삶의 걸림돌이 되기도 한다.

법의 흠결이 없다면 '법의 지배'라는 구호는 참으로 훌륭한 것이다. 그런데 현실에서는 여러 가지 사유로 법의 흠결이 있기 마련이다. 그러다 보니 정보에 밝고 논리에 많은 도움을 받는 집단이나 조직은 이러한 법의 흠결을 십분 활용하게 된다.

임명직 고위공무원 청문회를 보면서 국민들의 공직자들에 대한 기대치를 실감한다. 특정한 법률이 이루고자 하는 목적에는 위배되었을지라도 불법은 아니었다고 강변하는 후보자들과 지지자들의 모습에서 법치주의의 근본가치를 새삼 생각해 보게 된다. 그래도 청문회 제도가 공적 직분을 희망하는 분들에게 하나의 삶의 지표를 제시하고 있어서 비록 불충분한 청문회 제도일지라도 많은 이들의 인식의 수준을 고양시키는 계기가 되고 있다.

한편 사법기관이나 준사법기관 구성원들마저 법의 흠결이라는 명분으로 그 소명이나 직분을 제대로 수행하지 않고 책임을 회피하기도 한다. 그리하여 권한은 무한정 행사하나 그에 따른 책임은 지지 않고 있다.

제도적인 한계로 권한은 행사하나 책임을 지지 않게 되면 그 권한은 부패나 부조리로 기울어지게 된다. 권한과 책임은 반드시 동전의 양면처럼 병행되어야 한다.

법을 제대로 알지 못하는 사람에게는 때때로 법은 참 가혹하기도 한다. 그렇지만 법의 맹점이나 흠결 등 법 적용의 틈새를 잘 아는 사람은 법을 활용해서 여러 가지 이익을 챙긴다.

그렇기에 세상의 불공정과 불투명, 부당거래나 부당이득을 줄여나가기 위해서, 진정한 '법의 지배'를 위해서는 법의 흠결을 보충하는 도전과 노력이 끊임없이 지속되어야 한다.

진정한 '법치'를 회복하기 위해서는 법 집행에 관여하는 사람들이 먼저 솔선해서 법치주의의 근본정신을 삶으로 살아가야 한다. 또한 '법의 흠결'을 보충하고 정비해 나가는데 한층 더 노력을 기울여야 한다.

변호사 소개료와 탈세는 척결되어야

전화가 걸려 왔다. "내가 아는 사람이 피의자로 억울하게 고소를 당했는데, 상담하러 들를 예정이다." 하면서, "사건을 소개해 주면 소개료를 받을 수 있느냐?" 고질적이고 뿌리가 깊은, 부끄러운 행태에 관해 질문을 받고 보니, 당혹스럽기도 하고 민망하기도 했다.

20 수년 전 모 지방에서 검사로 근무하던 중 법조부조리의 실태를 확인하고, 그 지역 변호사님들께 협조를 요청해 그 분들 모두 앞으로는 소개료를 지급하지 않기로 서약서를 작성했는데, 얼마 지나지 않아 그 서약서가 휴지조각이 되었음을 알게 되었다.

퇴직 후 변호사로 새출발하면서 "법조계에 널리 퍼져있는 소개료 관행에서 과연 나는 자유로울 수 있겠느냐?" 고민을 했다. 어떤 선배 변호사님께서 개인 법률사무소를 시작하셨는데, 평소의 대쪽같은 성품대로 소개료를 주지 않았더니 금방 사건상담이 없게 되어 개인 법률사무소를 접고 기업으로 들어가셨다는 말씀이 떠올랐다. 소개료를 주지 않으면 서초동 바닥에 그 사실이 금방 알려져 그 변호사에게는 더 이상 사건을 소개하지 않는다는 소문은 오래전부터 전해오는 이야기다.

소개료를 주는 변호사나 사무직원 그리고 받는 사람(속칭 브로커) 모두 변호사법위반 범죄자가 된다. 수사기관이 수사에 착수하면 바로 형사처벌을 받게 된다. 하루아침에 그 변호사의 명예는 땅에 떨어진다. 일전에 뇌물을 제공한 사람이 나중에 뇌물수수 공무원을 협박하여 돈을 갈취했다는 사건이 보도된 바 있는데, 그와 마찬가지로 그 변호사는 사실상 공범관계인 브로커에게 속칭 코가 꿰이게 되어 그 브로커의 말 한마디에 자신의 운명이 좌우되므로 전전긍긍하게 된다.

소개료는 물품거래시 소비자가 부담하는 간접세처럼 변호사비용에 포함되어 결국 의뢰인의 부담으로 전가된다. 사건수임료의 30%에 달하는 소개료는 세무신고하지 않는 사건의 수임료로 마련된다. 마약거래처럼 불법(변호사소개료)은 불법(탈세)에서 잉태되고, 부조리는 부조리로 이어진다. '소개료를 주느냐?'는 전화 후에, 상담 예정자가 내방하지 않아서 확인 전화를 했더니, '그 사람이 지금 지방에 내려가 있어서 올라오는 대로 방문할 것이다.'는 답변을 들었는데, 현재까지 상담하러 오지 않는다.

2015년에는 법무부 등 여러 관계기관이 참여해 '법조브로커 근절 태스크포스'를 구성해 대책을 궁리 중으로 알려지고 있는데, 국민의 피부에 와닿는 방안은 아직 나오지 않고 실질적인 성과를 거두고 있는지 알 길이 없다. 또한 꼬리자르기식 수사로, 브로커 도피시 끈질긴 조사가 이뤄지는지 의문이다. 밀수범처럼 적발되더라도 남는 장사가 되면 결코 안 된다. 불법수익은 철저히 환수되어야 한다. '악화가 양화를 구축한다'는 말은 21세기 대한민국 법률분야에서 유효하다. 최근 법조비리로 서초동이 어수선하다. '어물전 망신은 꼴뚜기가 시킨다'고, 품격있는 대부분의 변호사들이 몇몇 부조리한 변호사들과 이에 기생하는 브로커들로 인해 도매금으로 매도되는 것은 참으로 안타깝다. 이처럼 뿌리깊은 '소개료 수수와 탈세'라는 불법이 언제나 사라질까?

사건관계인의 진술기회 확대해야

피해자보호에 관한 각종 법률에 의하면 피해자에게 법률상 조력인이나 국선변호인 등 여러 지원 제도가 마련되어 있고, 피의자나 피고인에게도 진술 기회나 소명 기회가 상당히 마련되어 있다.

그러나 수사나 재판의 현실에서는 실질적인 진술 기회나 소명 기회가 충분히 보장되고 실현되고 있는지는 의문이다.

개개 사건에 대한 사건 관계인들과 수사나 재판을 담당하는 분들의 입장에 따라 보는 시각이 다르다.

평생에 한 번 있기도 하고, 여러 번 사건에 관련되더라도 각 사안마다 그 배경과 내용이 다르니, 사건 관계인으로서는 하고 싶은 말이나 주장이 얼마나 많겠는가? 그 입장이 되어 보지 않으면 결코 100% 공감하기는 쉽지 않다.

사건 관계인은 자료에 표현된 글자 자구에 한정되지 말고 그 이면에 있는, 글로 표현되지 않았지만 실제로는 활자화된 것보다 더 중요하고 결정적인 내용을 수사나 재판 담당자들에게 말하고 싶어 한다.

결과도 중요하지만 그 결과를 도출해 내는 과정에 사건 관계인도 주체적으로 참여하고 속시원하게 말하고 싶은 바램이 있다. 직접 당사자의 말을 들어달라는 요청이다.

그러나 현실은 법과 규정에 따른 절차를 지켜야 하고, 그렇지 않으면 '편파적이네, 한 쪽 편을 드네, 규정을 어겨서 월권을 하네, 공정하지 못하네.' 등 비판과 비난을 감수해야 한다.

사건 관계자들의 대리인이나 변호인인 변호사도 하고 싶은 말이나 제출하고 싶은 자료가 있을 때, 수사기관이나 재판기관에 어떻게 가장 효과적으로 그 뜻을 전달할 것인지 늘 고민한다. 의뢰인에게 최선의 이익이 무엇인가를 염두에 두고 의뢰인의 마음과 뜻을 전해야 한다.

형사사건을 예로 들면, 검찰이 공소제기 후 공소취소하는 경우, 적용법조나 죄명, 공소사실을 변경하는 경우, 구형이나 항소·상고 여부 결정시, 전자발찌 부착 여부 등 각종 부가 처분 신청 여부 등에 관해 피해자나 고소·고발인이 의견을 제시할 기회가 없다.

특히 공소취소나 공소사실 변경에 관해서는 불기소처분시에 보장되는 항고나 재정신청, 재항고와 같은 이의신청이나 불복할 방안이 없다.

무죄가 선고된 경우에도 항소나 상고에 관해서 피해자로서는 수사검사나 공판검사를 찾아가 항소나 상고 제기를 해주십사고 읍소하는 것이 전부이다.

재판 중에도 피해자는 재판부에 탄원서나 피해자 진술서를 제출하는 외에 재판부의 결정에 따라 일부 공판에 참여할 기회가 있기는 하나 극히 제한적이다.

검사나 법관에게 진술하게 사건 관련 진술할 기회나 소명자료를 제출할 기회를 충분히 보장해 주면 좋겠다. '임금님 귀는 당나귀'라는 얘기에 들어 있는 메시지처럼 누구에게나 하소연할 기회를 보장하면 억울하다고 생각해왔던 부분 중 상당부분이 해소될 것이다.

해우소가 따로 없다. 사회적 질병이나 분쟁에 관해, 법원과 검찰이 그 해우소의 역할을 해 주기를 기대하는 것이다.

새 술은 새 부대에

기존의 질서와 사고체계는 그 나름의 힘과 영향력을 가지고 있어서, 새로운 질서와 세력과 충돌되기 마련이다. 개인적인 삶의 의미나 조직의 가치는 다양하여 현실에서 긴장되고 충돌하는 것은 당연한 일이다.

내부의 정의가 외부의 정의와 괴리되는 상황을 목격하게 된다. 더욱이 내부의 박수갈채가 곧 외부의 야유와 조롱의 대상이 되기도 한다.

제비 한 마리가 왔다고 바로 여름이 왔다고 할 수는 없다. 소수의 영웅적인 노력만으로는 오랫동안 쌓여온 부조리를 극복하는데 한계가 있다. 불완전한 인간의 선의에만 의존하는 것 역시 한계가 있다.

발등에 떨어진 불만 꺼가는 방식으로는 전체에 온전한 생명력을 불어 넣기에는 역부족이다. 일부만의 도색이나 수리만으로는 퇴조한 상황이 중한 경우 더욱 그러하다.

울타리 밖에서 일을 하면 행동만큼이나 생각도 자유로움이 크다. 시대의 변화도 더 잘 느낄 수 있다. 무엇이 진정한 가치인지 생각하는 기회가 많아진다. 과거를 통해 새로운 깨달음을 얻어야한다. 잘못된 과거를 되풀이해서는 안 된다.

공직은 특히 수많은 사람들의 삶에 지대한 영향을 미친다. 그런 만큼 공직은 국민을 진정 주인으로 섬기는데 그 엄중함이 내포되어 있다.

자칫 과거의 성공체험은 새로운 상황에 맞는 대응방안이나 시스템을 설계하는데 걸림돌이 되기도 한다. 과거의 성공방식을 고집하다 보면 그 개인이나 조직은 결국 존재이유를 상실하고 도태되게 된다. 세상을 있는 그대로 보지 않고 자기만의 프레임이나 특정 조직의 논리만으로 색안경을 끼고 보기 쉽다. 동상이몽이라고 할까. 같은 길을 동시에 함께 걷고 있어도 지향점이 다르면 그 결과는 불을 보듯 뻔하게 된다.

삶의 여정에서 집단적으로 휩쓸려가는 경우도 있다. 세상사는 서로 연결되어있다. 과거의 틀에 익숙한 사고로는 새로운 역사를 설계하기 쉽지 않다. 작은 변화나 개선만으로는 그 본질을 변경할 수 없다. 과감하게 환골탈태해야 한다. 눈에 보이지 않을지라도 매우 단단하게 얽혀 있는 사슬을 과감하게 끊고 벗어나 새로운 시각으로 재설계해야 한다.

새 술을 새 부대에 담아야 한다. '나는 누구인가?', '우리 조직은 무엇을 하는 조직인가?' 늘 스스로와 소속된 조직의 존재 이유를 되돌아보면서 그 소명을 수행하며 살아갈 일이다. 과거의 유습이나 전통도 온고지신하는 자세로 되짚어보아야 한다. 완벽하지 못한 인간의 창조물이 시대를 초월하여 항상 지혜롭다거나 옳을 수는 없다.

과거에는 버젓이 통용되었던 불법과 탈법적인 현상들이 이제는 범죄라고 명확하게 선언되고, 소수의 몸짓이 이제는 진정 용기있는 행동으로 평가되는 것에서 알 수 있듯이, 집단의 크기에 따라 정의를 규정하는 시대는 지났다.

비록 지금은 소수라도 진정 국민을 제대로 섬기는 것이라면 그것이 바로 국민과 국가에 생명력을 불어넣는 생명수와 같은 것이다.

역할극은 이제 그만해야 한다. 세상의 흐름이 바뀌자 옛 가면을 어느새 벗어버리고 카멜레온의 변신처럼 또 다른 가면을 써서는 안 된다. 누구나 시대의 변화에도 변함없는 본래의 모습으로 일관되고 당당하게 살아갈 일이다.

생명 존중 문화는
교통사고처리특례법 폐지에서부터

2012년도 자동차 1만대 당 교통사고로 인한 사망자 수를 비교해 보면, 우리나라(2.4명)가 미국(1.3명), 일본(0.6명), 독일(0.7명), 영국(0.5명) 및 OECD 평균을 월등하게 많다.

우리나라 국민은 헌법 전문을 통해 '우리들과 우리들의 자손의 안전과 자유와 행복을 영원히 확보할 것을 다짐'하고 있고, 헌법 10조에는 '모든 국민은 인간으로서의 존엄과 가치를 가지고, 행복을 추구할 권리를 가지며, 국가는 개인이 가지는 불가침의 기본적 인권을 확인하고 이를 보장할 의무를 진다'고 규정하고 있다.

이제는 본래의 자리로 돌아가야 한다. 특히, 생명과 관련해서는 바른 길을 가야 한다. 굳이 복잡하게 돌아서 가서는 안 된다. 인간의 도리와 상식, 순리에 따라, 교통사고에 관해서는 원칙적으로 형사처벌을 하고, 다만, 그 사고 경위나 과실 정도, 피해정도, 피해회복 여부 등 그 정상을 참작하여 통상의 절차에 따라 기소 여부나 처벌 수준을 결정하면 된다.

가해자인 운전자들 다수가 전과자가 될 수 있으니 전과자 양산을 막아야 한다는 명분하에 보험이나 공제조합 가입으로 형사소추권 자체를 박탈하는 것은 국가소추주의를 취하는 현행 법제 하에서 국민인 피해자들의 생명과 신체의 안전에 대한 국가의 보호 의무를 포기하는 것이다. 마치 도박이나 성매매가 일반화된다면 전과자 양산을 막기 위해 그것을 비범죄화할 수 있다는 논리가 국민들에게 설득력을 가질 수 없음은 명약관화하다.

인간의 성정이나 도리에 맞지 않는 법률은 제정되어서도 안 되겠지만, 일시적으로 특정시기에 필요하여 제정되었다고 하더라도 그 시대가 바뀌고 우선시되는 가치와 신념에 반한다면 이제는 폐지하는 것이 최선의 방책이다.

국민적 공분을 사는 사태가 발생하면 그 때서야 예외적으로 형사처벌하는 조항을 조금씩 늘려가는 땜질식 대응은 미봉책에 불과하며 근원적인 대책이 되지 못한다.

설사 많은 사람에게 제도 변경으로 인한 혼란과 불편함이 발생하겠지만, 그것은 지금까지 생명가치를 존중하지 않고 살아온 데서 기인한 것이지 새로운 법제의 도입으로 불편함이 발생하는 것은 아니다.

운전자든 운전자 외의 사람이든 모두 동등한 인격체이다. 내가 운전자이기도 하지만 운전자 외의 사람인 경우로 더 많은 시간을 살아간다. 소수자도 보호되어야 하지만, 다수가 소수자를 위해 자신의 생명과 신체를 담보로 제공해야 한다는 것은 어불성설이다.

　대부분의 범죄는 사람의 생명을 존중하지 않는데서 비롯된다. 생명을 존중하는 문화가 기초부터 튼튼하게 자리하게 된다면 각종 범죄는 급격하게 줄어들 것이다. 비록 자동차가 문명이 이기이지만 선용할 일이다.

　이제 국민의 생명권을 침해하는 교통사고처리특례법의 폐지는 국가의 국민의 생명과 안전을 보장하는 첫 걸음이다. 우리 국민이 안전하고 행복한 나라에서 살고 싶은 꿈이 현실이었으면 좋겠다.

섬(부조리)과 섬(부패)은 연결되어 있다!

뿌리가 없는 나무는 없다. 문일지십이라고 하나를 보면 열을 알 수 있다. 어떤 특정 언행은 돌발적인, 일회적인 것이 아니고 그 근저에 그 사람의 인생 철학 및 삶 전체와 연결되어 있다. 외부에 표출된 것은 빙산의 일각이다.

어떤 사람을 알고자 하면 그 사람이 하는 말이 아니라 살아온 패적을 보아야 그의 진면목을 알 수 있고, 현재 그의 언행의 진의를 제대로 헤아릴 수 있다. 물론 그 사람의 신발을 신어보지 않고서는 함부로 평하지 말 일이다. 다만, 그의 언행이 대외적으로 미치는 영향력과 효과에 대해서는 객관적인 사실에 입각해 비판할 수는 있다.

때로는 반대하지 않으면 동의하는 것으로 간주되기도 한다. 불의에 침묵하는 것 역시 불의에 방조하는 셈이다.

'퀴 보노', 어떤 제도의 표면적이거나 명목상의 수혜자가 아니라 실질적인 이익을 보는 사람들이 어떤 사람들인가를 보면 그 제도를 만든 목적, 그 제도를 만드는데 적극 가담한 사람들의 이해관계를 알 수 있다.

사람은 개개인으로 살아가는 것처럼 보여도 실제는 여러 집

단의 일원으로 살아간다. 그러다 보니 각 사람의 언행도 독자
적이거나 독창적이기 보다는 집단적인 사고의 결과이기도 하
다. 그래서 세상은 그리 단순하지 않건만 특정 현상에 대한 의
견은 흑백논리나 편가르기가 되곤 한다.

어떤 제도나 법규정에 관해서도 입법자와 집행자, 판단자의
입장이 다를 수 있다. 입법은 집행과 판단을 전제로 한다. 집행
되지 않을 입법이 무슨 필요가 있으며 판단받지 않은 집행은
그 한계가 지켜지지 않게 된다. 집행자에 의한 집행이 이루어
지지 않거나 긍정적으로 평가되지 않을 우려가 크다면 그러한
입법은 매우 신중해야 한다.

옳고 그름이 아니라 이해관계에 따라 서로 밀어주고 끌어주
는 그러한 상황은 바람직하지 않다. 좋은 것이 좋다고 집단 이
기주의나 각종 인연을 공적인 업무에 직결시킨다면 그러한 조
직이나 집단은 정상적인 것으로 볼 수 없다.

섬과 섬이 바다 속을 통해 이미 연결되어 있다. 물 밖으로는
외로이 떨어져 있는 것으로 보이지만 결코 그렇지 않다. 부조
리와 부패도 비단 현상적으로 드러난 외형만을 도려내거나 치
유하겠다고 나서는 것은 최하수의 방책일 따름이다.

요즘 고위공직자들을 임명해가는 시기이다. 지위고하를 막
론하고 그 직분과 소명을 감당할 만한 사람을 제 자리에 놓아
야 한다. 과거 부조리나 부패에 관련되거나 시대정신에 역행하

는 역할을 하였거나, 역량이 부족한 사람을 고위공직에 임명하면, 그 조직과 조직 구성원들이 혼란스러워지고 그 조직의 역할을 제대로 수행하지 못하게 되며, 결국에는 공동의 선익을 침해하게 된다. 이제는 더 이상 합리적이지 못한 사유로 직책과 역할을 맡기지 않고, 적재적소에 맞게 공직자들을 임명하여 그 직분을 수행하게 함으로써 그 공직자가 속한 국가 조직이 국민의 행복한 삶의 증진이라는 본연의 목적이 이루어지고, 각 분야에서 부조리하고 부패했던 모습들이 박제된 과거의 추억으로만 기억되기를 소망한다.

스티븐 호킹 우주물리학자도
'하마터면 죽을 뻔했다'

연명의료 관련 법 제정에 관한 우려 하나

봄, 여름, 가을, 겨울 중 어느 계절이 사람에게 불편을 준다고 해서 건너 뛰거나 폐기할 수 있을까요? 사람에게 생, 노, 병, 사는 그 누구도 피할 수 없다. 임의로 선택할 수 없다. 누가 사람의 수명을 조금이라도 늘릴 수 있나요? 누가 사람의 수명을 조금이라도 줄일 수 있나요?

"'의사들이 생명유지장치를 끄는 것이 어떻겠느냐?'고 가족에게 권유했다." 21살 때 루게릭병 진단을 받고 50여년째 투병생활 중인 우주물리학자 스티븐 호킹 박사가 1985년 스위스에 머무르던 중, 폐렴이 악화되어 혼수상태에 빠지자, 의료진은 호킹 박사가 회생가능성이 희박하다고 판단하고 호킹 박사의 생명유지장치를 떼자고 가족에게 제안을 했으나, 아내가 그 제안을 반대해서 생명유지장치를 계속 유지했고, 그 후 점차 상태가 호전되어 현재까지 약 30년간 더 살고 있다. 만일 1985년에 호킹 박사의 생명유지장치를 멈추었다면 어찌되었겠는가? 의료진으로부터 죽음에 이르렀다는 평가를 받은 스티븐 호킹 박사 스스로도 '하마터면 이미 죽어있을 뻔했다'고 고백한바 있다.(연합뉴스 2013. 7 29일자 보도 참조) 우리나라에는 2013년에 루게릭병으로 진료를 받은 사람이 1627명에 이르고, 금년에는 급증하고 있다.

길을 건널 때는 보행자 입장에서, 차를 운전할 때는 운전자 입장에서, 도로 사정이나 신호체계를 해석하고 그 상황을 평한다. 지금은 임종기에 있는 환자를 대상으로 생각하지만, 내가 어느 때 그 대상에 놓여 있을지 알 수 없다. 유사한 예로, 모자보건법상 일정한 예외적인 경우에 낙태가 허용되도록 법이 제정되었다. 그러나 현실에서는, 예외에 해당되지 않는 경우에까지 낙태가 만연되어 있고, 낙태죄에 관한 형법 조문은 거의 사문화되어 있다. 이처럼 법이 잘못 제정되거나 남용될 여지가 있는 경우에는 그 부정적인 효과가 매우 심각함에도 불구하고 일단 만들어지면 일부분의 개정도 쉽지 않지만, 설사 잘못되었다고 평가되더라도 폐기되거나 정상으로 회복되기가 참으로 쉽지 않다.

생명의 신비는 과학으로, 인간의 인지능력으로 모두 규명하지 못한다. 나치즘이나 유대인학살, 각종 인종차별적인 사례도 결국 인간의 존엄과 가치를 존중하지 않는 데서, 모든 인간은 동등한 가치를 가진다는 인식을 제대로 하지 않는 데서 기인한다.

임종기 환자도 태아나 희귀병 환자나 장애인도 건강한 사람과 동등한 존엄과 가치를 갖는다. 올림픽 다음에 패럴림픽이 개최되어 장애인과 비장애인을 동등하게 존중하는 것처럼. 어떤 처지에 있더라도 사람의 수명은 사람이 인위적으로 늦출 수도 없고 앞당겨서도 안 된다. 큰 둑도 작은 구멍에서 허물어지듯 스스로를 돌볼 수 없는 사람에 대한 불의와 폭력은 결국 모든 사람으로 향하게 된다. 모든 사람이 그 피해자가 되는 첫걸음이 된다. 법에서 말하는 연명의료결정 대상이 '오늘은 내 이웃'이라면, '내일은 바로 내가' 그 대상에 놓여있을 수 있음을 유념해야 한다.

실명제 유감

골프장에 가서 이름을 적는 것을 보면 천태만상이다. 예명, 가명 또는 자기 아들 이름을 적는 사람, 즉석에서 작명하는 사람 등, 가지각색이다. 자기 이름을 적지 못하는 사람을 보면 안타깝다. 특히 공직에 있는 분들의 경우, 자기 이름을 떳떳이 드러내지 못할 사연이 무엇일까? 자기 이름을 부끄러워하는 사람이 어찌 공직을 수행할 수 있을까? 골프장에서 자기 이름을 적지 못하는 분들을 보면 평소의 존경심이 어느새 사라져 버린다. 자기 이름으로, 자기 계산으로 골프를 하는데 무슨 부정이 개입될 여지가 있겠는가?

사무실에 출근하면 복도나 세면장에서 일하시는 분을 뵙게 된다. 큰 목소리로 "이 ○○ 씨 안녕하세요? 오늘도 행복한 하루 되십시오. 이 ○○ 씨 덕분에 저희들이 깨끗한 환경에서 상쾌하게 일합니다. 저희 법인에 오시는 분들도 기분 좋게 다녀가실 것이다."하고 말씀드리면 힘든 일을 하시면서도 무척 반가워하시고 고마워하신다.

이름은 개인이나 집단의 정체성을 표상한다. 직원들을 부를 때 성이나 이름 또는 직책만을 부르지 않고 부모님으로부터 귀하게 붙여진 이름 석 자와 직책을 소중하게 부른다. 이름은 죽은 후에도 역사에 남겨진다. 어떤 사회에서는 가문의 이름을 떨어뜨렸다고 사적인 처벌을 가하거나 목숨을 빼앗기도 한다. 현대의 익명사회에서는 자기 이름 대신 집단이나 익명의 숲에서 생활하는 경우도 많다. 정당의 이름을 과거와 단절하고 새로운 시대에 맞게 탈바꿈하기도 한다. 그만큼 이름이 주는 영향은 참으로 크다.

일은 누가 살펴보아도 수긍할 수 있도록 공평무사하고 투명하게 처리해야 한다. 처리한 사람의 이름만 보고도 그 결론을 알 수 있기도 하고, 그 결과가 석연치 않는 경우가 있다. 그래서 그런지 서명이 분명하지 않아 누가 작성자인지 알아볼 수 없는 경우도 더러 있다.

부동산실명제에 따라 명의신탁하면 처벌되는 사례가 있다. 한우도 태어나서 자란 내역이 기록된다. 농수축산물 등 식품에도 원산지 표시를 의무화하고 있다. 그렇다면 그보다 훨씬 귀한 존재인 사람에 대해 실명제는 얼마나 귀하겠는가?

위인과 성현들의 후손들은 그 선조들을 자랑스럽게 여긴다. 그에 반해 을사오적이나 친일반민족행위자의 후손은 그러한 선조의 후손임을 드러내놓고 자랑스럽게 얘기하지 못한다. 호사유피요 인사유명이라고 했다. 사람은 당대에는 물론이고 후세에도 역사를 통해 기록되고 반추되고 회자된다. 이름 자체에 그 사람의 인격과 품격이 오래도록 살아 숨쉰다.

나는 어떤 사람인가? 무엇보다도 스스로에게 당당해야 한다. 동시대 사람들이나 후손들이 그 이름을 자랑스럽게 부를 것인가? 아니면 불명예스러워 입에 담는 것도 꺼리는 그런 사람으로 남을 것인가?

아름다운 퇴직, 기관여사棄官如蹝

이제 새로운 정부가 들어서면서 임명직 공직자들 상당수가 자리를 떠나게 된다. 기관여사 라는 말이 있다. 관직을 떠나는 것을 헌신짝 버리듯 한다는 뜻이다. 목민심서 해관육조解官六條 의 첫 부분에 나오는 말이다.

공직자는 자리에 연연하지 않고 의연한 자세로 공직을 수행 해야 한다. 시작하는 순간에 이미 마지막 순간을 생각하면서 직무에 임하여야 한다. 매 순간 사사로움 없이 성심성의를 다 한다면 떠남에 있어서 무슨 미련이 있으랴.

공직이라는 것은 잠시 국민으로부터 위임받은 것임을 누구 나 유념해야 한다. 자기의 소유가 아니고 위임한 자를 위해 수 임한 취지에 맞게 그 직을 제대로 수행하여 한다. 자기의 뜻을 이루는 것이 아니고, 위임인의 뜻을 제대로 이루어 나가는 것 임을 명심해야 한다. 내 마음대로 내 소신대로 할 수 있는 것이 결코 아니다. 그렇게 해서도 안 된다.

본시 내 것이 아니고 잠시 맡아 관리하다가 때가 되면 바람 처럼 물처럼 자연스럽게 물러나면 된다. 공직을, 공직에서 내가 담당하고 있는 책임과 권한을 내 것으로 착각하고, 내 방식과 내가 정하는 시기에 내 마음대로 행사할 수 있는 것으로 착각하기도 한다. 때로는 공직을 개인의 욕심과 야망을 추구하는 디딤돌로 여기는 사람도 있다. 더 나아가 개인의 이익추구나 소속 집단의 이해관계에 따라 공적인 직분을 수행하는 잘못도 종종 저질러짐을 우리 주변에서 볼 수 있다.

한편, 공직에서 떠날 때 마치 공직 내부에 엄청난 부정과 비리가 있는 듯 그동안 몸담고 있었던 그 조직을 부패의 집단처럼 매도하면서 자신은 군계일학인양 아무런 부끄러움 없이 사실과 다른 각종 주장을 내세우는 참으로 안타까운 현상도 종종 발생한다. 과연 그 사람이 공직에서 있을 때 자신이 주장하는 것처럼 바람직하게 살아왔었던가? 한 점 부끄러움 없이 하루하루를 공직에 성심성의를 다하면서 살아왔었던가? 국민 한 사람 한 사람을 주인으로 섬겨 왔었던가? 차라리 그러한 주장을 조직에 몸담고 있으면서 희생과 봉사의 정신으로 힘쓸 수는 없었을까?

빈 수레가 더 요란하고 구린 사람이 더 떠드는 것이 세태이다. 허위와 허세, 거짓을 일삼는 사람들, 언행이 일치되지 않고 모범이 되지 못하는 사람들의 앞날은 밝을 수 없다. 그러한 사람들의 앞날이 밝다면 이 땅에 정의는 세워지지 못할 것이다.

세탁소에 있는 옷걸이는 자신이 새 옷이나 비싼 옷을 걸치고 있든지, 오래된 옷이나 값싼 옷을 걸치고 있든지, 자신의 정체성은 전혀 변하지 않는다. 그럼에도 일부 공직자들 마치 고위직에 보임되게 되면 자신의 역량이나 인품이 그만큼 높은 곳에 있는 양 착각하는 사례들이 있다.

떠날 때는 말없이 물러남이 더 바람직하다. 있을 때 잘하였으면 떠날 때 후회하거나 아쉬워할 이유가 없다. 아름다운 마무리, 즉 유종지미의 참 뜻이 새삼 깊은 곳에서 메아리쳐 온다.

안전을 최우선으로 하는 문화, 생활화해야

경제논리를 앞세우면 안전은 뒤로 쳐진다. 어쩌면 '세상에는 공짜가 없다!'는 말은 국민 안전에 더욱 적절한 경고 문구다.

일본 도쿄도 도시마구에 있는 공원에 제염기준을 넘는 고농도 방사선이 측정되어 주민들이 불안해하고 있으며, 도시마구는 공원 주변에 펜스를 쳐 접근금지구역을 설정하고 주민의 접근을 통제했다는 보도가 있었다.(연합뉴스, 2015. 4. 24.자 참조)

우리나라 국가에너지위원회는 지난 6월 12일 고리원자력발전소 1호기를 2017년 6월에 영구정지하는 권고안을 마련했다. 이것은 우리나라 원자력 역사에서 큰 전환점이 되는 사건이다.

원전과 관련하여 1986년 구 소련의 체르노빌 원전사고, 2011년 일본의 후쿠시마 원전사고 등 대형 사고가 발생하였다. 원전사고는 그 피해가 천문학적인 크기로 엄청나고 피해지역이 매우 넓어 국경을 넘어 그 영향을 미치는 경우도 발생한다.

방사능에 의한 피해는 장기간 잠복되어 현실적으로 나타나기 까지는 상당한 시일이 걸리며 그 역으로 인간이나 자연환경이 그 피해로부터 정상으로 회복하는데 무척 많은 시간이 필요하게 된다.

원자력은 아무리 현실에서 평화적으로 안전하게 이용하려고 해도 인간의 능력 밖으로 예상치 못하는 상황에서 피해가 발생할 가능성이 무척 크다. 인재인 경우라도 거의 천재지변에 가까운 영향을 미치게 된다.

따라서 원자력에 의한 사고가 발생한 후 배상이나 보상 보다는 그러한 사고가 발생하지 않도록 사전에 예방하는 것이 최우선이 되어야 한다.

원자력사업자의 무과실책임 및 면책사유의 제한, 정부보상 등 원자력손해배상법상 피해자 보호는 사후대책으로서 국민의 생명과 건강권, 공공의 안전 및 지구환경을 보호하는데 한계가 있다.

방사선은 우리 생활 주위에 다양하게 존재한다. 우리는 태양, 땅, 음식, 공기 등으로부터 발생하는 자연방사선과 CT, X선 촬영, 조영술 등 의료 현장에서 발생하는 인공방사선에 노출되어 있다.

따라서 생활주변 방사선 안전관리를 위해 2011년에 제정된 생활주변방사선안전관리법, 원자력안전법, 재난 및 안전관리 기본법과 원자력시설 등의 방호 및 방사능 방재 대책법 등에 규정된 예방조치 및 방재조치는 반드시 철저하게 조치되어야 한다.

국무총리 소속으로 설치된 원자력안전위원회와 한국원자력
안전기술원, 한국방사선안전재단 등의 방사능 방재교육, 지도,
감독과 유관기관간 및 국제적인 협력도 매우 중요하다.

만일 메르스와 같은 국민안전에 위해로운 상황이 발생하면
신속한 전파로 국민의 지혜와 동참을 이끌어내야 한다. 정보의
차단은 국민의 불안과 불신만을 키우고 더 나아가 상황을 더
욱 악화시킨다.

이제는 어느 국가든 국민의 안전을 다 해결해주지 못하고 있
다. 그러므로 우리 국민 한 사람 한 사람도 시민사회단체와 함
께 일상생활에서 우리 공동체의 생명과 안전, 그리고 환경을
살리는 파수꾼이 되었으면 한다.

염치廉恥 있는 사회 - 공직후보 청문회와 선거

청문회와 선거 과정에서 명예를 잃는 사례가 자주 눈에 띈다. 천거하는 분이나 희망하는 분들과 국민의 눈높이가 같지 않다. 과거의 일을 현재의 잣대로 평가하는 것은 부적절하고, 사적인 문제를 공직 수행과 연관시켜 공직 취임의 기회를 봉쇄하는 것은 지나치다는 견해가 있다. 사람은 완벽할 수 없다. 어느 정도의 과오는 사회상규상 포용되어야 한다. 종래 일상적이었던 과오를 현재의 잣대로 모두 단죄할 일은 아니다. 그러면서도 국민의 평가기준과 기대치가 너무 높다고 탓할 것만은 아니다. 보통 사람의 입장에서도 지나치면 과거의 일이라도 마냥 면죄부를 줄 수 없다.

고기도 먹어 본 사람이 잘 먹는다. 이미 몸과 마음에 배인 습관을 떨쳐내기가 쉽지 않다. 사리사욕을 채우는데 마음을 써왔던 사람은 공적 직분의 존엄과 가치를 제대로 알지 못한다. 평소 추구해 왔던 것들에 눈과 귀와 마음이 기울어진다. 공직자가 된다고 해서 인생관이나 생활양식이 변하지 않는다. 특히 나이를 먹으면 배우는 것이 어렵다.

특히 감성의 시대, 국민에게 감동을 줄 수 있는 도덕적인 리더가 절실한 시대, 사람에 따라 저울추가 달라지면 안 된다. 이 중잣대나 위인설관이어서는 안 된다. 존경은커녕 보통의 수준에도 미치지 못하는 사람이 추진하는 정책은 그 동기와 진정성을 의심받고, 국민의 자발적인 참여 부족으로 결국 본래의 목적을 이루지 못한다.

어떤 사람이 공직자가 되느냐 공직자가 어떤 수준의 삶을 살아가느냐에 따라 '국민의 행복지수'가 결정된다. 공직자의 수준이 사회통합과 국가의 품격 그리고 경쟁력을 결정한다. 무능하거나 부적절한 사람이 공직자가 되거나 중용되면, 부도덕과 몰염치의 전염으로 부패와 부조리가 당연시된다.

공직은 공직자를 위해서가 아니라 국민을 위해 존재한다. 공직자는 그 직무를 통해 국민의 삶에 직간접적으로 영향을 미치므로 윤리·도덕적인 삶을 살았거나 살아가기를 기대한다. 특히 고위직일수록 더 높은 수준이 요구된다. 상탁하부정은 예나 지금이나 유효하다. 국민과 하늘을 두려워해야 한다. 영혼이 살아 있는 공직자! 맑고 따뜻한 영혼을 가진 공직자! 생각만해도 국민이 행복해진다.

염치! 공직자는 스스로를 돌아볼 줄 알아야 한다. 손바닥으로 하늘을 가릴 수 없다. 유유상종! 어떤 사람인지 알고자 하면 그 사람의 친구를 보라. 향을 쌌던 종이에서 향내가 나고, 생선을 쌌던 종이에서 비린내가 난다. 아무나 공직자가 되어서는 안 된다. 공직자가 바로 서면 나라가 바로 선다. 바로 서 왔던 사람이 공직자가 되어야 한다. 후안무치한 사람, 염치없는 사회에는 희망이 없다. 세 살 버릇 여든 가고 바늘 도둑이 소도둑 된다. 진정 사람마다 제 자리가 있는 법이다. 그것이 진정 '국민이 행복한 나라'로 가는 첩경이다.

위기에 처한 인류공동체!

2015년 9월 2일 세 살 배기 시리아 난민 아일란 쿠르디가 터키 해안에서 주검으로 발견되었다. 수많은 전쟁과 심각한 빈곤을 경험한 우리 선조들의 모습이 떠오른다.

국제적으로 난민에 대해 관심이 일고 있다. 시리아 동부와 이라크 북부 지역에서 사실상 국가행세를 하는 이슬람국가(IS)가 자행하는 내전과 반인륜적인 범죄행위를 피해 많은 사람들이 유럽으로 이동하고 있다.

20세기 초반에 강대국들이 자신들의 국익을 위해 체결한 1916년의 사이크스-피크 협정, 1917년의 벨푸어 선언 등 이율배반적인 협정이나 선언 등으로 해당 당사국의 의사와는 무관하게 국경이 결정되고, 중동지역에 전쟁과 내전의 원인이 되었으며, 초강대국의 이익과 관심이 중동의 정세에 강력한 영향을 미침으로써, 수많은 사람들이 고국을 떠날 수 밖에 없게 된 것이다.

우리나라는 1992년도에 유엔난민협약에 가입한 후 2012. 2. 10. 난민법을 제정하여 2013. 7. 1.부터 시행하고 있다. 세계적으로는 난민의 지위에 관한 1951년 협약과 1967년 의정서가 난민의 지위와 처우 등에 관한 사항을 정하고 있다.

'난민'이란 인종, 종교, 국적, 특정 사회집단의 구성원인 신분 또는 정치적 견해를 이유로 박해를 받는 사람이다.(난민법 제2조 제1호)

빈곤이나 천재지변 등 자연재해 등으로 발생인 이주민이나 내전을 피해 이주하는 사람들은 난민으로 인정받지 못한다. 인도주의 단체는 이러한 이주민들도 난민으로 인정하고 보호해야 한다고 주장한다.

선진국은 물론이고 우리나라에서도 난민수용이 실업문제, 의식주와 의료 지원 등 세금 지출, 사회불안요인 가중 등 여러 가지 문제를 야기한다는 비판이 있다. 노령화와 저출산으로 인한 경제생산인구의 감소와 이에 따른 경제침체 등에 비추어 난민의 유입에 긍정적인 평가도 있다. 더 나아가 이주노동자, 불법체류자, 이민, 귀화 등과 관련해서도 다양한 의견이 있다.

일본 식민지 시절 만주나 시베리아 등지로의 이주나 6·25 전쟁시 많은 전쟁 이재민과 실향민이 발생하였고, 현재 국내에 북한이탈주민이 3만 명 가까이 살고 있다. 불법체류자나 난민 신청자들의 자녀들로서 국적이 없는 청소년들이 2만 명에 달하며, 이들은 교육, 의료의 지원을 제대로 받지 못하고 있다.

난민인정은 난민신청자 중에서 극히 소수이다. 인류 보편적인 가치를 실현하는 차원에서 난민인정에 대해 발상을 전환해야 한다.

내 가족, 내 나라의 문제에만 매달리다 보면 위기에 처한 또 다른 생명에 무관심하게 되고, 이기심과 욕망으로 생명이 무참히 짓밟히고 죽어가는 '죽음의 문화'가 확산된다. 문명국, 선진국이라면 위기에 처한 인류를 불구경하듯해서는 안 된다.

난민 문제 해결을 위한 국제협력도 강화되어야 한다. 전쟁과 내전 등이 최소화되도록 하는 국가간 협력과 빈곤에 대한 경제적인 지원이 중요시된다. 작금의 난민의 모습에서 과거 우리 할아버지, 아버지 세대의 모습을 발견하고, 그들을 우리의 형제자매로 받아들이는 삶의 자세가 확산되기를 기대해 본다.

윗물이 맑아야 아랫물이 맑다(상탁 하부정)

　정치인이나 고위공직자 자녀들과 지인들의 로스쿨 입학이나 취업과 관련해 구설이 나오고, 근로자가 퇴직하면 그 자녀가 우선 취업하는 제도가 일부 시행되고 있어, '현대판 음서제' 라는 비판이 있다. 몰염치와 비양심의 끝은 어디일까? 윤리와 도덕의 영역이었던 인성과 사람의 품격 형성에 법이 관여하게 된 것일까?

　우리나라에 '교육기본법'이 1998년 3월 1일부터 시행되고 있다. 이 법은 모든 국민이 인격을 도야하고 민주적인 시민으로서 필요한 자질을 갖추게 하여 인간다운 삶을 살아가도록 하고 대한민국을 민주국가로 발전시키고 나아가 전 인류의 공동 번영을 실현하고자 한다.

　이에 더하여, 2015년 1월 20일에 제정되고 7월 21일부터 시행된 '인성교육진흥법' 역시 건전하고 올바른 인성을 갖춘 국민을 육성하여 국가와 사회의 발전에 이바지함을 목적으로 한다.

　그렇지만, 법이 있어야 인성 교육이 제대로 이루어지는 의문이다. 교육은 말처럼 그리 쉬운 것이 아니다. 교육은 가정과 학교와 사회에서 유기적으로 서로 영향을 주면서 협력해야 그 효과를 거둘 수 있다.

말로 가르치는 것은 하수이고, 그 보다는 행동으로 솔선수범하는 것은 보통이며, 가장 바람직한 것은 평생의 삶으로 보여주는 것이다. 그래서 어떤 사람을 알고자 하면 단순히 그 사람이 하는 말이 아니라 그 사람의 삶을 보아야 하듯이, 교육 역시 가르치는 언어만으로는 그 효과를 거둘 수 없다.

자신이 한 말에 책임을 지지 않는 몰염치의 세태가 요즈음의 한 트렌드이다. 공약公約이 공약空約이라는 것은 너무도 식상한 현상이다. 2중잣대가 공공연히 통용되는 것도 아쉬운 일이다.

'노블레스 오블레주'의 정신이 절실한 실정이다. 국가기관이든 사기업이든 최고 책임자나 고위직에 있는 분들의 살아가는 모습이 전 직원들에게 공기와 같이 부지불식간에 전파되거나 전염된다. 그들의 일거수일투족이 모든 직원들에게 투명하게 공개된다. 지도자가 부정하고 앞서 말한 것을 손바닥 뒤집듯 번복하는 경우 그 사람이 하는 말은 더 이상 신뢰받을 수 없다.

'진정 성공한 사람'이란 부귀공명을 누리는 사람이 아니라 "저 사람이 있어서 그래도 살맛나는 세상이다. 저 사람이 내 이웃이라는 것이 참으로 기분이 좋다." 하는 말이 자연스럽게 나올 수 있는, 이웃에게 희망을 주는 사람, 이웃을 행복하게 하는 사람이 '진정 성공한 사람'이다.

사회적 책임을 다하지 못하는 속칭 '고위층' 사람들이 자신들의 안위와 욕심만을 앞세워 사회 전체에 흙탕물을 뿌려 사람들의 얼굴을 찌뿌리게 하는 일들이 종종 언론을 통해 알려진다.

이런 상황임에도, '법으로 사람의 심성을 가르치고 고양시키겠다' 하니 안타깝다. 지도층의 올바른 삶이 백가지 법보다 더 효과가 있다는 것은 자명하다. 우리 사회에 진정한 지도자라 하면, 겉과 속이 일치하고 말과 삶이 일치하는 아름다운 사람을 보고 싶다.

이 세상에 완벽한 사람은 없다!

정신장애인도 우리의 형제자매

현대인의 삶은 여러 가지 원인으로 고단하다. 선천적이든 후천적이든 외부의 스트레스에 강인한 사람도 있고 다소 나약한 사람도 있다. 이 세상에 완벽한 사람은 없다. 많은 사람이 정도의 차이는 있겠지만 정신적 장애를 가지고 있다. 정신장애로 생활이 불편한 사람들에 대해 개인적인 과제로 방치할 수만은 없다. 그 사람들의 행복한 삶을 위해서도, 주변의 가족들이나 이웃의 삶을 위해서도 치료하고 개선해 가도록 돌봐야 한다. 그러나 편견이나 무책임으로 정신장애를 가진 사람들에 대한 관심과 배려가 부족한 실정이다.

정신장애를 선천적으로 유전되는 질병으로 간주하고 정신장애를 가진 사람을 마치 범죄자나 범죄를 저지를 가능성이 많은 사람으로 여겨 교류해서는 안 되는 것으로 바라보고, 그 가족들은 정신장애 사실을 주변에 숨기려 하는 경향도 있다. 그들의 존재가 사회에 드러나지 않기를 바라는 태도이다. 이러한 편견과 무지는 정신장애를 가진 사람들을 치료하여 사회에 복귀하게 하기 보다는 가정이나 사회에서 고립되고 소외시키는 결과를 가져온다. 정신보건시설에 수용하는 것을 최선의 조치로 생각한다. 통계적으로도 보호자에 의한 입원이 주를 이루고 있다.

정신보건법에는 정신보건시설에 입원하는 방법으로, 정신장애인 스스로 입원하는 방식 외에 보호의무자에 의한 입원, 시장·군수·구청장에 의한 입원, 응급입원, 3가지 방식을 규정하고 있다.

보호의무자에 의한 입원의 경우에는 매 6개월마다, 시장·군수·구청장에 의한 입원의 경우에는 매 3개월마다 기초정신보건심의위원회의 심사를 통해 입원기간을 연장할 수 있다. 또한, 보호의무자가 퇴원을 신청하더라도 정신과 전문의 1인이 정신질환자의 위험성 소견을 내는 경우에는 퇴원이 거부될 수 있다. 물론 입원중인 사람이나 보호자는 시장·군수·구청장에게 퇴원을 청구할 수 있는데, 기초정신보건심의위원회에서 심사하게 된다.

이처럼 정신질환자 자의에 의한 입원 보다는 보호의무자나 시장·군수·구청장에 의한 강제입원이 주류를 이루고, 입원기간 연장에 제한이 없어 사실상 10년 이상 장기간 수용되는 사례도 발생하며, 퇴원에 있어서도 정신질환자의 의사가 제대로 반영되지 못하고 있다.

입원이나 입원기간 연장은 물론 퇴원에 까지 행정기관에 소속된 위원회에서 사실상 신체의 자유와 행복추구권, 인간의 존엄과 가치에 대한 심각한 훼손의 우려가 있는 최종 판단을 맡기는 것은 재고되어야 한다. 정신질환자의 인권보호차원에서 법원의 사법심사를 거치도록 해야 한다. 더 나아가 정신질환자의 권리보호를 위해 사선변호인이 없는 경우 필요적으로 국선변호인을 선임해서 사법심사를 받도록 해야 한다.

또한 사회적 편견을 조정하여 정신장애인에 대하여 시설에서의 수용과 형식적인 치료로 사회와의 단절에 중점을 두지 않고, 정신장애인의 실질적인 치료와 사회 복귀에 중점을 두어, 입원치료 보다는 통원치료를 주로 할 수 있는 사회문화적 풍토를 조성해 나가야 한다.

이것이 21세기 대한민국에서 스스로 존엄한 가치를 자부하는 우리 모두의 여망이 되면 좋겠다.

임종기 환자도 존엄한 인간이다

연명의료 관련 법 제정에 관한 우려 둘

생명을 경시하는 '죽음의 문화'가 만연하면 '생명의 문화'는 사라지고, 불의와 폭력이 당연시된다. 다수결의 원리에 따른 법 제정으로 모든 것을 할 수 있다는 법만능주의적 사고는 합법성이라는 미명으로 불의와 인간경시를 포장한다.

거짓을 호도하여 진실인 양 왜곡하는 수가 있다. 안락사라는 말이 과연 성립할 수 있는가? 권리는 무엇이나 좋은 것으로 잘못 인식되고 있는 틈을 이용하여 '연명의료 자기결정권'이라고 명명하여 마치 개인에게 죽음을 선택할 권리를 법률에서 새로 창설해 주는 것처럼 오도하고 있다. 말은 생각을 지배한다. 선거 슬로건이나 정당 명칭 등 단어 선택에 신중을 기한다. 내용보다는 단어에서 연상되는 이미지의 영향력이 매우 크다.

임종기환자에 대해서는 사랑과 자비, 공동선에 기초하는 이타적인 보살핌이 절실하다. 개인적인 차원을 넘어서 사회적으로 국가적으로 제도화하고 개인들의 자발적인 참여도 필요하다.

연명의료에 관해 입법하기에 앞서 국가생명윤리심의위원회가 권고한 사전 조치들이 먼저 이루어져야 한다.

암관리법에 호스피스 완화의료에 관해 규정되어 있으나, 비암성 질환의 임종기환자는 현재의 제도만으로는 돌봄을 받을 수 없다. 권고안 대로 호스피스 완화의료를 제도적으로 먼저 확충, 확립하지 않으면 대부분의 임종기 환자는 의료의 사각지대에서 죽임을 강요당하게 된다. 호스피스 완화의료가 호라성화되면 임종 과정 환자의 존엄과 생명 가치는 최대한 보호되고 불필요한 의료비 지출은 줄일 수 있다.

법안의 대상이나 목적은 임종기환자를 위한 것임에도 불구하고 임종기 또는 환자가 아닌 건강한 성인을 상대로 사전연명의료의향서를 작성하여 등록하게 하는 것은 법안의 핵심에서 주객이 전도된 것이다.

의료인들의 환자들에 대한 의식 개선과 일반인의 죽음에 대한 인식 개선, 이를 위한 교육프로그램의 실행, 그리고 병원윤리위원회의 활성화 등 사회적·문화적 토대가 마련되고, 임종 과정 환자에 대한 국가의 경제적 지원이 제도적으로 이루어질 때, 임종기환자 및 그 가족들은 호스피스 완화의료를 선택할지, 연명의료를 선택할지, 올바른 결정을 하게 된다.

이러한 기반이 선행되지 않은 채 법안이 마련되면 그 법이 과연 임종기환자를 위한 법인지, 환자 외에 다른 이들을 위한 법인지, 그 법의 진정한 수혜자가 누구인지 모호해진다.

인간의 삶의 단계마다 그 때에 맞게 아름다운 시간을 보내야 한다. 인간의 생명은 절대불가침의 가치를 지닌다. 특별히 스스로 방어할 능력이 없고 다른 사람에게 의존할 수 밖에 없는, 생명의 초기단계이든 마지막단계이든 어떠한 사유로도 사람의 생명을 손상하는 것는 인간의 도리에도 맞지 않고, 현행 헌법과 형법에도 맞지 않으며, 가사 특별법의 제정을 통해서라 하더라도 정당화될 수 없다.

특히, 국민의 지도자, 보건업무에 종사하느 공직자들은 생명을 보호하고 증진하는 특별한 소명을 받고 있음을 기억해야 한다.

'잊혀질 권리'와 '기억해야 할 의무'

수사단계에서 검사나 사법경찰관은 피의자가 진술한 대로 조서에 기재되었는지 여부를 묻고 증감 또는 변경의 청구 등 이의를 제기하거나 의견을 진술한 때에는 이를 조서에 추가로 기재하여야 하는데, 피의자가 이의를 제기하였던 부분은 읽을 수 있도록 남겨두어야 한다.(형사소송법 제244조) 재판단계에서도 변동사항을 그대로 남겨 두는 제도가 있다.

명예로운 것도, 부끄러운 것도 역사는 역사다. 일본인들이 식민지에서 저지른 만행이나 친일반민족행위자들이 자신의 안위와 영달을 위해 국가나 국민을 배신했던 일 등, 잊혀져서는 안 되는 것들이 있다.

역사는 과거와 현재의 대화이다. 우리는 역사를 통해 과거, 그리고 미래와 연결되어 있다. 뿌리 없는 나무 없고, 조상 없는 사람 없듯이.

정보통신기술의 발달과 인지능력의 향상으로 수많은 정보가 수집, 처리, 유통되고 있다. 정보사회의 명암으로 긍정적인 점과 동시에 부작용과 위험성이 함께 공존한다. 정보사회에서 헌법상 알권리나 표현의 자유와 개인정보자기결정권, 잊혀질 권리가 충돌한다. 보통 사람들은 자신과 연결되지 않은 정보나 자료에 관해서는 알권리나 표현의 자유로서 그 범위가 되도록 확대되는 것을 선호하면서도, 자기와 연결된 부정적이거나 불편한 정보나 자료에 대해서는 다른 사람에게 가급적 알려지지 않거나 최소한으로 유통되기를 바라는 이중적인 태도를 갖고 있다.

잊혀질 권리, 정보삭제청구권이라 함은 적법하게 알려진 정보나 자료에 대해서 과연 정보주체가 정보보유자나 정보유통자에 대해 정보삭제나 정보유통방지를 요구할 수 있느냐의 문제이다.

공적 영역과 사적 영역의 경계가 모호하고, 사적 영역이 정보주체나 시대, 환경에 따라 공적 관심사가 되기도 한다. 어떤 공동체든 존속, 발전하기 위해서는 그 역사와 자료가 보존되고 기억되어야 한다.

개인으로서의 '잊혀질 권리'와 병행해서 공동체로서는 '기억해야 할 의무'가 있다. 과거의 역사를 모르는 국민은 미래를 기약할 수 없다. 역사를 무시하는 국가나 국민은 다른 국가나 국민으로부터 존중받을 수 없다.

과거는 그 시대 상황에 따라 달리 해석되기도 한다. 기록이나 기억이 언제나 사실에 입각한 정확한 것은 아니다. 그렇다고 하더라도 '잊혀질 권리'가 '다른 사람들에게 잊어버리게 만드는 권리'로 까지 전개된다면 권리 간에 충돌이 불가피하다. 특히 '역사를 지우는 권리'로까지 확장될 수는 없다.

일본 정치지도자들이 역사를 왜곡하거나 역사적인 사실과 배치되는 발언을 하면 우리 국민은 '망언'이라고 비난한다. 역사는 불편하다고 해서 지우거나 변조, 왜곡할 대상이 아니다. 역사는 사실대로 기술하고 해석할 따름이다. 과거로부터 경험과 교훈, 지혜를 발굴해 현재를 살고 미래를 설계하는 밑거름이 되어야 한다. 21세기는 문화에서 가치를 창조해야 하는 시대이다. 문화가 최고의 가치가 되는 시대에, 개인으로서의 '잊혀질 권리, 정보삭제청구권'과 공동체로서 '기억해야 할 의무'가 조화롭게 공존할 수 있는 방안이 마련되어야 할 것이다.

자기방어의 권리인 정당방위의 부활

헌법 제1조는 "대한민국은 민주공화국이다. 대한민국의 주권은 국민에게 있고, 모든 권력은 국민으로부터 나온다." 라고 규정하고 있는데, 어떤 법이든지 총론 부분에 각론 부분에 앞서 해당 법의 목적과 근본규범을 선언하면서 그 핵심내용을 그 법의 앞쪽에 위치한다. 총론 부분은 각론 부분을 해석하는 지침이 되기도 한다.

자기 방어의 권리는 모든 사람의 권리이다. 모든 생명이 동등한 가치를 가진다는 것과 이율배반처럼 들릴 수도 있지만, 자기 생명을 돌보는 것은 타인의 생명에 대한 배려보다 앞선다. 자신의 생명권을 스스로 보호하는 것은 인류보편의 요청이다.

그럼에도 현실에서는 형법 제21조 제1항 "자기 또는 타인의 법익에 대한 현재의 부당한 침해를 방위하기 위한 행위는 상당한 이유가 있는 때에는 벌하지 아니한다."는 정당방위에 관한 규정 취지가 제대로 구현되지 않고 있어서 아쉬움이 많다.

지하철역 10미터 이내 금연구역에서 유모차에 아기를 태우고 가던 20대 여성이 담배를 피우던 50대 남성에게 '담배 좀 꺼 주세요!' 라고 말했다가 뺨을 맞고 그 남성을 손으로 밀쳐냈던 일로 쌍방폭행 피의자로 조사를 받았던 사건이 언론에 보도되었다.

정당방위임에도 피의자로 입건된 후 기소유예 처분을 받게
되면 헌법재판소에 불복신청을 하여 구제를 받게 되고, 기소가
되면 법원에서 정당방위임을 입증하여 무죄 선고를 받을 수는
있지만, 그렇게 하려면 적지 않은 시간과 열정, 비용을 필요로
하고, 억울한 그 사람은 불안하고 불편한 마음으로 그동안 살
아야한다.

쌍방폭행 사건처럼 보이더라도 한 쪽 당사자가 실제는 피해
자인 경우, 양비론의 입장에서 양 당사자간 벌금액의 차이를
두는 것으로, 또는 가해자는 기소하고 실제 피해자는 기소유예
처분을 하게 되면, 진정한 피해자는 억울하고 원통하게 된다.

갑작스런 폭력에 무자비하게 피해를 입는 과정에서 이를 뿌
리치거나 심한 공격을 받다가 이를 밀쳐내는 과정에서 가해자
가 다치거나 심지어는 가해자가 폭력을 행사하는 과정에서 상
처를 입은 경우에도 자칫 사안의 경과를 제대로 판단하지 못하
면 쌍방폭행 사건으로 정리되고 만다.

자기 또는 이웃이 피해를 입는 긴급한 상황 하에서 자연스럽
게 행해지는 상당한 행위는 자연권으로서 보호되어야 한다. 누
구라도 다른 선택의 가능성이 없는 경우라면 정당방위를 인정
해야 한다. 피해를 자초하였거나 범죄를 유발한 경우를 말하는
것은 아니다.

오십보백보라거나 양비론의 입장에서 형사사건을 바라볼 일

은 아니다. 정의가 불의와 뒤섞여서는 안 된다. 정당방위를 인정하기 위해서는 수사기관이나 재판기관에서는 종래의 업무처리 관행에서 벗어나 현실을 새롭게 인식하고 법률가로서 어려운 결단을 해야 한다. 불의를 저지르는 사람이 오히려 형법에 의해 보호되는 모순적인 상황은 더 이상 발생되지 않아야 한다.

법규정을 단순하게 문리해석하는데 그치거나, 개념법학적으로 적용하는데서 탈피하여, 이제는 형법 총론 부분에 있는 '정당방위' 규정의 본래의 목적과 정신을 부활시켜야 한다.

장애인신탁

신탁에는 은행, 증권회사, 보험회사, 부동산신탁회사의 금전신탁, 증권투자신탁, 부동산신탁(관리신탁, 처분신탁, 담보신탁, 개발신탁)이 주로 이용되고 있다.

신탁은 신탁자가 수탁자를 신뢰하여 수탁자에게 재산권을 이전하거나 담보권을 설정하는 등 처분을 하고 수탁자는 수익자를 위해 그 재산을 관리, 처분, 운용, 개발 등의 행위를 하는 법률관계이다.

신탁재산은 신탁자와 수탁자 및 그들의 채권자로부터 독립되어 있고, 신탁재산 그 자체를 목적으로 발생한 권리에 따른 강제처분을 제외하고는, 원칙적으로 채권자들이 경매, 가압류, 가처분, 국세체납처분 등 강제집행이 금지된다.

신탁재산은 등기, 등록 등의 방법으로 신탁재산임을 표시하여 공시되며, 수탁자의 고유재산과 구별된다.

수탁자는 분별관리의무와 책임이 있고, 관리 잘못으로 손실이 발생한 경우 손해배상책임이 발생하며, 수탁재산과 수탁자의 고유재산간 귀속이 불명한 경우에는 수탁재산으로 추정된다.

신탁재산은 수탁자 사망시 그 상속인에게 상속되지 않고 신

수탁자나 신탁재산관리인에게 인계된다. 수탁자 이혼시 재산 분할대상이 되지 않으며, 파산시 파산재단이나 회생재단에 포함되지 않는다.

신탁종료시에 청산절차 등이 진행되며, 잔여재산은 수익자 또는 잔여재산수익자 등에게 귀속된다.

신탁에는 신탁자가 스스로 수탁자가 되어 자기의 재산을 신탁재산으로 설정하고 그 관리, 처분을 통해 발생하는 이익을 수익자에게 귀속하고자 하는 신탁선언제도가 있다. 그 신탁자가 사망하더라도 수익자는 계속 보호된다.

다만, 강제집행을 면탈하거나 탈세 등 부정한 목적으로 자기신탁하면 그 채권자 보호를 위해 법원에 신탁의 종료를 청구할 수 있도록 하고, 신탁자가 사해신탁하면 민법상 채권자취소권과 같이 그 채권자는 수탁자나 수익자에게 신탁의 취소와 원상회복을 청구할 수 있다.

오늘날 고령화사회에서 선천적 또는 후천적으로 신체적, 정신적 장애가 많이 발생하고 있다. 스스로를 보호할 능력과 의지가 부족한 경우 국가적으로나 사회적으로 여러 복지시설과 복지제도가 있기는 하지만, 모든 복지수요를 충족할 수는 없다. 물론 민법상 후견제도가 더욱 활성화되어 어려운 처지에 있는 분들에게 적절한 보호대책이 되어야 한다.

선함과 동시에 악성을 가진 사람에 의존하지 않고, 사람이

바뀌거나 변해도 법제도적인 사회안전망으로 스스로 보호할
수 없는 사람들을 위한 제도가 필요하게 된다.

장애인을 위해 신탁제도가 유용하고 적절한 대책으로 활용
되면 좋겠다.

치매나 지적장애인을 둔 가족이나 보호자들이 끝까지 돌볼
수 없는 경우, 자신의 재산을 신탁재산으로 자신을 수탁자로
신탁을 설정하여 그 재산을 관리, 처분하여 그 수익으로 피보
호자를 보호하며, 보호자 사후나 보호자가 더 이상 직접 피보
호자를 돌볼 수 없게 되면 신 수탁자나 법원이 선임하는 신탁
재산관리인이 신탁재산을 관리, 처분하여 그 수익으로 피보호
자를 지속적으로 보호할 수 있게 된다.

더 나아가 공익 목적의 신탁제도도 더욱 활성화되기를 소망
한다.

전속고발권의 폐지

특정 국가기관이 고발해야만 사실상 수사가 진행되고 재판에 회부할 수 있도록 하는 전속고발제도는 행정제재를 우선하고 형벌을 최후 수단으로 하고자 하는 정책적 결단이다.

그런데 전속고발권을 자의적이거나 소극적으로 행사한다는 비판이 지속적으로 제기되고 있고, 특히 대기업과 재벌에 친화적인 고발권의 소극적인 행사로 경쟁기업이나 소비자의 헌법상 권리인 재판절차진술권, 소비자기본권, 행복추구권 등이 침해되고, 법 앞의 평등 정신에 위배되는 사례가 적지 않다.

그 결과 전속고발권의 남용이나 고발권 불행사로 법령집행의 형평성, 실효성에 의혹이 제기됨은 물론이고 고발기준을 공정하게 규정하고 고발권이 투명하고 적정하게 집행되어야 한다는 근본적인 대책 마련이 절실한 실정이다.

일부 국가기관에 고발요청권을 부여하여 일정한 범위에 한하여 사실상 전속고발권 행사를 강제하도록 개정된 규정만으로는 여전히 한계가 많다.

형사정책은 국가정책 중에서 최후의 수단이 되어야 한다. 또한 경제정책이나 형사정책이 기업활동의 위축을 초래해서는 안 된다. 그렇다고 하더라도 수사착수 및 공소제기 여부에 관한 1차적인 결정권을 가지는 전속고발제도에 있어서, 그것은 자유재량이 아니고 기속재량으로서 합리적인 범위에 따라 행사하여야 할 의무가 있다. 그 권한을 제대로 행사하지 않거나 차별적으로 행사하여 재량권을 남용함으로써 불평등한 법적용의 결과를 가져오거나 합리적인 권한 범위를 초과하는 경우에는 재량권 남용과 직무유기에 해당된다.

사경제주체의 범죄행위에 관해 사경제주체인 기업이나 개인이 고발할 수 없거나 그러한 고발이 법적으로 아무런 효력이 없다는 것은 국가소추주의나 기소독점주의를 도입한 취지와도 모순된다.

전속고발제도 도입 당시 경제발전과 산업부흥을 위해 국가적 차원에서 조정하고 통제하는 등 정책적 필요성이 있었다 하더라도, 이제 세계경제대국으로 성장한 우리나라의 경제규모에 비추어 전속고발제도는 재검토되고 원칙적으로 폐지되어야 한다. 예외를 원칙으로 변칙적으로 운용되는 제도는 이제 정상화되어야 한다. 경쟁력은 기술력과 공정한 경쟁을 통해 장기적으로 확보되어야 한다. 특히 불공정한 법집행은 공정사회의 기초를 흔드는 가장 큰 적폐이다. 제도의 변경에 따르는 다소의 혼란과 고통은 성장, 발전의 비용으로 반영되어야 하고, 일시적으로는 감수하여야 한다.

오랫동안 입었던 옷이 편한 것처럼 어떤 제도가 설령 공정하지도 정의롭지도 않음에도 이미 거기에 순응하게 되면 그 폐해나 부작용을 제대로 알지 못하며, 더 나아가 알고자 하지도 않는다.

공적인 권한은 해당 기관이나 소속 구성원의 권리가 아니고 국가의 주인인 국민을 위한 의무임에도 자칫 권리로 잘못 인식되고 그렇게 행사되어 왔던 역사가 있다. 전속고발제도의 폐지에 관련 국가기관은 아직 기대만큼 적극적이지 않다. 이제 그러한 권한을 내려놓아야 한다. 투명하고 공정한 사회가 되어야 한다. 불공정한 현상에 대한 개선을 위해서는 미봉책이 아니라 근원적인 대책을 마련해야 한다. 권력의 독점이 아니라 권력의 분산이 화두인 이 시대에 걸맞지 않는 전속고발제도의 전면적 폐지로 공정한 세상이 더 일찍 열리길 기대한다.

정책실명제

자랑스러운 것도, 부끄러운 것도 다 역사다. 그 평가는 동시대 사람들도 하지만, 후세의 평가가 좀 더 객관적이고 공정할 가능성이 높다. 우리나라 역사든 세계사든 기록은 새로운 시대에 다시 부활하여 되새겨진다. 기록해 두지 않으면 기억되지 못하고 망각되기 쉽다.

어떤 정책에 관한 기록은 그 업무담당자에게 책임성과 전문성을 요구하고 증진시킨다. 현재의 기록은 미래의 이정표가 된다. 뿌리 없는 나무가 없듯이 개인이든 사회든 국가든 어떤 공동체든 그 역사는 기록으로 남겨야 한다. 중복된 업무추진으로 인한 불필요한 인력·예산·시간 낭비를 줄이고, 그 부작용과 문제점을 최소화하며, 시행과정에서 얻은 노하우를 업그레이드의 기초로 삼을 수 있고, 역사의 심판을 통해 공과를 분명히 해 후세들에게 지침을 준다.

과거 없는 현재 없고, 현재 없는 미래 없다. 과거 왕조시대에도 역사적인 기록을 남겨 오늘날 우리가 그 사실(史實)을 토대로 인지활동을 확장, 변화시켜가고 있다. 세상 일은 결국 시작과 함께 기록되고 기록으로 마쳐진다.

곳곳에 설치된 CCTV는 사생활 침해, 행복추구권 침해라는 비판도 있지만, 현실적인 필요성으로 그 설치 및 활용이 증가하고 있다.

공적 영역에서 모든 정책은 투명하고 공정하며 적정하고 충실하게 검토되고, 집행된 다음에는 반드시 적정한 사후평가를 해야 한다. 그 시행에 따른 긍정적 효과와 부정적 효과를 모두 기록으로 남겨야 한다.

정책실명제는 정책수행자가 바뀌어도 그 직무의 일관성, 계속성을 담보할 수 있게 된다. 직무 담당자가 바뀌더라도 기존의 정책들이 폐기되지 않으며, 시간의 연속성 상에서 집단지성collective intelligence으로 미래지향적인 지혜를 발견, 모색해 갈 수 있다.

공인은 그 직분을 내 마음대로 할 수 있다는 오만함을 버려야 한다. 공인은 공동체 구성원들의 뜻을 수렴해서 그 직분을 추진해야 하는 소명을 받은 사람이다. 내부적, 외부적 평가와 비판을 경청해야 한다. 또한 기록은 지혜의 보고, 보물창고와 같다. 기록은 선현들의 지혜를 전달받는 통로로서, 동서양의 고전이나 성현들의 지혜는 오늘의 삶에 큰 영향을 준다. 과거를 통해 온고지신하고 역지사지하게 된다.

한편, 잘못된 역사는 진정한 반성과 환골탈태하는 혁신이 없으면 그 잘못이 되풀이된다. 진정한 용기는 옳은 것은 옳다하고 그른 것은 그르다 라고 말하고 실천하는 것이다. 불의에 침묵하는 것은 불의에 동조하고 동참하는 것이다. 공적 직분을 담당하는 자는 공동체를 위해 존재하는 파수꾼이다. 불의를 가차없이 거부하는 진정한 용기가 필요하다.

공적 기관이든 사적 집단이든 여러 사람의 합의라는 익명의 울타리 뒤에 숨어서 무책임해서는 안 된다. 그래서 모든 정책 수립과 집행은 실명제로 그 담당자들의 이름을 분명하게 기록해 놓아야 한다. 모래사장이나 눈밭에 새겨 놓은 글은 금새 사라지지만, 문서에 남겨진 이름은 오래오래 기억되고 평가되며 인구에 회자될 것이다.

'눈 덮인 곳에서 걸어갈 때에는 뒤에 오는 사람에게 이정표가 되니 함부로 걷지 마라'는 글귀를 명심할 일이다.

제조물 결함으로부터 국민의 안전을!

　모든 인간은 다른 사람과 비교할 수 없이 귀중한 존재임에도, 다른 사람의 생명과 안전을 희생하면서 부를 생산하거나 축적해서는 안 된다. 사람의 생명에 치명적인 손상을 주는 것을 알면서도 기업이윤의 증식에만 관심을 기울이는 부패하고 부조리한 모습이 아직도 우리 주변에서 자주 보인다.

　더 나아가 제조업자가 속한 국가의 통제 수준이 소비 국가의 통제 수준보다 높은 경우에는 소비 국가의 국민들이 희생양이 되는 사태도 발생하고 있다.

　최근 가습기 살균제로 수많은 죽음과 생명 손상에 대해 국민들의 관심이 일고 있다. 사람의 생활 방식이 변하고 소비하는 물품도 다양화되면서 이에 병행하여 과거에는 없었던 부작용과 폐해도 발생하고 있다.

　생활 도구들의 결함은 눈에 쉽게 드러나지 않으며, 사람의 신체에 누적되어 잠복기간을 거쳐 사람의 건강을 해치고 생명을 잃게 하는 엄청난 결과를 초래하기도 한다.

　그렇지만 피해자나 소비자는 위 도구들의 결함의 존재나 그 결함과 손해 발생간의 인과관계 등을 입증하는데 많은 어려움이 있다. 결함 있는 제품의 제조에 관한 자료나 정보가 제조업자에게 편중되어 있고, 소비자는 그 결함이나 인과관계를 입증할 전문성이 부족하다.

그러다 보니 제조업자는 결함 있는 제품을 제조하여 소비자들에게 판매하거나, 제품 공급 후에 제품에 결함이 있다는 사실을 알면서도 손해 발생을 방지하거나 줄이는데 최선을 다하지 않는 사례들이 있다.

결함이 없는 제품을 만들어 판매하는데 들어가는 비용보다는 결함이 있는 상태로 판매하고 나서 피해 배상을 하는 비용이 더 적게 들기 때문이다.

수단가치에 불과한 삶의 도구가 목적가치인 생명 존재 자체나 삶의 목적을 위협해서는 안 되며, 위협받지 않도록 제도를 정비하고, 안전에 대한 국민들의 인식을 제고해야 한다.

제조나 가공, 공급을 통해 위험이나 안전성에 결함 있는 제품을 만들어 내고 그 공급을 통해 수익을 낸 것이라면 마땅히 그 위험에 대해서 책임을 부담하는 것이 공평하고 정의로운 것이다.

2002. 7. 1.부터 시행되고 있는 제조물책임법은 피해자보호에 부족함이 많고 국민 생활의 안전을 향상시키는데 한계가 있으므로 획기적으로 개정되어야 한다.

물론 블랙컨슈머의 허위 주장을 통한 배상 요구나 소송남발에 대해서는 제조업자 등을 보호하고 경제질서에 혼란이 발생하지 않도록 해야 한다.

인간 생명을 경시하는 비윤리적인, 불법적인 기업과 기업경영자는 이제는 퇴출될 때가 되었다.

이제는 제품의 편의성만 앞세울 것이 아니라 제품의 안전 기준을 더욱 높이고, 소액의 다수 피해가 발생하는 상황에 적절하게 활용될 수 있도록 집단 소송제도도 확대하며, 사후 대책이긴 하지만 피해 배상에 관련한 보험이나 공제제도 확대 및 징벌적 손해배상 제도도 적극 도입되어야 한다.

기업윤리가 실종되고 돈을 최우선 가치로 여기는 황금만능주의로는, 진정 건강하고 행복한 삶, 안전한 사회를 이룰 수 없다. 인간의 생명 가치가 가장 우선의 가치임을 누구나 인정하고 존중할 때 이 세상은 더욱 멋진 세상이 될 것이다.

중독中毒의 치유

1970년대와 1980년대에는 언론에 연탄가스 질식으로 사망하는 일이 종종 보도되어 그 소식을 듣는 이들을 안타깝게 하였다. 오늘날 길거리에서는 사람이 걸어가는 것인지, 인간의 모습을 한 기계가 걸어가는지 헷갈리는 장면을 쉽게 목격하게 된다. 21세기 물질문명의 홍수 속에서 돈이나 명성, 권력 등 외견상 힘이 있을 것으로 보이는 것들에 대한 지나친 집착은 물론이고, 휴대폰을 하면서 길을 걸어가는 일로 다른 사람들에게 불편을 주거나, 마약, 도박, 게임, 인터넷, 술, 수면제, 심지어는 성형에 집착하는 성향까지 중독현상은 만연되어 있다. 이러한 것들이 행복을 가져다 줄 것이라는 환상에 젖어 사는 사람들이 존재한다. 이러한 것들에 집착할수록 인간성 자체가 점점 더 황폐해져 간다. 심지어는 공적인 직분을 담당하게 된 사람들 중에는 권력에 취해 직분의 엄중함을 망각한 채 자신이나 소속 집단의 이해에 따라 권한을 남용하여 국민들의 공분을 사기도 한다.

사람은 기쁨, 쾌락, 성취감을 얻기 위해 어떤 것에 집중하게 된다. 그것이 누적되고 일상화되면 어느새 거기에 푹 빠져 헤어

나오지 못하게 된다. 더 많은 것, 더 큰 것, 더 자극적인 것, 더 힘 있는 것, 더 더 더…… 만족할 줄 모르고 끝이 없다.

중독은 육체와 정신을 쇠약하게하고 혼돈스럽게 한다. 불나방처럼 불에 타 죽어가는 지도 모른다. 쾌락주의와 소비주의는 인간 스스로를 소모품처럼 만들어간다. 개인주의적 삶은 점점 더 인간을 소외시킨다. 그로 인한 궁핍함, 공허함을 외부에서 채우려 한다. 삶의 어려움에서 일시적으로 회피하고 해방되는 기쁨을 주는 것으로 착각한다. 그러면서 갈팡질팡 혼란과 모순이 되풀이되는 것이다.

육체적이든 정신적이든 중독中毒은 질병이다. 중독의 마지막은 육체적이든 사회적이든 죽음이다. 중독된 그 사람만이 아니라 주위에 있는 사람들에게까지 부정적인 영향을 미치는 것이 다반사이다.

과유불급이다. 뭐든 지나치면 부족함만 못하다. 중독은 자기만의 세계에 스스로를 고립시키는 것이다. 사회적 관계의 단절이다. 내가 삶에서 스스로 주인이 되지 못하고 피동적인 존재로, 심지어는 다른 사람에 의해 조종당하는 것은 인간의 존엄을 크게 해친다.

무엇이든 삶의 도구가 삶의 목적이 되면 인간은 인간다움을 잃은 삶을 살게 된다. 삶에 필요하기는 하나 그 도가 지나치면 인간을 종속시키기까지 하는 돈이나 명예, 권력, 술, 담배, 오늘날 크게 유행하는 성형이나 휴대폰, 심지어 일 자체도 중독성을 가져올 수 있음을 우리는 분명하게 인식해야 한다. 그래야 개인적으로든 사회적으로든 그것에서 벗어날 수 있는 계기가 된다.

강박, 집착, 중독으로부터 탈출해야 한다. 스스로 탈출할 수 없으면, 이웃에서 탈출할 수 있도록 도움을 주어야 한다. 누구라도 중독에서 치유되고 회복되어야 한다. 해가 지면 어둠이 오고 다시는 해가 떠오르지 않을 듯 하여도 내일이 되면 또 다시 해는 떠오른다. 그렇듯이 중독에서 새롭게 태어나야 한다. 더불어 행복한 세상, 이런 우리 모두의 소망이 이루어지면 좋겠다.

진정 선진국이란

병역의무를 이행한 사람이 존경받고,
군 복무를 자랑스럽게 여기는 사회

병무청은 2004년부터 병역명문가 선양 업무를 추진해 금년까지 총 2,871가문을 선정하였다. 병역명문가는 3대 모두 현역의 복무를 명예롭게 마친 가문을 말한다. 현재 고위 공직자나 고위 정치인 가운데 위 가문에 포함되는 분은 손에 꼽을 정도다.

우리 헌법 제39조에는 '모든 국민은 법률이 정하는 바에 의하여 국방의 의무를 진다.'고 규정하고 있고, 국방의 의무는 국가가 형성된 이래 납세의 의무와 함께 국가를 유지하기 위한 기본적인 국민의 의무로서 존재해 왔다.

서양에는 '노블레스 오블리주'라는 말이 있다. 부나 권력, 사회적 지위나 명예 등 높은 지위와 신분에 상응하여 국가나 국민을 위해 도덕적인, 사회적인 의무와 책임을 다한다는 뜻이다.

로마 귀족들은 사회적 지위를 누리면서 동시에 나라가 어려울 때는 자신을 희생하며 솔선수범하여 목숨을 바쳤고, 현대에도 영국에서는 세계 1차 대전과 2차 대전에서 이튼칼리지 졸업생 수 천 명이 사망하였다. 1982년 포클랜드 전쟁시 엘리자

베스 여왕의 차남 앤드류가 헬리콥터 조종사로 참전하는 등, 선진 외국의 사회적 지도층은 전쟁에 솔선해서 참전함은 물론이고, 생명을 바쳐서까지 국가와 국민을 위해 살아온 전통이 있다.

우리나라에서는 사회지도층으로 갈수록 '병역'을 대화의 주제로 삼지 못하는 '불편한 진실'이 있다.

고위직 청문회에서는 당사자 본인이나 아들의 병역 기피 의혹이 자주 등장한다. '세칭' 고위층이나 그 아들들의 병역 이행 정도는 보통사람의 평균에 크게 미치지 못한다. 그러고도 부끄러워할 줄 모르는 것 또한 이 시대의 트렌드이다. 군대 갔다 온 사람이 오히려 못 난 사람 취급받기도 한다.

국적을 포기하거나 취업 등을 빙자한 연령초과로, 병역을 면제받거나 기피하는 인원이 연간 1만 명 가까이 된다. 그 결과 정직한 병역 복무자들의 배신감과 상대적 박탈감을 자아내고 있고, 심지어 병역대상 연령까지는 외국인으로 살다가 그 시기가 지나면 우리나라 국적을 다시 회복하는 경우도 있다.

국가와 사회가 존재하므로 국민 한 사람 한 사람의 삶과 행복이 존재할 수 있다. 그럼에도 나나 내 아들은 군에 가지 않고 그 기간에 국가고시 준비나 학업이나 재능 계발 등, 이기적으로 살아온 사람들이 국민으로부터 존경받는 지도자, 지도층이 되고자 하는지 이해하기 어렵다. 공동선은 안중에 없고 자기 밥그릇이나 남들이 부러워하는 직분이나 역할에는 앞다투는 모습에서 존경과 신뢰는 설자리가 없다.

개개인별로 나름의 사정이야 있을 것이다. 그렇다면 국가의 직접적 병력형성에는 참여하지 못하는 만큼 최소한 군 복무에 소요되는 기간 대가성 없이 자기의 시간과 에너지, 재능을 다양한 (봉사)활동을 통해 사회와 이웃에 헌신함으로써 더불어 살아가는 진정한 모습을 보여야 하지 않을까? 최소한 국방과 관련되는 직분은 스스로 회피하는 것이 염치를 아는 사람으로서의 상식과 도리가 아닐까?

집단피해와 관련한 사법시스템의 변혁과 활성화

정보화사회이자 익명사회인 오늘날 다수인이 관련된 분쟁이 점점 증가한다. 대량생산과 대량소비 시대에 다양한 물품이나 용역에 관하여 많은 소비가 일어나고 그 과정에서 동일하거나 유사한 피해가 발생하며, 도시화로 인구가 집중되는 도시에서는 각종 환경분쟁이 발생한다.

또한, 해킹으로 금융회사에서 개인정보를 불법적으로 획득하거나 업무실수로 금융회사에서 개인정보가 누설되는 사례, 공시내용 중 중요사항에 거짓이 있거나 미공개중요정보 이용행위, 시세조종이나 부정거래행위로 증권매매에 따른 피해를 입는 사례에서 보듯이, 집단적인 피해가 다양한 분야에서 발생하고 있다.

우리나라에서는 위와 같은 소비자 피해, 환경 피해, 개인정보보호 위반, 증권관련 집단적인 피해 등, 일정 인원 이상의 소비자등에게 피해가 발행한 경우 집단 소송이 가능하다.

그러나 이러한 집단적인 현상에 대해 기존에 설계된 통상의 재판절차만으로는 그 과제를 쉽게 해결할 수 없고, 국민들의 법적 구제에 어려움이 따른다.

집단적인 피해를 야기한 기업에 대해서 개별적인 피해자가 각자 현행 사법의 제도 속에서는 그 피해회복의 성과를 거둘 수 없을 뿐 아니라, 비록 개개인별로는 피해금액이 많지 않을지라도 전체 피해자들의 피해총액은 무척 많은 사안의 경우 개개인이 자신의 피해를 회복하기 위해 개별적인 소송을 제기한다는 것은 그리 쉬운 일이 아니다.

또한 모든 피해자들이 그러한 소송을 개개인별로 법원에 제기한다면 법원은 그러한 상황을 감당하기가 쉽지 않다.

현재 집단소송 제기 주체를 일정한 자격요건을 갖춘 단체나 법인에 한하고, 권익침해행위의 금지나 중지, 조정신청 등 사전절차를 거쳐야 하며, 법원의 허가를 받아야 하는 등 여러 전제조건을 충족해야 집단소송을 제기할 수 있고, 청구기각시 재소에 상당한 제한이 있다.

따라서, 집단소송 제기 요건에 관하여 좀 더 전향적으로 검토가 필요하다. 또한 집단소송은 현재 소비자기본법, 개인정보보호법, 환경분쟁조정법, 증권관련집단소송법에만 국한하여 도입되어 있는데, 그 분야를 더욱 확대할 필요가 있다.

집단적인 분쟁에 대한 기존의 사법절차만으로는 새로운 사회 현상에 대해 해결방안이 될 수 없음은 공지의 사실이다. 따라서 사법의 공급자인 국가(입법부와 사법부)의 입장이 아니라 사법의 소비자인 국민이나 다수의 피해자들의 입장에서 집단적인 분쟁 해결 제도를 재설계해 나가야 한다.

물론 속칭 '기획소송'으로서 사회적으로 부작용을 가져오는 사례도 없지는 않으나, 현재 인터넷을 통해 공동소송인단을 모집하는 등 집단 소송을 유도하고 있는 현실을 간과해서는 안 된다.

하루빨리 새로운 시대, 새로운 상황에 맞는 새로운 사법시스템을 마련해서 진정 국민이 사법의 주인이 되면 좋겠다.

초심으로 돌아가자

사람은 태어나면서 많은 사람들의 축복을 받는다. 성장하면서도 음으로 양으로 가정과 학교 그리고 사회에서 생각할 수 없을 정도로 많은 축복을 받고 살아간다. 자신의 노력과 지혜만으로 살아가는 사람은 없다. 그러한 축복에는 함께 살아가는 이웃과 자연에 대해 마땅히 감당해야 할 직분과 소명이 따른다.

그런데, 사람들은 그 축복을 당연하게 생각하고 각자의 타고난 달란트와 직분과 소명을 가끔씩 잊은 채 살아간다. 살면서 받은 많은 축복과 자신의 정체성을 망각한 채 자신의 직분에 충실하지 못한다. 결초보은하겠다는 첫 마음은 어디로 간데 없이 선량한 이웃들의 기대와 신뢰를 여지없이 뭉개버리고 은혜를 저버린 채 세상적인 논리에 따라 살아가는 현실이 참으로 안타깝기만 하다.

성직자 중에도 서품식장에서 많은 신자들의 축복과 기도 속에서 서약을 하지만 거룩한 직무를 성실히 수행하지 못한 채 힘들다고 푸념하고 실망으로 지치고 장애물에 넘어지고 결국 소명과 직분에 충실하지 못한 채 생활인으로서 살아가는 사례도 있다.

가정에서도 그렇다. 수많은 이혼 사건에서 보듯이, 결혼식에서 잘 살 때나 못 살 때나, 즐거울 때나 괴로울 때나, 건강할 때나 병들었을 때나, 언제나 서로 사랑하고 존경하며 신의를 다하겠다고 했던 서약은 갈등과 긴장 속에서 살다보면 한낱 휴지조각처럼 내팽개쳐진다.

이제 누구나 어떤 직분에 놓여 있든지 처음 서약할 때로 돌아가야 한다. 그 때의 자세를 기억하고 본래 있어야 할 자리로 돌아서야 한다.

공직자도 사업가도 예술가도 직장에서나 가정에서나 사회에서나 처음 시작할 때, 처음 맹서할 때로 돌아가야 한다.

돈 벌겠다고 공직자가 되거나, 불공정하게 갑질해서 부자되겠다고 사업가가 되거나, 아름답지 못한 활동과 성과로 명성과 부를 쌓으려고 예술가가 되고자 했던 사람들이 과연 있을까?

회심은 그리 어려운 것도 아니다. 마음 한 번 돌아서면 충분하다. 한 번에 바로 완성될 수는 없다. 한 번에 어려우면 두 번에, 아니면 세 번에 확실히 돌아서면 된다.

생각을 바꾸고 행동을 바꾸고 습관을 바꾸면 그 사람의 인생이 변할 뿐 아니라 그 이웃도, 그 사회도 더불어 행복하게 된다.

그동안 불의를 저지르거나 불의와 타협하고 불공정에 편승했다면 그에 상응하는 보속이 필요하다. 인간적인 계산만으로는 셈법이 쉽지 않을 수 있다. 그래도 어느 정도는 현실에서 스스로 보속하는 것이 아름다운 일이다.

또한 어떤 사람이 과거의 잘못으로부터 돌아서는 것을 다른 이들은 관대히 수용할 수 있어야 한다. 과거의 그 모습에 집착해서 이미 탈바꿈한 그 사람을 과거의 시각으로 재단해서는 안 된다.

첫 마음으로 돌아선 이웃들을 넓은 아량으로 포용하여 공동체 구성원들이 함께 아름다운 세상을 만들어가면 좋겠다.

콩 심는데 콩 나는 위원회의 혁신

기업에게 독점권을 부여하는 심사에서 특정 회사를 선정하려고 그 평가기준을 임의로 결정하고 평가기관의 의견이 반영될 여지가 있는 위원들로 심사위원을 구성하여 심사를 진행하게 되면 그 결과는 명약관화하다.

본래 이해관계가 상충되는 사안에 관해 다양한 의견을 반영하고 전문성과 공정성을 담보하기 위해 위원회를 두고 있다. 고위공직자 임명을 위한 추천위원회도 위원들의 심의를 통해 후보자를 복수로 정하고 인사권자가 그 중 한 명을 낙점한다.

그런데 위원회의 위원 구성에서 인사권자가 위촉한 위원들이 전체 위원 중에서 상당부분을 차지하여 인사권자의 영향력으로부터 독립하여 심의·의결하는데 한계가 있다.

위원회의 심의·의결에 앞서서 위원들에게 정보를 제공함에 있어서 인사권자가 미리 염두에 둔 후보에 대해서는 선정될만한 사유를 좀 더 설명하고, 다른 후보들에 대해서는 선정되지 아니할 사유를 좀 더 강조하는 방식으로 회의가 진행되는 경우도 있다고 한다.

그리하여 위원 선정과 위원회 운영에 관하여 많은 비판이 지속적으로 제기되어 왔다. 위원회 회의록이 공개되지 않아 어떤 경위로 심의·의결이 이루어졌는지 알 수 없고, 직연·지연·학연 등 비합리적인 사유가 영향을 미치지 않았나 하는 등 그 결정의 공정성과 적정성에 의혹이 제기되기도 한다.

21세기는 정보가 공개되는 시대이다. 위원회의 구성이 객관적이고 공정하게 이루어지지 않으면 콩 심은 데서 콩 나듯 그 위원회의 결과는 주관적이고 불공정하게 된다. 입법이든 사법이든 행정이든 비공개되는 밀실에서 이루어지면, 그 결정에 참여한 사람들의 야합이나 특정 직역의 이익이 우선시될 우려가 있고, 그 부조리와 부작용은 국민들의 삶에 큰 영향을 준다.

위원 중 상당 인원은 당연직으로, 일정 인원은 인사권자가 위촉하는 현행 방식으로는 특정직역 종사자들이나 인사권자의 의견이 반영될 수는 있지만 국민의 의견을 제대로 반영하는데 한계가 있다.

따라서 위원회는 인사권자의 입김에서 벗어난 위원들로 구성하고, 심사 기준과 과정도 공정하고 투명해야 하며, 회의록과 회의자료는 국민들의 알권리 보장 차원에서 공개되어야 명실공히 위원회제도의 본래 목적이 달성된다.

국민은 관객이 아니고 주인이다. 배심원이 참여하는 형사재판처럼, 특정직역종사자들의 뜻이 아니라 일반 국민들의 뜻이 제대로 반영되는 위원회제도를 시행하는 것이 옳다. 과거의 관행이나 기존의 질서를 고집하면서 새롭고 정의로운 사고를 하지 못하는 것은 구시대의 유물에 불과하다.

위원 선정은 물론이고 위원회의 심사 과정과 결과가 국민에게 공개되는, 진정 공정하고 투명한 위원회 제도로 혁신될 때, 위원회 제도는 비로소 국민에게 희망과 믿음을 줄 수 있게 될 것이다.

통역을 받을 권리

재외국민이 700만 명, 국내 거주 외국인이 180만 명, 한 해에 외국에 출입하는 한국인과 우리나라에 출입하는 외국인은 총 6,000만 명을 넘는다.

아버지를 아버지라, 형을 형이라 부르지 못하는 일이 오늘날에도 있다. 입이 있어도 말할 수 없고, 말을 해도 그 뜻을 제대로 전달할 수 없는데, 이를 방치한다면, 그것은 동등한 인격체로 존중하는 것이 아니다. 혹시나 무지와 편견, 잘못된 관행, 수사나 재판을 받는 사람들을 을z로 보는 논리와 시스템이 조금이라도 존재한다면, 이제는 변해야 한다. 미국에 사는 한국인 어머니가 모정母情으로 도의적인 감정에서 "내가 잘못했다, 내 책임이다, 내게 과오가 있다."고 말했을 때 형사책임을 시인하는 진술이라고 할 수는 없다.

법정과 수사기관에서 국어에 의한 일상적인 대화에 상당히 지장이 있는 사람은 내외국인 구별없이 통역이 필요하다.

그런데 현실은 어떠해 왔는지? 피조사자가 국어를 못하는 경우 피조사자의 일행이나 음식점 종업원이나 대학생, 주부 등 다양한 사람들이 통역에 참여해 왔던 적이 있었다. 법률용어의 의미나 수사 및 재판절차에 관한 식견이 부족한 상태에서 제대로 된 통역이 이뤄졌는지 안타까웠던 기억이 있다.

같은 언어를 사용해도 세대간, 지역간, 계층간 생각과 뜻이 달라 소통이 제대로 되지 않는 사례도 많다. 말은 뜻이 복합적이고, 문맥이나 대화자의 전제 상황에 따라 의미가 달리 해석될 수 있다. 특히 형사소송절차에서는 말이 조금만 달라도 엄청난 차이가 발생한다.

형사소송절차는 나라마다 역사와 문화, 사회 환경 등 다양한 요소에 의해 해당 국민들의 총의를 반영하여 그 시대마다 지속적으로 변해간다.

대한민국의 형사소송절차 및 소송관계인의 권리, 한국어의 의미나 쓰임새, 한국의 역사와 문화, 생활방식 등 말로 표현되지는 않지만 실제 삶의 모습에 한량없는 영향을 미치는 부분까지 과연 제대로 통역할 수 있는지 실로 두려움이 크다.

국가가 통역을 제공하는 것은 은혜를 베푸는 것이 아니라 의무이다. 통역을 받는 것은 사건관계인의 권리이며, 우리 헌법과 국제조약에 따라 헌법상 공정하고 적정한 재판을 받을 권리의 보장에 따른 당연한 귀결이다.

사법의 정의는 내외국인에게 차별없이 실천되어야 한다. 세금도 내고 형벌도 감수하면서도 의사소통이 제대로 되지 않는 채 수사와 재판을 받는다면 그것은 정상적인 수사나 재판이라고 볼 수 없다.

내국인간의 불통도 큰 문제이지만, 외국어를 모국어로 사용하는 사람들이 한국어를 사용하지 못해서 겪는 불편과 고통, 권리 침해는 빛이 없는 어둠속을 걸어가는 심정일 것이다.

아무리 형사절차상 권리가 보장되어 있더라도 말과 뜻이 제대로 통하지 않는데, 그러한 제도적 보장이나 권리는 그림의 떡이 되지 않겠는가? 제대로 된 통역인이 없는 수사나 재판은 진정한 수사나 재판이라고 할 수 없다. 이러한 현상은 즉시 시정되어야 한다. 내가 그 외국인이라면 어떠할지, 역지사지 해야 한다.

프로패셔널의 기본, 공정성fairness

공개되지 않은 기업 내부 정보를 이용해서 불법적으로 이익을 취득하는 것을 형사처벌하고 있다. 지난해 11월 서울남부지검은 외부감사를 의무적으로 받아야 하는 기업에 감사를 실시하게 됨을 계기로 알게 된 기업의 미공개 중요정보를 증권거래 등 개인적인 이익 추구에 활용한 대형 회계법인 소속 회계사들을 자본시장법과 금융투자업에 관한 법률 위반으로 형사재판에 넘겼다. 관련 회계법인은 소속 회계사들에 대한 주식보유 여부를 조사하고 윤리교육을 확대하며 감사대상 기업의 주식을 처분하도록 권고하고 있다.

부조리의 원인 가운데 인간의 '탐욕'이 첫째다. 제3자가 보면 너무나도 뻔한 일인데도 당사자는 전혀 깨닫지 못한다. 아무런 죄의식 없이, 아니 오히려 그러한 정보를 알고 있으면서도 개인적인 치부에 활용하지 못하면 오히려 바보라는 듯, 불법으로 금지된 이익을 태연하게 취득한다. 고기도 먹어본 사람이 잘 먹는다고, 돈 맛을 아는 사람은 그러한 정보에 대한 촉수가 더욱 예민하게 발달되어 있기도 하다.

프로패셔널은 댓가를 받는 전문직업인이다. 그 댓가에는 위임인에 대한 충실의무 및 수임인의 기회유용의 위험에 따른 비용이 포함되어 있다. 위임받은 자에 대한 감시 비용이 '대리인 비용' 중 일부가 된다. 위임인은 위 대리인 비용을 최소화하고자 한다. 내부 정보가 은밀하고 파급효과가 큰 것일수록 그에 대한 배신의 악결과는 상상 이상이다.

기업의 미공개 중요정보에 관한 정보격차, 정보불평등은 공정한 거래에 결정적인 위협이 된다. 각종 법령과 규정, 지침의 준수 여부를 감사하는 사람들의 미공개 중요정보 이용행위는 '불신'이 상식화되어 가는 이 시대에 사회적 신뢰수준을 크게 악화시키는 요인이 된다.

신뢰관계를 악용하는 이러한 불법수익 획득행위에 대해서는 철저하게 그 이익을 박탈해야 하며, 더 나아가 징벌적인 배상을 제도화해야 한다. 그래야만 배신이나 직무상 취득한 정보를 악용할 동기를 미리 차단할 수 있기 때문이다. 회계든 법률이든 전문가집단에게는 그 자격을 박탈하거나 상당기간 직무 수행을 제한할 필요가 있다. 만일 수사나 재판, 또는 감사 과정에서 알게 된 기업의 내부 정보를 활용해서 국가기관 종사자나 변호인(대리인)이 치부를 한다면 누가 수사나 재판, 감사 절차에서 개인이나 기업의 고유한 정보를 제대로 오픈하려고 하겠는가? 그렇게 된다면 사법나 감사 제도의 결과는 불을 보듯 뻔하지 않겠는가?

프로패셔널이라 함은 그 직분에 대한 소명의식이 남달라야 한다. 직분에 따른 정당한 이익 외에 직무수행 과정에서 알게 된 정보를 불법적인 이익으로 연결한다는 것은 프로패셔널의 본질을 침해하는 중대한 범죄다. 보통 사람들이 수긍할 수 있는 행위가 아니라면 나 역시 그런 행위를 해서는 안 된다. 스스로 자제하고 회피하여야 한다. 몰지각한 일부 전문가들로 인해 대부분의 전문가들이 매도되는 일은 없어야겠다. 읍참마속의 심정으로 일벌백계해야 한다. 이것이 정상적인 사회, 공정한 사회의 첫 걸음이다.

청각장애인을 위한 한국수화언어법 제정

우리나라 국민이지만 국어로 소통할 수 없는 사람들이 있다. 우리나라 국민 가운데 청각장애인과 언어장애인은 27만 명을 넘는다. 청각장애와 언어장애 등으로 언어장벽은 겪어보지 않은 사람은 그 심각성을 알지 못한다. 언어 소통의 곤란에 따른 고통은 인간으로서의 존엄과 행복 추구권에 심각한 침해를 야기한다.

유엔 장애인의 권리에 관한 협약에 따르면, 협약 당사국은 장애인이 선택한 모든 의사소통 수단을 통하여 정보와 사상을 구하고 얻고 전파하는 자유를 포함한 의사 및 표현의 자유를 행사할 수 있도록 모든 적절한 조치를 취해야 하며, 수어의 사용을 인정하고 증진해야 한다.

장애인복지법에는 장애인이 국가·사회의 구성원으로서 정치·경제·사회·문화, 그 밖의 모든 분야의 활동에 참여할 권리를 가지고 있음을 규정하고 있고, 형사소송법은 물론이고, 시민적 및 정치적 권리에 관한 국제규약(B규약)에도 '법정에서 사용되는 언어를 이해하지 못하거나 또는 말할 수 없는 경우에는 무료로 통역의 조력을 받는 권리를 가진다.' 고 규정되어 있었지만, 현실에서 온전히 실행되지 못하여 아쉬움이 많았다.

즉, 한국수어사용자들은 한국어 대신 한국수화언어를 사용해 왔음에도 고유의 공용어로 인정받지 못하였고, 교육과 취업은 물론이고 일상생활 등에서 많은 어려움을 감내하면서 소외되고 사실상 차별받아 왔다.

지난 2015년 12월 31일 한국수화언어법이 국회에서 제정되어, 공포 후 6개월이 경과되는 금년 하반기에 시행될 것으로 예상된다. 이제는 한국수화언어가 한국어와 동등한 공용어로 인정되게 되었다.

국가나 지방자치단체는 공공 행사나 공공시설이용, 공영방송, 사법과 행정 절차 등에서 수어통역을 지원하고, 한국수어 사용환경을 개선하기 위한 정책을 시행해야 할 의무가 있다.

기본적으로 농인과 언어장애인들 및 그 가족들에 대한 한국수어 교육은 물론이고 한국수어교원 양성 등 한국수어 보급을 위한 정책을 시행해야 하고, 일정 범위에서는 한국수어를 제2외국어와 같은 형태로 일반인에게 교육할 수 있는 기회를 마련하여야 한다.

'법 앞에 평등'은 천부인권으로서 자연권이다. 사실상 약자나 소수자는 보통사람보다도 더 많은 보호와 보장이 필요하다. 한국어로 소통하는데 어려움이 있다면 마땅히 통역이 보장되어야 한다.

‘인간의 존엄과 가치’에 그 근원을 둔 ‘통역받을 권리’가 보장
되지 않는다면, ‘공정하고 적정한 재판을 받을 권리’란 사실상
무용지물이다. 농자나 아자에 대한 통역이 없는 수사나 재판을
상상할 수 있겠는가?

한국수화언어법 시행이 우리나라가 소수자나 사회적 약자의
인권을 제대로 보장하는 나라로 발돋움하는 중요한 초석이 되
기를 기대해 본다.

합의부 판결문에 소수의견 기재해야

반대 의견에 직면하면 처음에는 귀와 눈에 거슬리고 마음이 불편하다. 그렇지만 반대 의견이나 다른 의견은 나를 강하게 한다. 내 생각의 부족한 점을 보완하게 만들고, 좀 더 바르고, 더 넓고 깊고 높고 멀리까지 보게 한다.

구성원의 100%가 찬성하는 일사분란한 의견은 부작용이나 단점을 제대로 예상하지 못해 실패할 수도 있다. 그러나 다양한 의견이 제시되면 각각의 의견에 따른 부족한 부분을 검토할 기회를 갖게 되며, 최선의 선택을 할 수 있게 된다.

수사에서, 피조사자가 진술을 거부하거나 부인하거나 알리바이를 대면서 거짓 진술을 하면, 검사는 피조사자가 자백하는 경우보다 해야 할 일이 크게 늘어난다. 그러나 그렇게 되면 오히려 그 사안의 실체에 관해 좀 더 철저하고 꼼꼼하게 수사를 하여 실체를 좀 더 완벽하게 규명하게 되므로 유비무환처럼 고마워할 일이다.

자백 진술을 과신한 채 수사를 부실하게 하였다가 공판정에서 피조사자가 다른 증거를 제기하거나 새로운 증거가 제출됨으로써 큰 낭패를 보는 사례들이 종종 있다.

국민의 대의기관인 국회나 행정부의 위원회에서 의원이나 위원이 발언한 내용은 회의록에 기록으로 남겨 평가받고 비판받으며, 국민 누구나 그 필요성을 공감한다.

우리 헌법 제103조는 "법관은 헌법과 법률에 의하여 그 양심에 따라 독립하여 재판한다."고 선언하고 있다.

대법관과 헌법재판관은 각 자 자신의 의견을 분명히 밝히고 있는데 반해, 1심 법원 합의부와 2심 법원 법관들이 재판을 함에 있어서 견해가 다르더라도 '심판의 합의는 공개하지 않는다'는 법원조직법 제65조의 규정에 따라 각 자의 견해를 판결문에 따로 명시하지 않고 있다.

그런데, 위 규정은 합의 과정과 그 내용을 외부에 공개하지 않는다는 것이지 최종적인 각 자의 견해를 공개할 수 없다는 것으로 해석한다면, 헌법상 보장하고 있는 법관의 직무상 독립과 배치될 여지가 있다. 논란의 소지가 있다면 위 법원조직법 규정은 개정되어야 한다.

또한 법관의 사실인정 및 법리해석은 상급심의 판단과 사건 관계인의 평가의 대상으로서 그 논거와 이유를 분명하게 제시해야 한다. 재판은 추상적인 규범을 구체적인 현상에 적용함으로써 국민들에게 법 해석에 관한 기준을 제시하고 있기 때문에, 국민의 알권리 차원에서도 합의부 법관들 각 자의 의견은 대외적으로 명확하게 제시되어야 한다.

나와 다른 의견을 제시하는 사람이 진정한 협력자이다. 내 곁에서 늘 박수치고 찬사만 늘어놓는 사람은 오히려 나의 성장과 발전에 해악을 끼치고 있는지도 모른다. 진정 나의 좋은 이웃이 누구인지 생각해 볼 일이다.

한 술에 배부르지 않는다. 서양의 오래된 건축물은 수백 년간의 시간을 들여 세워진 후 후세들이 그 가치를 누리고 있다. 지금 비록 큰 변화는 아니더라도 꼭 필요한 것이라면 분명 행해져야 하는 것이다. 눈에 띄는 큰 일은 그다지 많지 않다. 큰 변화만을 이루려하다 보면 아무 일도 시작하지 못하고, 이루어낼 일이 없게 된다. 국민에게 유익한 일이 된다면, 기꺼이 해 볼 만한 가치가 있지 않겠는가?

호칭을 제대로 부르자!

길을 가다보면 여러 가지 현수막을 보게 된다. 거기에는 간단한 단어 몇 개나 짤막한 문장으로 함축적인 뜻을 표현하고 있다. 이처럼 누구나 개인이든 집단이든 언어로 그 생각을 밖으로 드러내고 다른 사람들과 소통한다. 이심전심으로도 가능하지만 대부분 밖으로 표현된 말과 행동으로 타인과 생각을 나누고, 그러한 생각들이 다시 관여되는 사람들의 생각에 부지불식간에 영향을 미친다. 말에는 생명이 들어있다.

경험이 많고 식견이 높은 사람을 전문가나 장인으로 존중하면서 지혜를 전수받기 위해 협업이나 채용을 하는 사례들이 정치, 경제, 사회, 문화 등 다양한 분야에서 보편화되어 있다. 전관은 오랫동안의 실무경험과 식견을 활용하여 현실에서 일어나는 과제를 합리적으로 또는 창의적으로 처리하는 장점이 있다. 반면 전관의 단점은 직연職緣으로 맺어진 기존의 질서와 네트워크 안에서 그들만의 리그가 이루어지게 하고 상부상조(?)하게 함으로써 그 울타리 밖에 있는 사람들과 벽을 쌓고 네트워크 안에 있는 사람들에게는 특혜를, 그 밖에 있는 사람들에게는 차별과 불공정한 결과를 준다.

전관에 따른 부조리는 법률분야에서도 오래 전부터 비판받고 있다. 전관 부조리의 원인이 한 두 가지가 아니지만, 전관 부조리를 줄여나가는 첫걸음으로 전관에 대한 호칭부터 제대로 불러야 한다.

공직에서 퇴직한 후, 만나는 분들이 과거 공직에서의 직함을 부르시면 현재의 직분을 드러내는 ○○○ 변호사라고 불러주시도록 정중하게 요청드린다. 정확한 호칭은 매우 중요하다. 현재의 직분이나 역할에 합당한 직함을 불러야 한다. 현재의 상황과 다른 말이나 호칭은 말하는 사람이나 듣는 사람이나 사건관계인 등 제3자에게 말하는 사람의 의도와 달리 착각을 불러 일으킨다.

사회에서 흔히 보는 현상 가운데, 한 번 회장의 직분을 한 사람에게는 언제 어디서나 '회장님'이고, 한 번 국회의원을 지내면 죽을 때까지 '의원님'이고, 한 번 장관이었으면 평생 '장관님'이다. 공직에서 맡았던 직함을 퇴직 후까지 적용하여 부르는 것 자체가 부지불식간에 전관 부조리로 연결될 수 있다.

봉건시대가 아닌 현대사회에서, 공직의 직함은 잠시 거치는 것일 뿐, 그 사람의 이름처럼 그 개인 전속의 것이 아니다.

이제부터라도 과거의 공직에 따른 직함은 부르지 않았으면 좋겠다. 전관의 폐해와 부조리를 비판하면서도 과거에 함께 근무한 인연이 있든가 다른 기회에 알게 되었던 분을 만나면, 금방 '무슨 장관님', '무슨 의원님' 이라고 부르게 되는 현실이 참 안타깝다. 종종 주변에서 그런 단어가 들리면 그 말을 하는 사람이나 듣는 사람 모두 훌륭해 보이지 않는다. 과거가 아닌 현재를 살 일이다.

공직公職이든 사직私職이든 현직現職이 아닌 사람에게 과거의 직함을 부르는 관행은 사라져야 한다. 명실상부하게 그 사람의 현재의 역할에 따른 호칭을 부르는 것이 정정당당한 인간관계의 출발이고 자연스럽다. 호칭이 변하면 호칭으로 인해 발생하는 부조리한 현상도 상당부분 해소되리라 믿는다.

후견제도의 어제와 오늘

사회적약자의 인권존중

고령사회를 눈앞에 둔 우리나라에 성년후견제도가 새로 입법되어 2013년 7월 1일부터 시행되고 있다. 질병, 노령, 장애, 그밖의 사유로 사무를 처리할 능력이 없거나 부족한 경우에 성년후견, 한정후견, 특정후견 그리고 계약에 의해 성립하는 임의후견제도가 도입되었다.

종래에는 획일적으로 행위능력을 박탈하거나 제한함으로써 본인의 자질이 무시되었고 행위능력이 부족한 본인 보다는 가족 등 이해관계인의 입장에서 재산관계에 치중된 제도로 운영되었던 점에 대한 반성적 고려와 세계적인 입법추세를 반영해, 국민은 누구나 존엄한 존재라는 점을 인정하는 획기적인 전환을 이룬 것이다.

새 제도는 본인의 의사와 자질을 최대한 존중한다. 후견개시 결정 전에 본인의 진술을 듣고, 본인의 신상보호에 좀 더 치중하는 한편, 피성년후견인의 자기결정권을 최대한 존중한다. 후견은 필요한 범위에 한정되고 보충적으로 개입을 최소화하여 본인의 복리와 인권을 보장한다.

어떤 제도이든, 그 제도의 표면상의 수혜자가 아닌 본질적인 수혜자가 진정으로 누구인가를 보면 그 제도의 도입 목적이나 배경을 알 수 있다. 교통사고처리특례법은 교통사고로 피해를 입은 피해자가 피해를 신속히 회복하고 교통사고로 인한 범죄자로서 형사처벌과 민사책임을 부과받게 될 운전자들의 염려와 불안감을 해소함으로써 운전자들의 편익, 즉 행복추구권을 보장하는 것을 목적으로 한다. 11개항의 예외조항과 중상해의 경우에는 보험이나 공제조합 가입, 피해자와 합의 여부에 불구하고 처벌된다. 피해자와 운전자의 편익 외에도 자동차 제조·수입·판매회사나 보험회사의 편익도 위 법률의 제정과 운용에 상관관계가 있다. 그런데, 위 법률은 생명을 경시하는 대표적인 법이다. 선진 외국에 보편적으로 존재하는 법이 아니다. 중대한 사회적 이슈가 발생할 때마다 형사처벌 범위가 확대되어 왔다. 법 외적 목적으로 형사처벌을 면제했던 것을 국민들의 여론에 따라 정상화하였던 것이다.

이처럼 인간의 본성에 반하는 법률제도는 유지될 수 없다. 새 후견제도는 우리의 성정과 풍토에 맞지 않았던 과거의 틀을 벗어나 보호와 후원을 필요로 하는 분들을 진정으로 존중하고 부족한 역량을 보충해주는 바람직한 제도를 지향한다.

시행된 지 이제 1년이 지난만큼 발전적인 방향으로 전개되리라 기대된다. 친족 후견인 외에도 전문가 후견인과 시민 후견인의 참여, 보험제도 도입, 사회적 책임을 다하는 공익법인, 실질적인 감독을 수행하는 법원 등, 사회적, 법률적으로 도움이 필요한 피후견인들의 복리와 인권 증진에 실질적인 도움이 되는 제도로 중단없는 변모가 요청된다. 더불어 외국 입법례를 단순히 번역하고 모방하여 답습하는데 그쳐서는 안 되고, 우리 사회나 문화 등 실정에 맞는 제도로 창의적으로 설계되고 운영되어야 한다.

휴직·안식년 제도의 '목적외 사용' 근절되어야

국·공립대교수가 정무직공무원으로 임용되는 경우에 현재는 휴직으로 처리하고 있는데 앞으로는 사직 처리하도록 하는 교육공무원법 개정안이 최근에 발의되었다.

축구경기에서 공격수가 수비에, 수비수가 공격에 가담하는 경우가 있다. 그것은 각자 그 부분까지 자기의 역할이기 때문이다. 그런데 공격수가 수비에만, 수비수가 공격에만 중점을 두고 본래의 역할을 소홀히한다면 그 팀은 팀웍을 통한 승리를 거둘 수 없다. 특정 직역에 종사하는 분들에게는 휴직과 안식년제도가 시행되고 있다. 일정 조건에 해당하면 일정 기간 본연의 직무에서 벗어나게 된다. 휴직은 질병, 연수, 육아, 자기개발 등 일정한 요건을 충족하는 경우에, 안식년은 일정기간 근무조건을 충족한 경우에, 질병치료나 육아, 자기개발, 일과 휴식의 조화와 균형을 통한 인간다운 삶을 위해 필요한 제도이다. 휴직이나 안식년은 자기만을 위해서 존재하는 것이 아니고 공동체를 위해서도 존재한다. 내 마음대로 쓸 수 있는 것이 아니다. 휴직기간이나 안식년 때 다른 직업을 갖거나 목적 외에 다른 업무에 종사하는 것은 그 제도의 존재이유에 반한다.

한편, 요즈음 양질의 일자리 만들기, 근로시간 단축 등 기존의 일자리 나누기, 즉 '일자리 함께하기'가 국민들의 주요 관심사이다. 오케스트라에서 어떤 사람이 재주가 많다고 여러 악기를 동시에 연주하지는 않는다. 각자 하나씩의 역할에 충실하면 조화를 이루어 훌륭한 연주가 이루어진다. 바둑의 다면기와는 다르다.

최근에 모 대학 교수로 재직하던 중 국책연구기관 원장으로 임명되고도 바로 휴직을 하지 않고 수 개월간 강의를 계속하거나 휴직 기간 동안에도 모교에서 강의를 하였다고 언론에서 불법적인 '겸직'의 문제를 제기하였다. 또한 로스쿨 진학 목적으로는 휴직이 허가될 수 없음에도, 경찰공무원으로 재직하면서 법학전문대학원에 입학하여 3년의 과정을 마치거나 수강중인 사례에 대해 검찰에서 수사 중이라는 보도도 있었다.

안식년 제도도 본래의 용도에 맞게 사용되어야 한다. 교수들의 학문연구와 강의 등 본연의 업무와 학생들의 학습권 보호는 국·공립이든 사립이든 휴직·안식년 제도에 적용에 있어서 달리 구별될 이유는 없다.

염일방일, 하나를 집으려면 다른 하나를 놓아야 한다. 휴직이나 안식년 기간 동안 다른 사람의 역할까지 겸직하는 것은 시대정신에 비추어 비난받을 가능성이 적지 않다. 특히 법률을 다루는 직업 종사자는 더더욱 법령의 취지를 준수해야 한다.

흐르는 물은 같은 곳을 두 번 지날 수 없다. 퇴로가 있으면 자꾸 뒤를 돌아보게 된다. 공적인 직분은 임전무퇴, 백척간두의 충심으로 직분을 수행해야 한다. 양다리 걸치기로는 두 곳어떤 것도 제대로 하지 못한다. 양다리 걸치기는 결국 스스로에 대한 교만과 자만이고 공동체에 대한 무시의 결과이다. '나는 다양한 능력을 가지고 있다'는 유혹은 자신과 공동체 모두에 해악을 가져온다. 특권과 반칙은 사라져야 한다. 말이나 구호보다는 행동과 실천이 필요하다. 나부터 책임있게 실천하는자세가 절실하다.

IV

법률가로서 묵상과 성찰

- 공동체를 위한 제언 -

공동체 분열이 가장 큰 죄악

공동체는 분열되면 쇠퇴하게 된다. 외부와의 경쟁과 성장을 위해 써야 할 에너지와 지혜를 내부 분열을 예방하거나 최소화하고 더 나아가 내부 통합을 위해 사용하게 되면 성장의 동력이 많이 약화된다. 공동체의 분열을 통해 자신의 유익을 추구하는 사람은 그 공동체에 큰 죄악을 저지르는 것이다. 직장이든 지역사회든, 국가와 같은 국민공동체든 모두 동일하다. 내부 분열을 꾸미고 파열음을 조장하는 세력은 역사에 큰 죄악을 저지르는 것이다. 갈라지면 망하고 합하면 흥하는 것은 인간 세상의 이치이다. 부족한 공동체 구성원들을 포용하고 양보하며 서로의 귀함을 존중하면서 공동체의 단결과 통합을 이루어내자. 그것이 우리 모두의 번영과 행복의 지름길이다.

건강한 사회

사람들의 사회에서 다양한 의견이 생기고 유통된다. 때로는 한 생각이 여러 사람을 거치면서 눈사람처럼 커지기도 한다. 말이 많으면 실수와 허물도 많아진다. 근거없는 비난이나 소문에 따른 허망한 말들이 사람들을 현혹시킨다. 혹세무민이라고 어쩌면 사실에 근거하지 않는 말들이 오히려 그럴듯하게 사람들을 혼란시킨다. 탁상공론도 세상에 쓸모없는 경우가 비일비재하다. 현실성없는 생각들이 사람들의 에너지와 건강한 생각들을 소모하게 한다. 아첨과 아부가 난무하여 거짓과 진짜를 혼동하게 한다. 바른 말을 하는 것이 조심스러워지는 때가 있다. 들으려는 자세가 안 되어 있으면 바른 말을 하는 것이 위험하기도 한다. 관계를 어긋나게 하고, 소중한 생각들이 바람결에 사라진다. 사람에 따라 이합집산하지 않고 뜻에 따라, 대의명분에 따라 집단적인 생각과 행동이 뒤따라야 한다. 어떤 의견이든 자유롭게 발표하되 그에 대한 책임 역시 부담해야 한다. 극단적으로 흐름이 이어지면 안 된다. 다양한 생각을 가진 사람들로 이루어진 사회에서 다른 사람의 생각을 깡그리 무시해서도 안 된다. 많은 이들로부터 이미 판단받은 의견은 존중받아야 한다. 그렇지 않으면 분열과 갈등만을 조장하고 사회의 건전한 문화 발전을 저해하고 건강한 생각들의 유통을 가로막는 요인이 될 수 있다.

건강한 사회는 건강한 생각들과 건강한 행위들을 통해 이루어진다. 로마는 하루아침에 이루어지지 않았듯이, 우리 사회가 건강한 사회가 되려면 현재 가지고 있는 다양한 가치를 갖는 건강한 조각 조각들을 구슬이 서말이라도 꿰어야 보배가 된다 하였듯이 서로의 빈틈을 보아가면서 맞추어 나가야 한다. 유연함과 여유로움을 윤활유로 넣어 다양한 사람들의 교집합을 키워나가야 한다. 우리는 서로 서로 의존해 살아가고 있다. 서로의 존재 가치를 충분히 인식하고 공동체의 일원으로서 각자의 위치에서 아름다운 조화를 이뤄가면 좋겠다.

건강한 생각

생각은 이쪽에서 저쪽으로 건너가게 하는 힘이다. 마음이 고요하고 평화스러워야 정신이 맑아진다. 세상의 현상을 외양만 볼 것이 아니라 그 안에 들어있는 이치를 살피고 또 살펴야 한다. 눈으로만 볼 것이 아니라 마음으로 봐야 한다.

마음이 이런저런 생각으로 가득 차고 뒤죽박죽이면 건강한 생각을 하기 어렵다. 나만이 아닌 우리, 공동체를 위한 생각의 장이 확장되어야 한다.

많은 생각이 필요한 것이 아니라 꼭 있어야 할 생각이 중요한 것이다. 마음을 고요히 하고 세상을 조용히 관조하며 공동체에 꼭 있어야 할 귀한 생각을 다듬어 실행해야 한다. 말은 짧되 뜻은 깊어야 한다.

생각을 잘 관리해야 한다. 불필요한 생각, 쓸데없는 생각이 마음속에 가득 차면 꿈 속까지 불편하다.

건강한 생각으로 내 인생을 멋지게 만들고 이 세상을 아름답게 만들어가야겠다.

검찰의 정치적 중립성 확보

국가적, 국민적인 이슈가 발생하였을 때, 국민은 검찰에 대해 정치적 중립성이 담보되는지 의문을 갖기도 합니다. 사람이 하는 일의 결과는 그 사람의 유전적인 인자나 환경적인 영향을 벗어날 수는 없습니다. 그렇다고 해서 비관적으로만 생각할 것은 아닙니다. 사람은 공동선에 관해 늘 마음을 기울입니다. 물론 예외적인 사람도 있기는 합니다. 그래도 사회나 국가가 유지되는 것은 국민 특히 공적인 직분에 있는 사람들이 대부분 공동체의 사명과 공동선에 관해 헌신하고 있는 결과입니다.

언론 등을 통해서 볼 때 검찰의 정치적 중립성에 의문이 제기되는 사례가 전혀 없었다고 보는 국민은 없습니다. 자기의 처지에 따라 평가가 다르기도 합니다. 검찰에 몸담았던 저 스스로도 국민의 한 사람으로서 의구심이 들 때도 있습니다.

세상은 항상 공평하지는 않다는 말이 있습니다. 그래서 공평과 공정이 세상의 화두가 됩니다.

검찰의 정치적 중립성을 확보하기 위해서는, 시스템 즉 제도적 장치가 잘 마련되어야 하고, 그것을 담당하는 사람들이 검찰 조직 자체의 목적을 분명히 인식하고 그 목적을 제대로 수행하면, 그 목적은 달성될 것입니다. 현실에서는 그러한 목적이 완전하게 실현되고 있는지 때때로 비판이 제기되고 있습니다.

현재의 제도가 완벽할 수는 없습니다. 그래서 더욱 중요시되는 것은 사람입니다. 현재의 제도하에 그 역할을 담당하는 사람들을 통해 정치적 중립성을 확보할 수 밖에 없습니다. 본질적으로 한계를 지닌 사람들이 본래의 목적을 제대로 수행하기 위해서는 끊임없는 자기 성찰과 공동선에 관한 지속적이고 정기적인 돌아봄이 필요합니다. 아무리 제도 설계가 잘 되어 있더라도 그것을 담당하는 사람들이 엉뚱한 생각으로 그 역할을 수행한다면 모두 공염불이 됩니다.

공직은 결코 그 공직을 담당하는 사람을 위한 것이 아닙니다. 공직은 국민을 위해 존재합니다. 공직은 공직자가 국민에게 은혜를 베푸는 자리가 아닙니다. 마땅히 국민에게 해야 할 직분을 수행하는 역할일 뿐입니다. 그 어떤 공직도 잠시 맡은 그 기간 동안 오직 국민을 위해 헌신하는 것입니다. 어떤 사람은 공직을 자신의 노력으로 습득하거나 쟁취하여 자신의 소유인 것으로 착각하거나 자기에게 그 직책을 맡긴 사람을 위해 은혜를 갚아 나가는 것으로 착각하는 사람들도 일부 있지 않나 하는 생각이 들 때도 있습니다. 그러나 그러한 인식은 출발부터 잘못된 것입니다. 그로 인한 부작용과 폐해는 국민이 부담하게 됩니다.

기록문화, 직무실명제, 일정기간 경과 후 정보공개하는 방법도 중요합니다. 우리나라는 과거에 기록을 해 두었다가 사화나 당쟁, 전쟁으로 후환을 입은 경험이 있습니다. 그렇다 보니 직무수행 과정을 기록으로 정리하여 후세에 남겨두는 것을 두려워하는 경향이 있습니다.

그러나 저는 2005년도에 A청에서 ○○과장으로 근무하면서 모든 중요 결정 회의는 회의록을 작성하고 그것을 과 내부 통신망에 전부 게시하도록 하였습니다. 회의록에는 누가 어떤 발언을 어떤 근거로 하였는지 그대로 기록하게 하였고 회의에 참여하지 못한 직원들도 과장 주재 회의에서 어떤 결정이 어떤 경과로 이루어졌는지 모두 알 수 있게 한 것입니다. 그렇다 보니, 회의에 참석하는 사람들은 회의 전에 미리 배부된 회의자료를 회의 참석 전에 반드시 숙지하고, 각자 발표할 의견을 미리 정리해 오게 됨으로써, 보다더 전문성과 정확성을 높여 나갔고, 내부 다른 직원들에게도 회의 내용과 결과를 공유하게 하여 학습효과 및 소속감, 책임감 등을 높이게 되었음은 물론이고, 투명한 의사결정으로 공정한 절차와 결과에 대한 구성원의 참여도와 실행력이 높아지고, 모두가 주인이라는 생각을 갖게 되었습니다. 그 후 저는 어떤 보직에 가든지 중요한 의사결정은 반드시 회의록을 작성하여 후에 관련 자료가 재검토될 수 있게 하였으며, 2012년도에는 B청에서 일하면서 주요 결정사안에 관해서도 회의록을 만들자고 제안하기도 하였습니다. 그러나 받아들여지지는 않았습니다. 결론만 적어 두는 것은 회의록이 아닙니다. 회의에 참여한 한 사람 한 사람이 어떤 견해를 어떤 근거로 제시하였는지 분명하게 밝혀 두어야 합니다. 그리고 모든 정책 제안자와 중간 결재자, 최종 결정자는 누구였는지 기록으로 남겨 두어야 합니다. 그래야 그 제도의 문제점이 발생할 때 쉽게 보완할 수 있고, 그 책임 소재도 분명히 할 수 있기 때문입니다. 자기가 한 일이 후세에 평가받는다면 그 어떤 사람이라도 자기 이름을 걸고 일을 함부로 하지 못할 것입니다.

더 나아가 일정한 기간이 경과되면, 국민은 누구나, 또는 그 일과 이해관계가 있는 사람은 누구나 그 제도 제안이나 중요 사안 결정에 이른 자료를 열람할 수 있어야 하며 공개되어야 합니다. 그것이야말로 역사적인 평가입니다. 그렇게 되면 공적 업무는 투명하게 결정되고 집행될 것입니다. 또한 정치적 중립성은 상당부분 담보될 것입니다. 그런데 현재까지도 자기가 한 일에 대한 자료를 기록으로 남겨두는 것을 두려워하는 사람들이 있음은 아쉬울 따름입니다.

공공재를 사유화하면 안 된다

공동체의 자원으로 연구하거나 개발한 결과로 발생한 이익은 공동체에 귀속되어야 한다. 그럼에도 그 이익을 사유화하려는 사람들이 있다. 특정인에게 귀속되지 않는 이익은 누구의 소유도 아니므로 누구든 소유할 수 있다는 의견이다.

그러나 자기가 기여하지 않는 공동의 이익은 함부로 특정인 개인의 소유로 이전하여서는 안 된다.

예를 들면, 국민 전체의 세금으로 도로를 놓고 전기와 수도 시설을 하는 등 사회적 인프라를 마련하여 놓으면 인근 지역의 부동산 가격을 높이게 된다. 그러한 경우 부동산 소유자에게 개발이익을 귀속시키는 것은 부조리한 것이다. 불로소득은 공동체로 귀속시켜야 마땅하다. 개인이 돈을 들여 자기 소유의 부동산을 개발하여 그 이용가치를 높였다면 그것을 처분할 때 발생하는 경제적 이익은 그 사람에게 귀속시키는 것이 합당한 것과 같은 이치이다.

이처럼 자기의 기여 없이 공동체 전체의 비용으로 발생한 이익은 불로소득인 것이다. 비용을 투입하고 기여한 사람에게 그로 인해 발생한 이익을 귀속시켜야 하는 것은 삼척동자면 알 수 있는 이치이다.

공공재는 더욱 확대재생산되어야 한다. 보다 많은 구성원들이
공동으로 그 공공재로부터 발생하는 이익을 공유하여야 한다.

공공재 확대재생산에 있어서도 특정 지역이나 특정 직역에
유리하게 편중되어서는 안 된다. 공평한 기회를 제공하여 국민
이 어디에 살든지 그로 인하여 특혜나 역차별이 발생해서는 안
된다. 골고루 국가로부터 혜택을 받아야 한다.

미래세대를 희생시켜서는 안 된다. 현재의 세대가 부담할 부
분은 현 세대가 감당하여야 한다. 미래의 자원을 현 세대가 무
리하게 당겨서 소비하면 안 된다. 내가 빚진 것을 내 자녀들에
게 물려주고 싶은 부모가 있을까? 오히려 내 자녀들 세대에게
는 좀 더 나은 세상을 물려주어야 하지 않겠는가?

공정사회

'공정'이라는 주제는 우리나라의 모든 분야에서 중요한 과제이다.

공정경쟁을 목적으로 하는 규제행정기관에 근무했던 공무원들이 조직적으로 불공정한 일을 저질러 고위공무원들을 포함한 사람들이 구속되고 형사재판을 받기도 합니다. 국민은 그런 사건들을 언론을 통해 접하게 되면, 공적인 직분에 상반되게 자신의 이익을 추구하며 공정하지 못한 삶을 살아온 그들에게 분노하고 허탈해합니다. 이처럼 '공정'이라는 과제는 말로 얘기하기는 쉽지만, 삶에서 실천하기는 쉽지 않습니다.

'공정'에 관한 개념, 의미에 관해서도 사회적으로 합의를 이끌어내기가 쉽지 않습니다. 그 시대나 상황에 따라 해석이 달라지기도 합니다. 그 시대마다 추구하는 가치가 다르기 때문이다.

정부의 공정성에 관해서도 시민들의 평가와 공무원들의 평가 사이에 차이가 있습니다. 절차적 정의를 지키면 공정하다고 하는 사람이 있는가 하면, 실질적으로 정의를 이루어야 비로소 공정하다고 하는 사람이 있습니다. 즉 어떤 상황에서는 법치나 질서지키기가 이미 형성된 기득권 지키기로 해석되기도 합니다. 이 점에서 가치관의 충돌이 발생합니다.

법의 해석과 집행에서, 법을 엄정하게 적용하고 규정을 철저히 집행해야 하는 영역이 있고, 재량권이 인정되어야 하는 영역이 있습니다. 사람은 자기가 처한 상황에 따라 세상을 바라보는 눈과 기준이 달라지게 됩니다.

불평등은 사회공동체에서 구성원들 간의 갈등을 심화시키고 공동체 질서를 깨뜨리게 됩니다. 특히 경제적 불평등은 사회·문화적 불평등으로 이어집니다. 그리하여 소득 불평등이 심화되면, 즉 소득 격차가 심화되면 사회갈등이 발생하고 사회구조가 양극화되어 갑니다. 특히 소유의 불평등은 소득의 불평등보다도 더욱더 사회를 양극화하는 요인이 됩니다.

불평등한 구조 하에서 기회의 공정성, 절차의 공정성만으로는 오히려 이미 계층화된 사회구조, 직업의 계층화와 대물림 등, 불평등 구조를 더욱 악화시킵니다. 따라서 결과의 공정성으로 수정·보완되어야만 진정으로 공정한 사회를 만들어가게 됩니다.

시장 만능주의를 추구하게 되면 불평등은 심화되고, 공정은 점점 멀어지게 됩니다. 형식적인 기회균등, 효율성과 경제성 등 시장논리만으로는, 출발선의 차이, 즉 자신의 의지나 노력과는 무관하게 존재하는 차이는 어떻게 극복할 수 있겠습니까? 형식적인 기회균등과 시장논리가 시민들의 사고를 지배하게 되면 불평등한, 불공정한 구조는 더욱 고착화됩니다. 즉, 형식적인 기회균등은 공정의 일부분일 뿐이며, 결코 그 이상이 될 수 없습니다.

공정에 대한 생각은 사람마다 차이가 있습니다. 객관적인 합의점을 찾기 어려우며, 주관적이고 상대적인 개념으로 존재하는 주제입니다. 그래도 공정은 우리 사회가 추구해야할 매우 중요한 가치입니다.

공직을 남용한 이해충돌 위반

- 과전불납리瓜田不納履 오이밭에서는 신을 고쳐 신지 않으며,
- 이하부정관李下不整冠 오얏나무 아래서는 갓끈을 고쳐 매지 말라.

　오이밭에서 신발을 고쳐 신으려면 허리를 숙여 손으로 신발을 만지게 되는데 이러한 행동이 멀리서 보면 마치 손으로 오이를 따는 듯이 보이고, 오얏나무 아래에서 갓끈을 고쳐 매려면 손을 머리 위로 올리게 되는데 그러한 행동이 멀리서 보면 마치 손으로 오얏나무의 열매를　따는 듯이 보이게 된다. 그리하면 다른 사람들로부터 오해를 받게 된다. 옛 선조들은 이처럼 오해받을 행동을 하지 말라는 교훈을 주셨다. 그러한 정신은 오늘날 이해충돌에 관련된 제도들로 이어진다. 청탁금지법과 공직자의 이해충돌방지법 등이 그러한 정신을 구현하고 있다.

　가령 국가기관이나 공공기관에서 펼치는 업무와 관련하여 그 이해관계자들과 분쟁이 발생하고 협의가 이루어지지 않으면 결국 민사소송이든 행정소송이든 법정에 가서 심판을 받게 된다. 이 때 국가기관이나 공공기관은 소속 직원을 통해 소송을 수행하기도 하지만, 변호사를 선임하여 그 변호사가 국가기

관이나 공공기관을 대리하여 소송을 수행하게 된다. 그러면 그 변호사와 소송에 관한 위임계약을 체결하고 그 변호사는 그 기관으로부터 수임료와 성과보수 등을 받게 된다.

국가기관이나 공공기관은 이해관계자들과의 분쟁에 관해 변호인을 선임하는 데 있어서 사전에 일정한 심사나 추천 절차를 통해 일정한 기간동안 활동할 변호인 풀을 구성하여 놓고 그에 속한 변호사들 중에서 그 대리인을 선임한다. 그러므로 그 변호인 풀에 속하느냐 속하지 못하느냐에 따라 그 기관의 대리인으로 선임될 수 있느냐 선임될 수 없느냐가 사실상 결정된다. 한번 그 풀에 속하게 되면 일정한 기간 동안 선임될 기회가 있게 되며, 정기적인 변호인 풀의 교체 시기에는 그에 속하지 않은 변호사들도 그 변호인 풀에 속하기를 희망하는 경우가 많다.

그런데 국가기관의 장이나 구성원들이 직무수행 과정에서 발생한 것이든 직무수행과는 무관하게 개인적인 사유로 발생한 것이든 범죄를 저지른 혐의로 수사기관의 수사를 받게 되거나 재판을 받게 되는 경우, 보통 개인자격으로 변호사를 선임하여 수사절차에서 대응하게 된다. 이 때 국가기관의 장은 직무수행과정에서 발생하였다고 하더라도 그 범죄를 저지른 혐의에 관하여는 국가기관에서 예산으로 변호인선임비용을 지급할 수 없다. 즉 공무원은 직무를 법의 테두리 안에서 수행하여야 하며 어떤 목적으로도 범죄를 저지르는 것이 용인될 수 없다. 공무원이 직무를 수행하는 과정에서 범죄를 저지른 것이든 직권을 남용하여 범죄를 저지른 것이든, 아니면 순수하게 교통사고를 저지르거나 다른 사람과 분쟁이 발생한 것이든 범죄혐의를 받고 수사대상이 되어 수사절차에 임하게 되거나 재판을 받게 될 때 변호인을 선임하게 되는데, 이때 변호인은 그 기관장의 사선 변호인으로서 순전히 그 기관장 개인의 비용으로 선임하여야 한다. 만약 국가기관의 예산으로 변호사 선임비용을 지급한다면 그것 또한 또 다른 범죄가 된다. 마치 대기업 회장이 회사 일과 관련되든 개인적인 것이든 범죄혐의로 수사나 재판을 받는 경우 변호인을 선임하면서 그 비용을 회사 돈으로 지급하면 회사 돈 횡령이 되는 것과 마찬가지이다.

국가의 예산으로 기관장의 변호인 선임비용을 지급하는 경우는 없을 것이지만, 만약 그 국가기관의 변호인 풀에 포함되어 있고, 그 국가기관이 당사자인 소송사건에서 대리인으로 선임되어 활동 중에 있는 변호사를 그 기관장의 범죄혐의에 관한 수사나 재판절차에서 변호인으로 선임하여 활동하게 한다면 이해충돌에 해당되는 것 아닌지 살펴봐야 한다.

결론적으로는 국가기관의 변호인 풀에 포함되어 있고, 특히 그 변호사가 그 국가기관의 민사, 행정 등 소송 사건에 관해 대리인으로 선임되어 활동 중에 있다면, 그 변호사는 그 국가기관의 장이나 직원들이 연루되어 있는 범죄 수사나 재판 절차에서, 개인적인 민사소송이든 행정소송이든 불문하고, 그 변호인으로 선임하여서는 안 된다. 이러한 경우 사선 변호인으로 선임할 수 있도록 허용된다면, 국가기관의 민사소송 또는 행정소송에서는 국가예산으로 지급되는 상당한 금액의 선임비용을 받으면서, 그 기관장의 범죄혐의와 관련된 수사절차나 재판절차에서는 그 기관장으로부터 비용을 전혀 받지 않거나 소액의 비용만을 지급받을 수가 있게 된다. 이러한 상황에 대해 종합적인 틀에서 볼 때 그것은 분명 부조리하고 상식에 위배되는 이해충돌이 된다. 앞으로 그 기관의 변호인 풀에 포함되어 그 기관으로부터 민사소송 또는 행정소송 등에서 그 기관의 대리인으로 활동하고자 하는 변호사도 마찬가지로 그 기관의 장에 대한 형사사건 등의 변호인으로 선임해서는 안 된다. 이것은 앞선 사례와 비교해 보면 국가기관의 대리인으로 선임된 것과 개인적으로 변호인으로 선임된 것의 변호인 선임시기에 관해 그 순서만 다르고 전체적인 법적 평가에서는 동일하다.

공직자는 해당 국가기관의 일을 대리하고 있는 변호사를 공직자 개인을 변호하는 변호사로 선임하여서는 안 된다. 이것은 인간 본능에는 반할지라도 공직자로서 갖추어야 할 상식이고 기본이다. 그런데 현실에서는 그렇지 못하니 참으로 안타깝다. 우리 국민은 기본을 갖춘 고위공직자를 만나고 싶다.

관계 속에서 완성되는 우리

혼자 할 수 있는 일은 그리 많지 않습니다. 우리는 공동체를 이루어 각자의 역할을 분담하여 큰 작품을 만들어가는데 참여하고 있습니다. 한 분 한 분은 모두 작품을 완성하는데 꼭 필요한 소중한 존재들입니다. 다만, 하나의 작품을 완성하기 위해서는 소통이 잘 되어야 합니다. 우스개로 사오정 시리즈의 내용처럼 상황에 맞지 않는 말이나 행동을 하면 관계가 제대로 형성되지 않고 시너지 효과를 거둘 수 없습니다.

소통은 자기만의 고유한 방식으로 해서는 안 됩니다. 서로 공유하고 있는 방식에 따라야 서로 소통할 수 있습니다. 상대방이나 단체가 알아들을 수 있는 말과 행동이어야 비로소 뜻이 제대로 전달됩니다. 소통함에 있어서 독선과 독점은 지양되어야 공동체가 살아 움직입니다. 그렇지 않으면 의사전달은 왜곡되고 부조리, 부조화, 정보의 격차가 발생합니다. 자칫 잘못하면 나는 공동체 안에서 '섬'으로 존재할 수 있습니다.

다른 사람으로부터 도움을 받을 때가 더 기쁜가요? 아니면 다른 사람을 도울 때가 더 기쁜가요? 사람에 따라, 그 처한 상황에 따라 평가가 다르기는 하겠지만, 보통은 다른 사람을 도울 때가 기쁨이 더 큰 것으로 기억됩니다.

사람은 한자로 인ㅅ으로 씁니다. 서로 서로 기대어 있는 모습입니다. 갈수록 정보화, 전문화되어 가는 세상에서는 일반적으로 과거 수렵사회에서 채집생활을 하고 농경사회처럼 생활에 필요한 것들을 소규모 단위 내에서 자급자족할 수는 없고, 다른 사람의 수고와 땀에 의존할 수 밖에 없습니다. 다른 동료들과 함께여야 작품을 완성할 수 있는 직업에 종사하는 분들은 더욱더 그렇습니다. 다른 이들이 제대로 설 수 있도록 거들어 주면서 함께 성장해가면 공동체 전체 사이즈와 수준은 크게 성장하고 성숙됩니다. 나무가 여럿이 군집을 이룰 때 큰 바람과 비에도 쓰러지지 않습니다. 외로이 홀로 서 있는 나무는 자연에서 발생하는 한바탕의 큰 비와 바람이 몰아치면 쉬 쓰러지게 됩니다.

혼자만 달리다 보면 주변을 보기 쉽지 않습니다. 빨리 가려면 혼자 가고, 멀리 가려면 함께 가라는 말씀도 있습니다. 젊은 시절에는 뭐든지 빨리 빨리하고 먼저하고 앞장서 가는 것이 열정이고 근면이고 당연한 것으로 여겨지기도 합니다. 그런데 살아가다 보면 주변에 사람이 없는 사람이 있습니다. 혼자만 달리면서 함께하고자 하는 주변인들을 배제하거나 소외시키거나 무시한 결과 이제는 사막에 홀로 선 듯한 느낌이 들 것이다. 자신의 소명, 직분, 역할에 성실하고 충실한 것과 주변에 있는 분들을 배려하면서 함께 살아가는 것은 전혀 다른 차원입니다.

다른 분들과의 관계는 짧은 시간에 이루어지지 않습니다. 콩나물 시루에 물을 붓더라도 바로 콩나물이 쑥쑥 자라지 않습니다. 바닥으로 다 쏟아지는 듯해도 결국 콩나물을 자랍니다. 어느 순간 쑥 자랍니다. 그렇듯이 다른 사람과의 관계도 도중에는 그리 눈에 띄게 두드러지지는 않지만, 어느 순간에는 확연히 보입니다. 자기 일을 다하고 이루고자 하는 목표를 다 달성하고 나서는 시간이 다시 오지 않을 수도 있습니다. 자신의 삶을 살아가면서 동행인, 동반자를 살펴 함께 걸어가야 합니다.

상급자를 무시하지 말아야 합니다. 언제 어떤 처지에서 만날지 알 수 없습니다. 상급자가 잘 되면 나도 잘 될 가능성이 높아집니다. 직연이 세상에서는 참 큰 영향력을 발휘합니다. 그것이 인지상정입니다. 동가홍상입니다. 하급자도 무시해서는 안 됩니다. 서로 서로 존중하여야 합니다. 한 번 하급자가 평생 하급자인 것은 아닙니다. 공동체를 떠날 때 유종의 미를 거두어야 합니다. 원수는 외나무 다리에서 만날 수 있습니다.

권력층의 특권 불감증

미국 의회는 1962년 제정한 이해충돌방지법을 20세기의 가장 위대한 법으로 평가하였다. 이에 반해 대한민국 국회는 2016년 당시에 청탁금지법을 제정하면서 국회의원 등 고위공직자들의 직권남용을 방지하기 위한 이해충돌방지에 관한 내용이 당초 법률안에 들어있었는데 국회의원들의 논의를 거쳐 제외되었다. (2021년 초에 모 공공기관 직원들이 직무상 취득한 정보로 부동산을 취득하였다는 언론보도로 국민의 불만이 고조되자 공직자의 이해충돌방지법이 제정되었다.)

고위 공직자가 다른 사람과 공모하여 모 기업 관계자에게 경영 관련 압력을 행사하였고 국정조사 청문회에서는 2세대 기업 경영인들의 세대를 이어가는 정경유착의 모습을 보았다. 국회의원이 친인척을 보좌진이나 인턴으로 채용하거나 공공기관이나 사기업체에 채용을 청탁하였다는 얘기들이 회자된 바도 있었다.

공공기관의 개방직을 채용하면서 채용기준까지 변경해 특혜 채용하거나 자신의 정치적 영향력을 행사해 국회의원 사무실에서 인턴으로 일했던 사람을 채용하기 위해 평가결과를 조작하고 채용 관계자에게 압력을 행사하여 사실상 채용하도록 강요하는 등 권력을 남용하거나 공정하지 못한 행태가 감사나 수사의 대상이 되었고, 그 결과 '금수저 흙수저' 논란이 끊이지 않고 있다.

부모가 퇴직하면 자녀가 우선적으로 그 기업에 취업하는 제도가 오늘까지도 존재하고 있다 하니, 그저 놀라울 따름이다. 과거 신분제 사회의 모습이 아직도 우리 사회에 버젓이 남아있는 것이다. 경제력만 상속되는 것이 아니고 직장과 사회적 신분마저 상속되는 것 아니냐 하는 논란이 제기되고 있다.

불공정한 특혜 채용, 부패한 권력의 인사 부조리는 5포시대를 살아가는 젊은이들에게 심각한 좌절감을 안겨주고, 기득권 및 권력층에 대해 분노의 감정을 심어주며 국민을 분열시키고 있다.

공적인 직분을 사적인 이해관계에 남용하는 사례가 21세기에 공연히 자행되고 있다는 사실에 놀라움이 크다. 특권과 반칙이 아직도 통용되는 사회의 단면이다.

우리나라는 새로운 모습으로 다시 시작해야 한다. 수십 년 전의 정치적·경제적 잔재와 사회적 신분에서 이어져 오는 구태적인 모습은 없어져야 한다. 젊은 세대들과 후세들에게 희망이 되는 나라를 물려주어야 한다. 속칭 빽 없는 청년들에게도 희망을 줄 수 있어야 한다.

채용비리나 고용세습은 우리 사회에서 사라져야 한다. 채용절차의 공정화에 관한 법률이 명목상 존재하는 법률이 아니고 실질적으로 이러한 부패와 부조리를 제거하고 예방할 수 있는 법적 장치가 될 수 있도록 개선되어야 한다.

내부 고발자에 대한 보호 장치가 더욱 강화되어야 하고, 부정과 부패, 부조리를 고발하는 사람들에 대한 포상을 확대해 나가야 하며, 비리에 대한 자발적인 신고자에 대하여는 불이익을 최소화하는 제도도 도입되어야 한다.

공정사회는 구두선으로 그쳐서는 안 된다. 우리 사회가 선진 사회로 성장하려면 반드시 이러한 부조리한 현상을 척결하여야 한다.

깊은 침묵과 성찰

깊은 침묵과 성찰 뒤에라야 그 말에 호소력이 생긴다. TV, 라디오, 유튜브 등에서 들려오는 온갖 소리가 때로는 인간의 소리가 아니고 삶에 방해되는 소음으로 들리는 때가 있다. 깊이 성찰하지 않고 군중의 호기심에 반응하는 말들은 메아리는 있으나 시간이 흐르면 저절로 사라진다.

진정으로 같은 공동체 구성원들의 행복과 안위를 위한 것인지, 아니면 특정 이념이나 세력에 줄 세워 편가르기하면서 분열과 갈등을 고조시키는 결과를 가져오는 것은 아닌지 궁금하다.

세상 일에는 다 그 때와 장소, 상황에 따라서 그 원인과 그에 대한 최선의 방책은 달라진다. 한가지 방책이 모든 현상에 만병통치약이 될 수는 없다. 의견을 달리하는 사람들이나 집단 구성원들도 나의 형제자매라고 인정한다면 그 표현방식은 상당히 달라지리라. 마치 전쟁터에서 생명을 걸고 전투를 벌이는 용사들처럼 너무나 전투적이고 인생 전체를 거는 듯 국민을 선동하는 모습이 매우 안타깝다.

조정자, 중재자가 시급하고 중요한 시기이다. 이분법 사회를 건너서 다양한 가치가 동시에 공존하고 존중받으며 그 차이를 이해하고 포용해가는 지혜가 필요하다. 어찌 나만, 내 집단만 완전히 옳을 수 있겠는가? 내 집단이 옳을 수도 있고 동시에 반대집단도 옳을 수도 있다.

민주주의라 하더라도, 단순 다수의 목소리가 아니라 소수의 목소리도 존중하는 진정한 민주주의를 이 땅에서도 실현하고픈 마음이다. 시내 곳곳에서 자기의 이해에 입각하여 마이크로 쏟아내는 수 많은 언어들, 그로 인해 갈등과 분열, 배척과 소외는 점점 더 커져가는 듯 하다. 오히려 역효과가 생기어간다. 과장과 허풍으로는 그 진실을 제대로 전달할 수 없다. 똥 묻은 개가 겨묻은 개를 나무라는 것도 보인다. 자신의 허물에는 눈감고 타인의 허물을 과대하게 비방하는 이 시대, 진실만이 국민의 마음을 얻을 수 있음을 명심해야 한다.

내로남불은 리더의 결격사유

사람은 자신은 예외적이고 특별하다고 생각하는 경향이 있다. 불의를 보면 자신은 그것과는 관련이 없고, 부조리한 현상을 접하면 그런 일을 저지른 사람을 별종으로 여긴다. "어찌 그런 일을 저지를 수 있다는 말인가?" 하면서.

지기추상 대인춘풍이라는 말이 있다. 스스로에게는 가을철 서리처럼 기준을 엄격하게 적용하고, 다른 사람에게는 봄에 부는 바람처럼 기준을 유연하게 적용한다는 말이다. 자신에게는 좀 더 높은 기준을 적용하여 인격을 도야하고 다른 사람에게는 관용을 베풀어 원만하게 살아가야 함을 뜻한다.

그런데 역설적으로 현실에서는 자신에게는 매우 관대한 기준을 적용하기 쉽다. 그런 정도는 누구나 하는 것 아닌가? 지혜로운 사람들이 적용했던 기준과는 정반대의 기준을 적용하며 살아간다. 그 시절에는 그런 일들이 다반사로 이루어졌다, 그런 일을 하지 않은 사람이 있는지 물어보라고 변명한다. 왜 나만 가지고 그러느냐? 나는 어쩌면 보통 사람들보다는 원칙에서 벗어나지 않게 살아왔다고 자부한다고 허세까지 부린다.

내로남불과 관련하여, 언행일치하지 않으면 더욱 비난과 갈등과 분열이 확산된다. 말로는 원칙을 다 지키면서 살아가는 척 해놓고 실제는 불법과 편법을 반복하며 부조리하게 살아가는 사람들을 보면서 그동안 존경과 신뢰를 보내왔던 사람에 대한 실망감은 그 어떤 것으로도 보상이 되지 않는다. 자기 스스로 지키지 못할 말은 공약空約이다. 일시적으로 미봉책으로 써먹게 되더라도 실천할 의지과 여건이 안 되는 경우 공염불이 되는 말을 하면 안 된다.

가짜가 판을 치는 세상이다. 가짜와 진짜를 구별하기 쉽지 않다. 어쩌면 가짜가 더 진짜처럼 행세한다. 그러니 보통 사람들은 가짜의 말과 행동에 속아 넘어간다. 나와 동행인이라고 해서 내로남불을 웃고 넘길 일이 아니다. 작은 것이든 큰 것이든 내로남불을 그 집단에서 허용하지 않아야 그 집단은 살아숨쉬게 된다. 내로남불이 그 집단에서 통용된다면 그 집단은 진실이 가장 큰 초석임에도 부정직, 불공정, 몰상식, 범죄 등에 대하여 무감각해지고 오직 최고 권력자나 조직 운영자에게 맹목적인 충성을 바치고 흑백논리, 진영논리가 만연하여 마침내 부패와 부조리로 그 집단은 소멸되게 된다.

하후상박이라는 말도 있다. 가령 성과급을 지급함에 있어서 아랫사람에게는 넉넉하게 배려하고 윗사람에게는 최소한만 배려하자는 것이다. 사람은 완벽하게 살아가지 못한다. 그래서 생계형의 과오는 관대하게 처리하되, 지식과 경제력과 사회적 경제적 자산을 충분히 가진 사람의 과오는 엄정하게 처리하여야 한다. 그래야 그 사회가 살아 움직이며 누구나 그 집단에 대한 일체감과 소속감을 갖게 된다.

내로남불을 저지르는 사람은 결국 그 집단을 분열하게 하고 와해시키는 죄를 짓는 사람이다. 크게 반성하고 회개할 일이다. 최소한의 자격인 내로남불하지 않는 지도자! 그 어디에 있는지 눈을 씻고 찾아나서야겠다.

단결

한 부모로부터 태어난 자녀들도 생각과 행동 방식이 다르다. 심지어 일란성 쌍둥이도 지문이 다르고 삶의 방식이 다르다. 세상에는 수십억의 사람들이 어울려 살아간다. 민족이나 국가 등 구별짓는 방식에 따라 공동체의 크기와 성격은 다르지만 사람은 공동체에 속하여 살아간다.

공동체는 자율적이든 타율적이든 공동의 목적이나 가치 등 공동체를 하나로 묶는 것들이 있다. 그러나 세세한 부분에서는 사람마다 다양한 생각들을 하며 살아간다. 성별, 나이, 지역, 삶의 환경 등에 따라 그 차이도 적은 것부터 큰 것에 이르기까지 다양하다. 지금에는 세대별 격차가 크게 부각되고 있다. 그러다 보니 어떤 사회 현상에 대해 그것을 바라보고 분석하고 해석하고 해결해가는 방식이나 절차, 목표에 관해서도 여러 견해가 나온다.

우리는 민주주의 국가에 살고 있다. 다양한 목소리가 존중받고 존중하므로써 다수의 목소리도, 소수의 목소리도 모두 가치 있는 목소리로 공존한다. 때로는 다수의 의견으로 소수의 의견을 묵살하기도 한다. 그러나 다수가 항상 다수가 아니고 소수가 영원히 소수라는 법은 없다. 특히 중간지대의 생각이 변하면 금방 그 지형이 변경된다. 그만큼 수의 많고 적음 만으로 세상을 좌지우지할 수는 없다.

어려울 때에는 그에 대한 대책이 평시보다는 더 강경해지기도 한다. 그리하여 극단적인 사고와 행동이 득세를 한다. 자칫 중간적인 자세를 취하면 양쪽에서 비난을 받기도 한다. 소신이 없다고, 우유부단하다고.

언제부터인가 편가르기가 우리나라의 큰 흐름이 되었다. 편가르기에 가담한 사람들은 다른 사람을 역시 그 진영에 인도하는데 관심이 많다. 숫자가 많아지면 그 정당성이 있기나 한 듯 말이다. 그러나 이분법적 사고나 집단주의적 사고만으로 우리의 현실을 타개하기에는 사회가 매우 복잡해져있다. 사람마다 그 지문이 다른 것처럼 생각과 행동방식이 다를 수 있음을 인식해야 한다. 각자의 의견은 그 자체로 소중한 가치를 갖는다. 각자의 의견에는 그 사람의 전 인생이 담겨있다. 그 사람의 역사와 문화, 가정적 사회적 제반 여건에 따른 흔적이 배어 있는 것이다. 그런데 말 몇 마디로 그 사람을 단정하고 단죄할 수 있겠는가? 다른 사람을 평하는 것은 참으로 신중해야 한다.

공동체가 존속하기 위해서는 구성원들은 대의에 따라 단결해야 한다. 모래알처럼 분열되고 갈등이 상시화되고 격화되어서는 그 공동체의 존재를 유지하거나 성장시킬 수 없다. 그렇다고 목소리가 큰 쪽으로 단결해야 되는 것은 아니다. 비록 소수의 의견이라고 하더라도 정의롭고 인간의 도리, 자연의 섭리에 마땅하다면 대화와 타협의 과정을 거쳐 그러한 의견으로 수렴되어야 한다. 인간의 품격이나 자연의 질서, 인간의 문명에 거슬리는 의견을 비록 특정시기에 많은 사람의 지지를 받는다고 하더라도 그것은 공동체에 불행한 상황을 예정하게 된다. 특히나 현재 살아가는 사람들을 위해 미래를 희생하거나 미래 세대에 부담을 주는 의견은 크게 재고되어야 한다.

옛말에 군자 화이부동 소인 동이불화君子 和而不同 小人 同而不和라는 말이 있다. 군자는 화합하지만 부화뇌동하지 않고 소인은 부화뇌동하지만 화합하지 않는다는 말이다. 화합하되 하나가 꼭 되어야 하는 것은 아니다. 공동체의 존재 이유를 늘 유념해야 한다. 먼 미래에까지 영속하는 공동체가 될 것인지, 머지않은 시기에 멸망하는 길로 들어설 것인지 양심의 소리에 귀를 기울여봐야 한다. 자기의 이해관계를 위해 공동체에 분열과 갈등을 조장하는 세력이 있다. 인간의 불완전함과 이기심, 탐욕, 부조리한 데서 기인한다. 끊임없이 조율되고 다듬어져야 인간다운 세상이 올 것이다. 그러한 사람들마저도 최소한 인간으로서의 품위는 존중받아야 한다. 대의에 따라 화합하고 이해관계를 떠나 단결해야 한다.

말의 신중함

사람의 뜻은 말과 행동을 통해 다른 사람에게 전달된다. 물론 말(의 내용)보다는 몸짓이나 태도를 통해 더 많은 뜻이 전달된다는 것이 정설이다. 그래도 말은 사람의 생각을 표현하는데 중요한 도구이다. 아이가 태어나면 엄마, 아빠 하고 호칭을 부르는 것을 가르치면서 아이와의 관계를 설정해 간다. 초등학교에 입학하기 전에 한글을 깨우치게 하고, 그 후에는 다양한 외국어를 학습하게 한다. 외국과의 교류, 여행, 무역 등 빈번하게 외국에 드나드는 국제화시대에는 한글 외에 다른 나라의 말도 배워두어야 살아가는데 불편함이 없게 된다.

사람은 말을 통해 다른 사람에게 뜻을 전달한다. 그런데 말하는 것과 행동하는 것이 일치하지 않으면 그 사람은 신뢰받지 못한다. 사람에 대한 평판은 오랫동안의 시간을 갖고 누적된 것이다. 그런데 수십 년 동안에 쌓아 온 평판이라도 한순간에 사라질 수도 있다. 그만큼 좋은 평판을 쌓기 힘들고, 그것을 유지하기도 쉽지 않다. 사실과 다른 말을 하면 다른 사람의 명예를 떨어뜨리고 민형사상 문제가 될 수 있다. 심지어는 교정시설에 수용될 수도 있다. 자기 개인이나 기업에 관해 거짓말을 하면 이웃에게 피해를 주게 되고 사회적으로 비난과 배척을 받게 된다.

말에는 진정성이 있어야 한다. 어제 한 말과 오늘 한 말이 다르거나 이 곳에서 한 말과 저 곳에서 한 말이 다르면 안 된다. 말을 손바닥 뒤집듯이 바꾸면 그 사람은 참으로 불행한 인생을 살게 된다. 어떤 역할을 하든, 어느 정도의 부귀공명을 누리고 살아가고 있더라도 사람들은 그 사람을 존경하거나 신뢰하지 않게 된다.

그런데 언제부터인가 거짓말을 하고도 부끄러움을 모르는 사람들이 늘어가고 있다. 심지어 그 부류의 사람들은 의례 그러려니 하는 심리적인 분위기도 있다. 어쩌다 그렇게 그 부류의 사람들에 대한 부정적인 평판이 쌓였는지 되돌아볼 일이다.

말에는 책임이 뒤따른다. 그렇지 않으면 말은 사람들 간의 소통의 도구로 활용할 수 없게 된다. 책임지지 못하는 말은 해서도 들어서도 전해서도 안 된다. 세상의 기본은 말과 행동을 일치시키고 진정한 말과 행동으로 세상을 더 맑고 밝고 아름답게 만드는 것이다. 우리 한 사람 한 사람은 세상의 주인이다. 주인답게 말과 행동을 신중하게 하여 서로를 믿고 따를 수 있는 신뢰가 충만한 사회를 만들어 가야겠다.

미래를 위한 담대한 도전

기존의 틀에 따라서 살아가면 세상에는 새로울 것이 없다. 지난 수천년 동안 인류의 문명이 발전해 온 것은 그 시대마다 기존의 틀을 벗어나 과감한 도전의 결과가 축적된 것이다.

틀에 박힌 생각과 행동은 세상의 수준을 높일 수 없다. 한 사람 또는 몇 사람의 창의력과 상상력 덕분에 우리는 새로운 세상을 맛볼 수 있다. 고정관념이나 선입견은 우리의 창의적인 사고와 행동에 커다란 걸림돌이다. "내가 다 안다." "내가 다 해봤다." 같은 과거 지향적인 사고는 우리를 한 걸음도 앞으로 내딛게 하지 않는다. 불편하기도 하고 위험하기도 하는 상황임에도 그 상황에 익숙하여 그 상황을 벗어나는 두려움과 그 상황에서 안주하려는 게으름은 엄청난 힘을 발휘한다. 불편함을 느껴야 우리는 비로소 문제를 발견하게 된다. 그 문제나 부조리함의 원인과 사유를 관찰하고 분석하여 문제의 근원을 찾고 그에 대한 해결책을 마련해야 한다. 같은 생각만 반복해서 할 일이 아니고 끊임없이 묻고 또 물어야 한다. 묻지 않고서는 그 원인을 발견할 수 없고, 부조리한 현상에서 벗어날 수 없다. 새로운 질문과 도전은 많은 것을 희생하게 하고 땀과 시간과 에너지를 소모시킨다. 혹시 기대했던 결과가 나오지 않으면 그 책임으로 반대 의견을 내세웠던 공동체의 다른 구성원들로부터 비난과 공격을 피할 수 없다. 천동설이 지배적인 사회에서 지동설을 주장하여 그 주장들이 축적되었을 때 비로소 지동설이 과학적 증명을 바탕으로 인류에게 우주의 모습이 새롭게 재정의 되었듯이 우리는 당연하게 생각되었던 것들도 하나 하나 관찰하고 검증하고 분석하여 우리의 시야와 시선이 적정한지, 창의적인지, 믿을만한지, 지속가능한지, 과거의 시각이 아니고 미래의 시각으로, 선조들이 사용한 잣대가 아니라 미래세대가 사용할 잣대로 현실을 진단하고 미래의 시각에서 현재를 깊고 다양하게 들여다 보는 슬기를 발휘하여야겠다.

미래는 미래세대가 주도적으로 엮어가야 한다. 기성세대들은 걸림돌이 아니라 지렛대로 역할을 하여야 한다. 젊은 세대들에게 더 많은 기회를 주어야 한다. 세대 교체는 무엇보다도 절박하고도 중요한 시점이다. 세대교체에는 나이의 많고 적음이 아니라, 세상을 보는, 미래를 내다보는 창의력, 상상력의 수준, 시선이 높고 깊고 넓으냐 그렇지 못하느냐가 그 구별의 기준이 되어야 한다. 시선이 미래를 보고 있느냐, 과거를 보고 있느냐? 시선이 과거를 향하고 있으면 현재는 물론이고 미래를 볼 수 없다. 미래는 미리 준비하는 자의 몫이다. 과거의 잣대로 미래를 재단해서는 안 된다. 기득권 세력들이 명심할 일이다.

'법의 지배'와 '법의 흠결'

흔히 '법치주의' 하면 '법의 지배'를 말한다. 법의 지배는 자칫 부조리한 기존 관행을 합리화하는 강자의 논리로 활용되거나 법의 흠결을 남용한 데 대한 합리화의 도구로 활용되기도 한다. '법의 지배'가 형식적으로는 같은 법을 누구에게나 적용하면 된다는 '평등의 원리'만을 실현하면 적정한 것으로 이해되지만, 실질적으로는 그 법을 적용하는 것이 불평등한 결과를 가져오기도 한다. 따라서, 단순히 '법의 지배'만을 형식적으로 강조하다 보면 '법의 흠결'이 가져오는 엄청난, 근원적인 '부패와 직권남용, 직무유기' 라는 부조리 자체가 '법의 지배'의 근본취지에서 벗어나는 결과로 나타남에도 견제와 비판 없이 자행될 수 있다. 이러한 '법의 지배'의 한계와 부작용은 현실에서 종종 발생한다.

정의롭지 못한 것은 '불의' 이다. 불의를 바로 잡는, 정의를 실현하기 위한 제도나 장치가 반드시 필요하다.

법의 흠결이 없다면 '법의 지배'라는 구호는 참으로 훌륭한 것이다. 그런데 현실에서는 여러 가지 사유로 법의 흠결이 있기 마련이다. 그러다 보니 정보에 밝고 논리에 많은 도움을 받는 집단이나 조직은 이러한 법의 흠결을 십분 활용하게 된다. 더 나아가 사법기관이나 준사법기관 구성원들 마저 법의 흠결이라는 명분으로 그 소명이나 직분을 제대로 수행하지 않고 책임을 회피하기도 한다. 그러고도 권한은 행사하나 그에 따른 책임은 지지 않고 있다. 인간이나 조직의 한계로 권한은 있으나 책임을 지지 않게 되면 그 권한은 부패나 부조리로 기울어지게 된다. 권한과 책임은 동전의 양면처럼 병행되어야 한다.

　법을 제대로 알지 못하는 사람에게는 때때로 법은 참 가혹하기도 한다. 그렇지만 법의 맹점이나 흠결 등 법 적용의 틈새를 잘 아는 사람은 법을 활용해서 여러 가지 이익을 챙긴다. 그렇기에 세상의 불공정과 불투명, 부당거래나 부당이득을 줄여나가기 위해서, 진정한 '법의 지배'를 위해서는 법의 흠결을 보충하는 도전과 노력이 끊임없이 지속되어야 한다. 진정한 '법치'를 회복하기 위해서는 법 집행에 관여하는 사람들이 먼저 솔선해서 법치의 근본정신을 실행해야 한다. 또한 법의 흠결을 보충하고 정비해 나가야 한다.

부끄러움이 없어진 사회

세상에는 눈치코치 없는 사람들이 있다. 분위기에 전혀 맞지 않는 언행으로 분위기를 썰렁하게 한다든지, 다른 사람을 겸연쩍게 만들거나 불쾌하게 하는 등으로 불편함을 준다.

요즈음에는 공감능력, 공감감각이라고 표현한다. 다른 사람의 아픔이나 슬픔을 보고도 전혀 마음을 같이하지 못하여 사회적으로 비판의 대상이 되기도 한다. 사람은 슬프거나 기쁘거나 보편적인 감정이 있다. 그런데 특이하게도 별종처럼 살아가는 사람들은 이러한 보통 사람들의 감정을 느끼지 못한다. 보통 사람들처럼 살아오지 않아서 그런 마음을 읽지 못한다. 왜 다른 사람이 슬픈지, 억울해하는지 도무지 이해하지 못한다. 그렇다 보니 밥이 없으면 라면을 먹으면 되지 않느냐 는 등 엉뚱한 소리를 거리낌없이 한다.

자신이 어떤 잘못을 저지른 것인지조차 알지 못한다. 일반인의 기준으로 보면 범죄이고 감히 그러한 생각을 할 엄두도 내지 않을 일을 저질러 놓고도 누구나 그 상황이면 다 그런 일을 하게 된다는 변명을 한다. 참으로 어처구니 없는 처사이다. 그런 생각을 하니 애초에 그런 잘못을 저지른 것으로 보인다.

모르면 모른다고 솔직하게 인정하고 알아가면 된다. 그런데 모른 것을 모른다고 인정하는 것을 부끄럽게 생각하고 아는 척 하는 잘못을 저지른다. 모르는 것을 모른다고 하는 언행을 부끄러워할 것이 아니고 모르는 것은 모른다고 말하지 못하는 것을 부끄러워해야 한다.

온통 각 분야의 리더라고 지칭되는 사람들이 오히려 일반인보다도 더 미진한 가치기준 속에 살아가는 것을 보면서 우리 사회에는 진정한 리더가 있는지 의문이 든다. 너무나 세상적인 기준으로 스스로 리더가 되고자 하거나 그런 사람을 리더로 지지하고 세력을 형성하는 것을 보면서, 진정 리더로서의 달란트를 갖추고 바람직한 리더로서의 삶을 살아온 사람들은 오히려 뒤로 물러나서 앞으로 나오려고 하지 않는다. 까마귀 노는데 백로가 나서려고 하지 않는 이치이다. 염치를 알지 못하는 사람이 리더가 되는 집단은 미래가 없다. 리더가 바르지 못하면 그 집단은 함께 멸망한다. 사는 길을 갈 것인지, 죽는 길을 갈 것인지 매일 매일 우리는 선택한다. 과거에 어떤 기준으로 리더를 선택했는지 냉철하게 살펴보고 현재와 미래에 공동체를 희망과 번영의 공동체로 성장시켜갈 리더를 선택해야 한다.

손바닥으로 하늘을 가릴 수 없다

세상에는 세 가지가 없다. 공짜가 없고, 비밀이 없고, 정답이 없다.

큰 길에서 동네로 진입하는 골목 입구에 신호등있는 횡단보도가 설치되어 있고 그 횡단보도의 보행자신호가 빨간불이면 건너가지 않아야 하는데, 시간이 급하거나 통행하는 자동차가 없다는 이유로 또는 무심코 횡단보도를 건너는 경우가 있다. 진행하려는 자동차가 차도에 있는지 살펴보면서 건너긴 하지만, 그럼에도 신호를 지키지 않았다는 마음이 한 켠에 든다. 그럴 경우에 주변에 보행자나 운전자가 아무도 없었다고 하더라도 신호를 지키지 않았다는 사실은 사실인 것이다.

이처럼 나만 알고 지내는 사실들도 있지만, 세상에는 사람들과의 관계 속에서 이루어지는 일이 대부분이다. 세상에 나와 특정인들만 알고 있는 사실이라 하더라도 언젠가는 여러 사람들에게 알려지게 된다. 일시적으로는 비밀 같지만, 결코 비밀로 남아있지 않게 된다.

공공기관에 대해서도 정보공개청구 절차를 통해 공공의 영역에서 이뤄지는 사안들에 관해 관련 자료를 알 수 있도록 제도화되어 있다.

　사회 지도층 인사들의 경우에 청문회나 공개토론회, 기자회견 등에서 보면 자신이 연관되어 있는 과거의 행적들에 대해 부인하거나 오리발을 내밀어 시민들의 비판을 받곤 한다. 금방 탄로날 것임에도 우선은 부인한다. 양심이 있는 것인지 없는 것인지 알 수가 없다. 정치 분야에서 정책을 결정하고 법과 제도를 설계하여 국민의 삶에 영향을 미치는 역할을 하려고 하는 사람들이 과거 자신의 행적에 대해 거짓을 일삼는다면 그 사람들이 하고자 하는 역할에서는 과연 거짓이 발생하지 않을 것이라고 무엇으로 담보할 것인가?

　사람의 품성은 바뀌지 않는데, 더구나 인생의 나이가 상당한 분들은 살아온 흔적들이 쌓여서 쉽게 전환할 수도 없는데, 과연 그러한 분들에게 국민의 삶에 영향을 미치는 역할을 맡겨도 될지 심각한 의문이 든다.

　지도층이 되고자 하는 사람들은 최소한 진실한 성품을 갖추어야 한다. 세 살 버릇 여든 간다는 속담이 있다. 처음에는 거짓말을 하기가 어렵지만 두 번, 세 번 거짓말을 하기는 쉽다. 세상에 비밀은 없다. 과거의 오류나 잘못은 솔직하게 인정할 때 그 잘못을 다시 반복하지 않을 개연성이 커진다. 사람은 누구나 완벽하지 못하여 실수하고 잘못을 저지를 수 있다. 그러니 잘못에 대해서는 잘못을 인정하고 사과하고 용서를 구하며, 다시 새로운 삶을 살아가야 한다. 우리는 평생 잘못이 전혀 없는 사람을 지도자로 선택하고자 하는 것이 아니고 과거의 잘못을 반성하면서 똑같은 잘못을 반복하지 않겠다고 다짐하는 진실한 사람을 지도자로 선택하고 싶은 것이다.

진실을 말하는 사람과 거짓을 말하는 사람은 천양지차이다. 과거의 잘못의 대소가 중요한 것이 아니다. 현재 어떤 자세로 살아가느냐가 지도자에 대한 시민의 기대와 평가 기준이 되어야 한다.

싸움은 말리고 흥정은 붙이라 했는데

오늘날 우리는 갈등과 분열을 부추기는 사회에서 살아가고 있다. 나만 옳다거나 내 집단만이 옳다는 집단주의적인 사고가 팽배해 있다. 개인이나 집단에 소속된 구성원들의 마음이 고집과 아집에 몰입되어 있다 보니 나 아닌 타인, 내 집단이 아닌 타 집단에 소속된 구성원들의 생각과 행동에 대해 배척과 비난이 난무하다.

속이 덜 찬 곡식의 머리가 뻣뻣하고, 빈 수레가 더 요란하다. 큰 강은 소리 없이 흐른다. 맹목적인 집단의식은 선두에 서 있는 사람이 잘못된 길로 가게 되면 그 구성원 모두는 잘못된 길로 갈 수 밖에 없다.

가치관이 다양하고 생각이 다양한 데도 불구하고 나만 옳다거나 내 집단만 옳다고 생각하는 것은 지양되어야 한다. 다른 사람의 생각도 나의 생각과 같이 옳을 수 있으니 다른 사람과 공존, 공영하는 방안을 모색해야 한다. 너 죽고 나 살자는 식의, 일도양단식의 생각은 이제 맞지 않다. 욕망은 사람의 눈과 귀를 가리고 마음의 저울추를 기울게 한다. 이해관계가 있으면 사리분별력이 없게 되고, 훌륭한 의사라도 자기 가족은 직접

수술하기 어렵다.

요즘 사회에서나 지역에서나 집단에서나 잘못된 길을 가는 사람들에게 필요한, 회초리를 들만한 어른다운 어른이 없다고 한다. 많은 경험과 시련을 거쳐 성숙된 지혜를 갖춘 그런 어른이 있어야 한다. 우리는 반목과 배척을 치우고 타협과 포용을 중시하는 수준 높은 문화시민으로 변해야 한다.

나부터, 우리 집단부터 이해관계를 떠나 더 큰 공동체의 구성원으로서 현안을 바라보고 대승적인 차원에서 누구나 승복할 수 있는 주의 주장을 통해 대화하고 소통하여 구성원 모두가 행복하게 되는 멋진 삶의 터전을 일구어 갔으면 한다.

익숙하지 않은 뒷모습

어느 날 뒷모습이 찍힌 사진을 보았다. 내 모습이라고 하면서 보내 준 사진이어서 '사진 속 인물이 나'라는 것을 알았지, 사전 설명없이 '사진 속의 인물이 누구냐?'고 질문받았으면 아마도 제대로 답을 하지 못했을 것이다. 특히나 머리 윗부분에 머리숱이 적어진 모습을 본 것은 아마도 처음으로 생각된다. 어찌나 생경한 느낌이었던지!

앞 모습은 날마다 거울 앞에 서서 면도를 하고 머리를 감은 다음 드라이어로 머리카락을 말리면서 보아서 그런지 그래도 익숙하다. 얼굴이나 몸매에서도 그날 그날이 늘 같은 날처럼 별다른 변화를 느끼지 못한 채 하루 하루를 지나간다. 그러다가 어느 날 머리 숱이 갑자기 적어진 모습이나 흰 머리카락이 드러나게 보일 때 쯤에야 비로소 시간의 흐름을 눈치채게 된다. 이처럼 나 스스로에 대해서도 익숙한 것과 익숙하지 않은 것은 주변에서도 크게 구별된다. 다른 사람들이나 사회에 대해서 특별한 관심과 보살핌 없이는 변화의 조짐이나 이미 변화된 상태마저 알아채지 못하는 경우가 다반사이다.

멀리서 벌써 구름이 몰려오고 불어오는 바람결로 새로운 기운이 곧 다가오고 있어도 발등에 떨어진 현상만을 염두에 두고서 가까운 미래도 제대로 준비하지 못하는 안타까움이 있다. 무지와 무관심으로 자기 주변에서 진행되고 있는 현상을 인지하지 못하는 경우가 종종 발생한다. 다른 사람의 눈에 있는 티끌을 발견해 내면서도 제 눈에 들보를 식별하지 못하는 어리석음이 적지 않다.

자기가 속한 집단이나 직업에 내재되어 있는 부조리와 불합리한 일들을 집단 밖에 있는 분들은 뚜렷하게 식별하고 있음에도 불구하고 구태의연한 과거와 전통에서 벗어나지 못해 시대에 뒤떨어지거나 선진문화를 거부하는 데에 따른 부작용과 폐해를 고스란히 국민이 부담하거나 피로감을 주는 것이 적지 않다. 이제는 안에서 바라보는 패러다임이나 사고의 틀을 과감히 벗어나서 '밖에 있는 사람들'의 시각으로 제대로 바라보고 탈바꿈이 필요한 부분은 과감하게 쇄신하는 결단과 실천이 필요하다. 세상을 거스를 수 없다. 끊임없는 반성과 숙고를 통해 현재와 미래를 보다더 밝고 풍요롭게 설계하고 함께 살아내야 한다. 한 두 사람의 실행으로 완결될 수는 없을지라도 나비효과처럼 한 두 사람의 실행이 보다 더 많은 사람들의 공감과 동참으로 확산되고 더 나은 방향으로 변화될 것이다. 시작이 반이다. 익숙한 것과의 단호한 결별은 또 다른 세상과의 만남이 된다. 새로운 발걸음 하나에 새로운 세상의 문은 열린다.

일감 몰아주기와 통행세는 공정경제의 적

　30억원으로 설립된 대기업집단 관련 회사가 일감 몰아주기 등으로 자산이 1조원을 초과하게 되었다는 보도가 있었다. 거래단계의 중간에 관계회사를 끼워 넣고 그 회사를 거쳐서만 거래가 이루어지도록 하면서 그 회사에 일정한 수입(일명 통행세)을 보장해 주는 방식으로 부당이득을 발생시키거나 그 과정에서 일명 비자금을 조성하는 등 사익을 추구하는 현상이 비일비재하다. 직접 증여하면 증여세를 내게 되므로 이를 회피하고자 비상장회사를 설립한 다음 일감 몰아주기나 통행세 징수의 방법으로 그 회사를 키워 상장회사로 만들어 가면 증여세를 회피하거나 증여세액을 대폭 줄이는 방편이 된다.

　특수관계인이나 계열회사, 대주주출자회사 등으로 일감을 몰아주는 바람에 대기업집단과 정상적으로 거래하던 자영업자나 중소기업은 대기업 등 기존 거래처를 잃고 도산을 하게 될 수 있다. 그 결과 근로자와 그 가족 역시 경제적인 곤궁 상태에 놓이게 되고 생존을 위협받게 된다.

　시장지배력과 경제력을 남용하는 불공정거래의 전형적인 모습인 일감 몰아주기나 통행세는 우리나라 경제의 효율성과 건전성을 크게 저해하고 '강자독식'이라는 정글의 법칙이 우리 사회를 지배하도록 만든다.

이러한 불공정거래는 서민이나 중소기업으로 하여금 국가나 지방자치단체 등의 운영과 국민 복지를 위해 필요한 세수를 마련하기 위해 정상적인 조세부담액보다도 더 많은 세금을 납부하게 하여 세정이 전반적으로 불신받고 경제적으로 어려운 집단의 불평불만이 늘어갈 수 밖에 없게 된다. 소득재분배라는 조세제도의 효과는 고사하고, 오히려 '빈익빈 부익부'라는 양극화가 더욱 심화된다. '세금 도둑'은 그 도둑을 제외한 국민 전체를 더욱 힘들게 하는 명백한 범죄다.

대한민국 헌법 제119조 제2항의 '균형있는 국민경제의 성장 및 안정, 적정한 소득의 분배, 시장의 지배와 경제력의 남용 방지, 조화를 통한 경제 민주화"라는 실천적인 규정에 담긴 국민의 총의는 경제적 권력 집단에 속하는 사람들의 친인척이나 지인이 경영하는 회사에 일감을 몰아주거나 통행세를 발생시키는 경제현실에서 헌신짝처럼 팽개쳐지고 있어 아쉬움이 많다.

공정거래위원회나 경찰, 검찰, 감사원, 중소벤처기업부 등 관계기관은 일감 몰아주기와 통행세에 대해 형식적이고 면피성 솜방망이처벌이 아니라 실효적이고 적극적인 법집행을 실시하여 '공정한 경제, 경제적 정의'를 이 땅에서 신속하고 엄정하게 실현해야 한다.

입추는 여름 한가운데서 시작되고

여름의 한가운데 가을의 시작을 알리는 입추가 있다. 외관상으로는 아직 가을이 멀리 있어도, 보이지 않는 가을의 기운이 이미 여름 한가운데에서 준비되어 시작되고 있다. 여름의 마지막 순간에 가을이 그제서야 시작되는 것은 아니다.

사람의 생로병사도 마찬가지다. 어떤 사람에게 청춘이 언제부터 언제까지이고 중년이, 장년이 언제인지 칼로 무자르듯 분명할 수 없다. 또한 사람마다 그 시기가 다르기도 하다.

인간은 보통 공동체에 속하여 살아간다. 그 공동체에는 나름의 질서를 위해 규칙을 만들고 지켜간다. 그러다가 상황이 바뀌면 기존의 규칙을 변경하거나 새로운 규칙을 만들어 질서를 잡아간다. 이처럼 인간 개개인도, 공동체도 생장소멸의 질서에서 벗어나지 않는다. 성숙하고 성장하는 단계에서는 그러한 모습에 맞게 규칙도 발전하고 성숙되어 가지만, 쇠퇴하거나 소멸해 가는 과정에서는 역시 그 규칙 또한 규범력을 잃고 유명무실해지고 법치가 아니라 인치에 의해 규칙이 집행된다.

그런데 이러한 규칙의 제정 취지는 누가 어떤 의도를 가지고 그 규칙을 집행하느냐에 따라 달라질 수 있다. 누구에게나 공평하게 투명하게 집행되는 것이 당초의 제정 목적이기는 하나, 현실에서는 특정인의 의도에 따라 특정인이나 특정 집단에 유리하게 또는 불리하게 집행되기도 한다. 그렇게 되면 불리하게 적용받는 개인이나 집단은 이에 대해 저항하게 된다.

사람은 개인이든 집단이든 자신에게 유리하게 규칙이 적용되는 데 대하여는 이견을 제기하는 경우는 거의 없다. 당연하게 생각하든가 아니면 모른 채 넘어가기 쉽다. 그러나 불리하게 규칙이 적용되는데 대하여는 이견을 제기하게 된다. 물론 항상 이견이나 비판이 제기되는 것은 아니다. 불투명하게 불공정하게 규칙을 집행하는 개인이나 집단과의 힘겨루기를 할만할 때만이 가능한 것이다. 절대적으로 힘의 균형이 기울어져 있는 경우에는 감히 이견을 제기하거나 비판하는 것은 오히려 그나마 보장받는 최소한의 권리나 지위마저 위태로울 수 있기 때문이다.

그러나 적은 부조리나 불공정한 사례가 누적되면 어느 때인가는 한계점에 다다르게 된다. 이미 썩은 고름이 다 차오면 전체가 병들어 더 이상 견딜 수 없게 되면, 미봉책이나 응급처치만으로는 치유할 수 없기 때문이다. 병든 부위 전체를 도려내어야만 겨우 전체의 생명을 유지할 수 있게 된다. 이처럼 병이 점점 깊어지면 바로 그 사이에 생명체의 존속을 위해서는 새로운 결단을 하여야 할 시기가 점점 가까워지는 것과 같이, 어두

움이 짙어갈수록 새벽은 가까이 와 있게 된다.

흐르는 물을 일시적으로 가두어 두거나 일부 되돌리기는 하지만 결국 높은 데서 낮은 데로 흐르는 물의 성질을 바꿀 수는 없다. 세상의 규칙도 인간의 성정에 맞지 않게 꾸미거나 보편적인 원칙과 기준에 맞지 않게 집행하면, 반드시 정반합의 이치대로 정위치하기 마련이다. 좌든 우든 인간의 본래의 모습에 맞지 않는 인위적인 행위는 더 오래가기 전에 정상으로 되돌려야 한다. 작위적인 행태의 현실에는 이미 그에 반대되는 기운에 의해 올바르게 하려는 작업이 이미 시작되고 있음을 늘 유념해야 한다.

위인설관은 공동체를 위기에 빠뜨린다

특정인을 위해 공적으로든 사적으로든 과거에 없던 자리를 만드는 것을 위인설관이라고 말한다. 특히 공적인 직책을 마련하는 것에는 국민의 세금이 따르고 국가의 조직체계에 영향을 미친다. 더 나아가 직책은 있었다 하더라도 그 직책에 걸맞는 자격 요건을 특정인을 위해 맞춤형으로 변경하는 것 역시 위인설관의 방식 중 하나이다. 개방직이던 자리를 비개방직으로 하든지, 내부 구성원이 담당하던 것을 개방직만이 담당하도록 제도를 바꾸고 예정해 놓은 사람이 그 직에 합당한 것처럼 자격 요건을 고침을 물론이고 내부 정보를 공유하여 그 조직에 맞는 식견과 요건을 갖추고 있는 것처럼 직무수행계획서 등을 작성하는데 많은 도움을 제공하기도 한다. 공개경쟁을 하더라도 내부 정보나 내부 직원의 도움을 받은 그 사람이 서류심사나 짧은 대면심사절차에서 유리할 수 밖에 없다. 그리하여 그 속도 모르고 공개 모집에 응시한 다른 사람들은 참으로 자괴감이 들고 인격적인 모욕을 받게 되는 부조리한 상황이 전개된다.

본래 기울어진 운동장을 만드는 데는 상대방 주 공격수를 못 뛰게 하거나 심판을 매수하는 것뿐 아니라 아예 경기의 룰을 자기 팀에 유리하게 바꾸는 것이 부조리의 실상이다. 어느 분야에서는 국민의 바람을 경청하고 다양한 의견을 수렴하여 가장 멋진 공복 후보자를 선발하지 않고, 어떻게 내부 룰을 바꾸어야 유리할 지에 여념이 없는 것처럼 보이기도 한다. 심지어는 특정인을 위해 갑자기 룰을 변경하여 소급해서 적용하는 등 무소불위의 보도를 휘두르고 그에 반하는 발언은 공동체를 해치는 것으로 압박하기까지 한다.

룰과 제도에 근거하여, 시스템에 의해 공적 직분이 수행되지 않고, 특정인이나 특정 집단 구성원들의 의견에 따라 그 직분이 수행된다면 그 조직에는 미래가 없다. 원칙이 준수되지 않고 언제든지 원칙이 쓰레기통으로 들어갈 수 있으니 말이다. 지도자는 말이 아니라 행동으로, 삶으로 그 뜻을 전달해야 한다. 말과 행동이 달라서는 지도자라고 할 수 없다. 설사 다수의 의견이라 하더라도 진정한 지도자라면 공정과 상식에서 벗어나는 결과를 스스로에게는 적용해서는 안 되고, 특혜와 부조리한 결정을 과감하게 물리쳐야 한다.

조변석개하지 말고 일관된 정책으로

시대에 뒤떨어진 생각이나 정책은 시대에 맞게, 시대를 선도하는 수준으로 변경하여야 한다. 과거와는 달리 하루하루 다르게 변화는 세상이다. 기술과 과학은 더욱 빠른 속도로 변하고 있다.

그러함에도 변하지 않아야 할 것들이 있다. 존재의 본질, 정체성은 일관되게 유지되어야 한다. 공적 직분은 왜 존재하는지 그에 관련된 분들은 늘 유념하고 현장에서 실천해야 한다.

공직은 공직자를 위해 존재하는 것이 아니다. 공직은 국민공동체, 국가공동체를 위해 존재한다. 누구나 공직에 나아가면서 첫발을 딛는 그 날만큼은 공직의 존재 이유와 공직자로서 자세를 생각한다. 그런데 시간의 흐름에 따라 하루하루 주어진 역할을 하다보면 큰 틀에서 생각하지 못하고 발등에 불끄기에 여념이 없다보니 공직의 존재 이유를 망각하기 쉽다.

공직자가 놓여있는 입장이 바뀌면 생각마저 바꾸는 경우가 있다. 고위공직자에 대한 청문내용을 목격하면 참으로 안타까운 현상들을 보게 된다. 청문절차는 입법부가 국민의 위임을 받아 행정부나 사법부 고위공직자를 검증하는 절차이다. 특정

정당의 대리인이거나 공직후보자의 변호인으로서 검증하는 절차는 전혀 아님이 명약관화하다. 그럼에도 고위공직자를 추천한 정부와 같은 목적의 정당 구성원들은 공직후보자의 비위나 부조리한 삶에 관해 변호하거나 변명하는 차원에서 접근하고, 그 반대 정당 구성원들은 공직후보자에 대한 비판과 지적에 중점을 둔다. 그러다가 정부가 바뀌어 청문절차를 진행하는 것을 보면, 과거의 입장을 마치 운동경기에서 공수 전환이 이뤄진 것처럼 똑같은 논리와 주장으로 청문절차를 반대의 입장에서 진행하는 것을 보면서 과연 그러한 청문절차가 필요한지, 과연 국민의 위임을 받은 취지에 합당하게 청문회를 준비하고 그 직분을 수행하고 있는지 의문이 든다. 특정 후보자가 공직후보자로 여러 번 청문회나 토론회에 나왔을 때 과거에는 비판하던 논리와 주장은 사라지고 변호하는 논리와 주장으로 돌변할 때는 심히 당혹스럽기까지 한다. 진정 그 후보자가 그 사이에 삶의 철학과 행적이 변경되었다면 타당한 변화이겠지만 그렇지 않다면 설명되지 않는다. 이처럼 자신의 입장에 따라 세상을 보는 관점을 그렇게 쉽게 바꾼다면 어떻게 그 사람이 내세우는 정책이나 견해에 관해 믿고 지지할 수 있겠는가? 언제라도 조변석개할 가능성이 있지 않겠는가? 특히 자기의 이해관계와 연결된다면 더구나 믿음을 줄 수 없게 된다.

공직자는 자신의 철학과 삶에서 일관성을 유지하고 성숙시켜가야 한다. 공직은 국민 공동체의 구성원들에게 크든 작든 영향을 미치는 직분이다. 그렇다면 최소한 그 사람에 대한 국민의 신뢰는 공직의 출발점이다. 신뢰할 수 없는 말과 행동이 발견되고 누적된다면 그 사람은 공직에 나가서도 안 되지만 공직을 유지하는 것은 국민에게는 불행한 일이다. 당리당략이나 이해관계에 따라 조변석개하는 그런 정책은 처음부터 시도해서도 안 된다. 공직자들이 긴 안목에서 국민 대부분이 용인하고 환영할 정책과 제도를 도입하고 운영하는 그런 세상을 꿈꾸어 본다.

지구를 소비한다

지구는 모든 생명체의 모태

자연은 이미 우리에게 주어져 있다. 인류의 조상인 아담과 하와의 시기에도 하느님께서는 인간이 살아가는 최적의 자연을 선물로 주셨다.

그 이후 우리 인류는 오랜 세월 다양한 동식물이 살아가는 지구에서 하느님께 감사드리며 형제적 사랑 안에서 지구를 보존하고 생명들과 어우러져 오늘에 이르렀다.

그런데 과학과 기술의 발전이라는 커다란 변화와 인간의 끊임없는 욕망의 추구에 따라 하느님께서 창조하신 자연 질서는 여기저기서 부서지고 커다란 상처투성이가 되어 가고 있다.

특히나 개발과 성장이라는 명분하에 우리 삶의 터전은 날마다 하루가 다르게 변해가고 있다. 심지어 후손들이 사용할 자원마저 한량없이 앞당겨 사용하는 것을 보면 참으로 안타깝다.

인구 자체가 늘지 않아서 기존의 시설들과 장비들로도 충분함에도 불구하고 인류는 사용하는 토지와 에너지, 자원들을 그 한계를 넘어서 과다한 소비를 멈추지 않는다.

폭주하는 전차에 브레이크가 없다.

여기저기서 쿵 쾅, 드르륵 드르륵, 퍽 퍽, 짓고 깨부수고 뚫고 파헤치고 무너뜨리고, 온 세상 사방에서 소란과 진동이 끊임이 없다. 우리의 생명을 낳고 북돋아주는 어머니인 지구는 이렇게도 병들고 부서지고 있다.

인간의 머리와 손으로 인해 우리 생명의 근원, 만물의 어머니(집회서 40,1)이자 안식처인 지구는 오늘도 무수한 상처와 고통으로 신음하고 있다.

"하느님께서 보시니 손수 만드신 모든 것이 참 좋았다."(창세기 1,31) 하신 그 모습으로 우리가 어떻게 해야 되돌아갈 수 있을지 가늠이 되지 않는다.

인간은 자연과 함께 상생해야 한다. 지구상의 온 인류가 어느 날 하루만이라도 지구를 소비하는 것을 멈출 수는 없을까?

지식 도둑질

　청문회 때 단골 메뉴로 논문 표절, 논문중복 게재, 다른 사람의 논문에 무임승차하여 실적 부풀리기, 논문 작성에 기여한 바 없음에도 공동저자로 등재하는 등 다양한 지식 도둑질이 흔히 발생하고 있음을 목격한다. 논문작성에 관여하거나 기여한 바 없는 자녀들을 논문 공동저자에 등재하거나 품앗이처럼 서로간의 논문에 공동저자로 등재하기도 한다. 이러한 지식 도둑질은 수단을 가리지 않고 자기의 목표를 달성하려는 불량하고 부도덕한 사람들에 의해 발생한다.

　헝가리 팔 슈미트 대통령은 1968년과 1972년에 올림픽 펜싱단체전 2회 금메달 수상, 1995년 IOC 부위원장, 2010년 임기 5년의 대통령으로 의회에서 선출된 상징적 국가수반이었지만 논문표절로 박사학위가 박탈되자, 대통령은 국가통합의무가 있는데 자신의 논문표절을 이유로 국민이 분열되고 있으니, 그 분열의 책임을 지겠다고 하면서 2012. 4. 2. 사임의사를 발표하였다.

　대학 및 대학원 입시에서도 각종 스펙을 구비하기 위하여 논문 표절 등 지식 도둑질이 고위 공직자와 관련해서 종종 회자

된다. 그에 관련된 사람들은 부끄러워하지 않고 사법시스템을
십분 활용하여 죄없음과 염치없음을 장기간에 걸쳐 내세운다.

공동체의 리더는 사회와 문화를 성장시키고 번영하게 하는
지식의 가치에 관해 엄정한 기준을 가져야 한다. 지식 도둑질
은 더 이상 관용의 대상이 되어서는 안 된다. 어린 자녀들부터
바람직한 기준으로 교육시키고 성장시켜 우리 공동체가 명실
상부한 지식공동체로서, 명실상부한 문화국가로 우뚝 설 수 있
기를 기대한다.

카르텔을 없애야

끼리끼리 현상은 동종교배처럼 긍정적인 효과를 내지 못하고 부정적인 효과를 가져온다. 사회를 이롭게 하는 역할은 속성상 누구나 참여할 수 있게 개방적이어야 한다. 소수에게는 이익이 되나 사회 전반에는 악영향을 주는 역할은 그 소수에 참여하는 사람들에게만 입장이 가능하고 그 외 다른 사람들의 참여를 거부하고 벽을 쌓는 폐쇄적인 시스템을 갖추게 된다.

어느 사회나 직역이든 그 집단의 입장과 퇴장이 개방적인지 폐쇄적인지를 보면 그 사회나 직역이 상식과 공정에 입각하여 운영되고 관리되는지, 아니면 특혜와 편법, 불공정에 입각하여 운영되고 관리되는지 알 수 있다.

사람의 집단의 목적이 이기적인 것도 있고, 이타적인 것도 있다. 집단 내부 구성원들의 논리가 그 집단 외부 사람들에게도 통용되는 논리라면 문제가 없다. 그런데 내부의 논리와 외부의 논리가 불일치하고 그 정도가 크다면 그 집단은 부조리와 부패에 연결되어 있을 가능성이 높다.

부조리와 부패는 근본적으로 폐쇄성을 띤다. 시민 모두가 부조리하고 부패할 수는 없다. 인간은 양심을 가지고 있어서 역사이래 모든 인간이 전부 부패하게 살다간 때는 없었다.

정보와 자원을 독점하거나 과점하면 반드시 그에 따른 부작용으로 부조리와 부패가 만연하게 된다. 그 정보와 자원을 가진 사람들은 그로 인해 엄청난 인센티브를 갖게 되고 불공정한 위치에서 살아가게 된다. 그에 반해 그러한 정보와 자원을 공유하지 못하는 사람들은 힘의 근원인 정보와 자원을 누리지 못함은 물론 더나아가 그 집단으로부터 배척되고 소외되게 된다.

집단이나 직역에서 카르텔을 누리는 사람들은 그러한 카르텔을 만들고 유지하기 위하여 각종 법과 제도, 규제를 만들어 간다. 관련 공무원들을 포획하여 그들의 논리와 주장을 현실적인 제도로 도입하고 정착, 확산시켜 나간다. 더 나아가 그 집단이나 직역에 들고 싶은 사람들의 진입을 아예 막아버려 부조리와 부패한 상황에 동참시켜 주지 않는다. 그리하여 그들만의 리그가 존속되는 것이다. 정경유착이 따로 없다. 규정을 만드는 사람들과 그 규정의 제정이나 개정으로 이익을 누리는 사람들이 서로 밀어주고 끌어주는 정경유착으로 카르텔은 더욱 공공해져간다. 그러나 카르텔에 속하는 그들은 카르텔로 인해 국가의 부가 줄어들고 대다수 국민의 이익은 도외시되며 카르텔에 소속된 이들의 치부는 상상을 초월하게 된다.

정보와 자원의 독점이나 과점, 편중에서 권력의 남용과 부의 양극화 현상이 활성화된다. 특히 공공재는 공동체 구성원들이 함께 나누고 누려야 하는 자원이다. 그럼에도 과거에 개발독재 시절부터 특정인이나 특정 집단에게 그러한 정보와 자원의 독점과 특혜 등의 결과로 카르텔은 어쩌면 법상 지위까지 누리게 되었는지 모르겠다. 그들에게 특혜와 특권을 주고 그 대신 정치자금이나 부패한 이익을 공유하였던 것이다. 악어와 악어새처럼 서로 공생관계를 누리어 왔다.

이러한 카르텔은 민주주의 국가, 자본주의 국가에서 끊임없이 생성된다. 자유와 권리의 이름으로 발생하고 그 뿌리는 질기고도 질겨서 웬만한 칼질과 도끼질로는 발본색원하기 어렵다. 그만큼 그들과 그들을 보호하는 집단 구성원들의 저항과 반발은 교묘하게도 포장되어 마치 그 카르텔의 유지와 보호가 공동체에 더 큰 장점과 이익이 있다고 혹세무민하는 경향도 있다.

소수의 특권과 특혜는 결국 공동체 전체에 돌아갈 몫을 소수의 사람들이 독점, 과점하는 것이니 반드시 없애야 할 해악이다. 각종 직역이나 직업군마다 존재하는 부정과 부조리의 카르텔을 척결해 나가야겠다.

통계 숫자로 국민을 호도해서는 안 된다.

공직에서 일하던 어느 날, 참모회의 토의 안건 중에는 검사의 사건 처분 주문에 관한 것이 있었다. 검사는 매월 업무처리 실적, 즉 배정받은 사건 수와 처리한 사건 수, 그 결과 처리되지 않은 사건 수에 관해 검사별로 통계를 내고, 전국 검찰청 별로 분기별, 반기별, 연도별로 평가를 하며, 그것을 포함하는 여러 평가요소들을 종합해서 검사 개인별, 검찰청별로 우수하거나 미흡한지 여부를 평가하고 근무성적으로 관리하여 승진이나 전보 등 인사에 반영한다. 그래서 검사나 중간관리자, 최고 책임자 모두 관심을 기울인다. 즉 내용도 중요하지만 통계상 수치에 관해서도 무관심할 수 없는 처지가 된다.

그런데 참모회의 안건으로 검사가 사건을 처리하면서 어떤 주문을 결정하는 사유로 제3자인 전문가의 분석이나 감정을 요하는 사안에 대하여는 그 주문을 별도의 종료로 신설하여 통계상으로 검사가 종결처리한 사건으로 정리하자는 의견이 제시되었다. 그렇게 되면 담당 검사는 개인별로 처리되지 않은 사건 수가 줄어들게 되므로 심리적으로 장기간 미처리된 사건에 관한 업무부담의 중압감을 덜게되고, 전문가의 분석이나 감정에 필요한 기간 동안 수사를 중단할 명분이 생기는 것은 물론이고 분석이나 감정결과가 제출되면 그 사건이 검찰청에 이미 한 번 접수된 사건임에도 마치 다시 새롭게 접수된 신건처럼 수사기간을 새로 계산할 수 있게 됨으로써, 사건접수 후 3개월 내 처리하여야 하는 업무처리원칙을 우회하여 사실상 업무처리기간을 상당기간 연장하는 효과를 거두게 된다. 즉 그 검사에게는 업무경감 효과를 주게 된다.

그런데 해당 사건의 고소인이나 피해자들에게는 어떤 효과가 있는가? 당시에 검사는 처음으로 사건을 배정받으면 마땅히 3월 내에 사건을 처리하도록 하는 규정이 있었다. 그러므로 제3자의 분석이나 감정이 필요한지 여부는 사건을 배정받은 수사 초기부터 미리 검토하여 그러한 절차가 필요하다고 판단하면 3개월 내에 그 분석이나 감정 결과까지 제출받아서 최종적으로 처리를 하여야 하는 것이다. 그럼에도 고소인이나 피해자, 피의자의 신속한 재판을 받을 정당한 권리를 침해하면서 검사들의 통계상 업무처리 실적을 위한 제도를 도입한다는 것이다.

검사나 검찰청, 즉 공직자나 공직의 존재 이유는 국민의 생명과 재산, 안전을 위해, 국민의 행복한 삶을 위해 검사나 관련 공무원들이 신속하게 그 직무를 수행하여야 하는 것이다. 검찰이나 검찰공무원을 위해 검찰조직이 존재하는 것은 아니다. 공적 직분을 담당하는 사람들의 편의만을 위해서 통계적인 조치를 수반하는 제도를 도입해서는 안 되고, 본질적으로 사건관계인들의 권리를 어떻게 하여 더욱 수준 높게 보호, 보장할 것인지 하는 차원에서 검찰청에서 시행되는 제도에 관해 논의되어야 함이 마땅하다.

이처럼 공직에 있는 사람 중에는 국민의 권리에는 무관심하고 오히려 국민의 권리를 무시하는 처사에 적극 동참하는 분들이 있음에 놀라울 따름이다. 과연 그 사건에 자신의 부모님이나 가족들이 관련된 사안에 관해서도 마냥 검사나 관련 공무원들의 편의만을 고려하여 통계적인 작업을 하는 제도를 도입하자고 할 것인지 궁금하다. 그와 같은 논의를 위해 당시에 여러 페이지에 달하는 반박 의견을 제시하여 당시에는 결국 도입되지 못하였는데, 다소 시간이 경과한 즈음 퇴직 후에 알아보니 위와 같은 제도가 도입되었다는 것을 알게 되었다. 공직자였던 사람으로서 대단한 자괴감이 들었다. 그러한 제도의 도입에 관여한 공직자들에게는 국민이 어떠한 모습으로 자리잡고 있는지 묻고 싶다.

한 방울의 향수가 주위를 향기롭게 한다

사람은 서로 연결되어 있다. 홀로 섬으로 존재하지 않는다. 홀로 이 세상에 태어나지 않았다. 부모님이 계셔서 내가 이 세상에 존재한다. 부모님 역시 조부모님이 계셔서 이 세상에 존재하신 것이다. 이처럼 우리는 생명을 받아 이 세상이 존재하는 것부터 살아가면서 적든 크든 공동체를 이루며 학습하고 일하고 마음을 나누며 함께 살아간다.

누구나 행복을 소망하며 하루 하루 살아간다. 행복은 목적이자 과정에서도 느끼며 살아가야 한다. 나의 작은 생각 하나, 작은 행동 하나도 내 주위에 있는 분들에게 좋은 쪽으로든 좋지 않은 쪽으로든 영향을 미친다. 나의 행복은 나만의 행복으로 이루어질 수 없다. 내 주변의 사람들이 행복할 때 나도 행복하게 된다. 나의 주변에 좋은 기운을 나누고 싶다. 우정을 나누고 감사의 말을 나누고, 칭찬의 말을 나누고, 따뜻한 눈길로 호의와 배려, 관심을 나누면 어느새 주위가 맑아지고 부드러워지고 평안해진다.

그러다가도 작은 것 하나가 거슬리면 순식간에 마음이 흐트러진다. 가벼운 것은 가볍게 넘어가면 더 좋을텐데 어쩔 때는 그것이 왜 그리 크게 다가오는지 모르겠다. 마음에 여유가 없을 때일수록 작은 것에 걸려 넘어진다. 작은 호수에 던져진 돌멩이 하나가 큰 파문을 일으키는 것처럼 지나고 보면 별일이 아니었는데 뒤늦게 후회한다. 그래도 그러한 회고와 반성은 점점 나를 성장시키고 회복시키는 약이 된다. 스스로 대견스러울 때가 있다. 스스로 위로하고 격려한다.

"미안하다, 고맙다, 사랑한다."는 말 한 마디 한 마디는 우리의 벽을 허물고 서로를 위해 뭔가를 해 주고 싶은 마음을 먹게 한다. 오늘도 주위에 향기를 은은하게 나누는 복된 날이 되도록 살아봐야겠다.

마치는 글

내가 글을 쓰는 이유

글을 쓰게 되면 그간의 생각과 경험을 정리하고, 부족한 부분에 대해 보완하는 계기가 된다. 내 생각이 항상 옳지는 않으리라. 다른 사람과 내 생각을 나누고 공유함으로써 좋은 취지가 다른 사람의 삶에 유익하게 작용한다면 그것만큼 가치있는 일이 있겠는가? 다른 사람으로부터 내 생각이나 내 글쓰기에 대해 평가를 받으면 나의 삶과 글쓰기를 한층 성장시키는 계기가 된다.

글을 제대로 쓰기 위해서는 직접 경험도 중요하지만, 간접 경험인 독서가 매우 중요하다. 지식은 나눌수록 그 가치가 더욱 커진다. 혼자만 깨우쳐 알고 있는 지식은 그 값어치가 그만큼 적다. 인터넷의 연결 범위가 넓어질수록 그 가치가 증대되는 것과 같은 이치이다. 머리와 가슴 속에 있는 생각, 아이디어, 노하우 등은 시공을 초월하여 전파되고 전달되어 좀 더 많은 사람의 삶에 보탬이 되어야 한다.

생각과 언어와 행동이 일관되고 공동체를 우선하는 선공후사先公後私 하는 생활을 할 때 쉽고 간편하게 글을 쓸 수 있다. 언행이 불일치하거나 보통 사람의 삶과 동떨어진 삶을 살아가면서 보통 사람들이 공감할 수 있는 글쓰기를 하려고 하는 것은 연목구어가 된다. 소비자인 독자는 금방 알아챈다. 빈 수레가 요란하다고 삶에 뿌리를 내리고 있지 않는 말과 글은 사상누각이다.

내가 직접 경험한 것을 글로 쓰는 것이 가장 쉽다. 특히 남다른 삶의 모습을 보여주면 울림이 있게 된다. 평범한 일상적인 내용이 아니고 독자에게 특별하게 전하는 메시지가 있으면 임팩트가 있게 된다. 같은 현상에 관해서도 나만의 독특한 사고를 전개함으로써 다른 사람들로 하여금 평소와는 달리 생각할 기회를 주면 역시 좋은 효과를 거두게 된다. 시간이 지나도 기억에 남을 정도로 재미가 있거나 특별한 요소가 있으면 오래 기억되고 독자들에게 회자되리라.

공동체를 살리는 리더의 기본

초판 1쇄 인쇄 2023년 7월 17일
초판 1쇄 발행 2023년 7월 24일

지은이 이건리
펴낸이 김재광
펴낸곳 솔과학
편 집 다락방
영 업 최회선
디자인 miro1970@ hanmail.net
등 록 제02 – 140호 1997년 9월 22일
주 소 서울특별시 마포구 독막로 295번지 302호(염리동 삼부골든타워)
전 화 02)714 – 8655
팩 스 02)711 – 4656
E – mail solkwahak@ hanmail.net

ISBN 979 – 11 – 92404 – 52 – 3 03810

값 23,000원